BAJAR ES LO PEOR

MARIANA ENRIQUEZ

BAJAR ES LO PEOR

GALERNA

Enriquez, Mariana
Bajar es lo peor. - 1a ed. - 4ª reimp. - Ciudad Autónoma de Buenos Aires : Galerna, 2021.
256 p. ; 22x15 cm.

ISBN 978-950-556-607-5

1. Narrativa Argentina. 2. Novela.
CDD A863

Tirada de esta edición: 1.500 ejemplares.

Foto de tapa: Nora Lezano

Impreso en Argentina.

Este libro se terminó de imprimir en el mes de mayo del año 2021 en los Talleres Gráficos DEL S.R.L., E. Fernández 271/275, Avellaneda. Tel.: 4208-7766.

NOTA A LA EDICIÓN

Tengo muy mala memoria. Cuando me preguntan en qué momento empecé a escribir *Bajar es lo peor*, generalmente miento porque no me acuerdo. Creo que estaba en el último año de la secundaria. Sé que escribí la novela a máquina, pero no me acuerdo de la marca del artefacto –era pesado y duro, las teclas me rompían las uñas– y tampoco sé dónde está ahora: no soy fetichista, no sé en qué mudanza se perdió o si todavía está en la casa de mis padres.

Escribí la novela de noche, de eso me acuerdo, y tardé bastante en terminarla, algunos años. También recuerdo, perfectamente, por qué la escribí. Los dos protagonistas de la novela, Narval y Facundo, vivían en mi cabeza y tenía que desalojarlos porque no me dejaban lugar. Constantemente pensaba en ellos, eran un concentrado de mis obsesiones adolescentes, que son muy parecidas a mis obsesiones actuales: el vampirismo, el sexo entre hombres, la turbia belleza baudeleriana, la belleza injuriada de Rimbaud, la literatura fantástica y de horror, los subterráneos, los demonios, River Phoenix y Keanu Reeves, Lestat y Louis. *Bajar es lo peor* fue una especie de reescritura de *Mi mundo privado* y *Entrevista con el vampiro*, pero ubicada en Buenos Aires.

Yo no vivía en Buenos Aires cuando escribí la novela, vivía en La Plata. Iba a Capital los fines de semana. A Bolivia, a Cemento, a fiestas en La Boca y Parque Chacabuco, a recitales. Esperaba durmiendo en el suelo de la estación Once, con la cabeza sobre la mochila, el colectivo de vuelta a La Plata, de madrugada. Las noches que no podía viajar –porque no tenía dinero o porque había otro plan– caminaba por La Plata, los alrededores de la catedral incompleta, los misterios de Plaza Moreno y el Teatro Princesa; jugaba a la ouija y quería aprender a tirar el tarot. Tomaba cocaína noches enteras, tomaba ácido y licor de mandarina en la Plaza Paso. De esas noches gastadas y tóxicas de principios de los años '90 también está hecha la novela. Una mezcla de romanticismo y vagabundeo: la adolescencia.

Bajar es lo peor fue leída –en unas pocas reseñas– como una novela de realismo sucio. Con los años, algunos críticos, como Elvio Gandolfo, escribieron que tenía elementos de terror moderno. Para mí siempre fue una novela fantástica con noche y drogas. Con el romanticismo de *Cumbres borrascosas* y la geografía del sur de la ciudad, porque la conocía y, sobre todo, porque por ahí transitan Martín y Alejandra en *Sobre héroes y tumbas* (Facundo es un poco Alejandra, también, y el trío que acecha a Narval es un poco la Secta de los Ciegos). *Cumbres borrascosas* y *Sobre héroes y tumbas* eran mis novelas favoritas en aquellos años.

Bajar es lo peor es el único de mis libros –no tengo tantos, pero no pasó con ningún otro– por el que recibí cartas de «fans», muchas y muy febriles; todas de chicas que me contaban sus vidas, sus excesos, el amor desesperado por alguien o directamente por Facundo, el chico que armé con retazos de Ian Astbury, Nick Cave y Charlie Sexton –sobre todo, de Astbury–, la combinación que yo juzgaba alquimia de la hermosura y la crueldad. A muchas de esas chicas tuve que decirles que Facundo no existía y se enojaron.

Una llegó a venir al lugar donde todavía trabajo, el diario *Página 12*, a exigirme que le marcara dónde quedaban las casas de los protagonistas, cuál era el lugar exacto del departamento donde Narval se despertaba frente al Riachuelo, dónde quedaba la casa en la que había crecido Facundo. Le dije que ninguna casa existía, que había casas que me habían inspirado, sí, pero en La Plata. La chica se ofuscó. No me creyó. Después, trajo a su ex novia, que era mi «fan». Estaban peleadas. La primera chica, la exigente, quería recuperar a la novia haciéndole un regalo. Ese regalo era yo, la autora de su libro favorito. Las tres tuvimos una conversación muy larga e incómoda en un bar. Días después, la primera chica volvió, sola –el regalo no había arreglado la situación–, me contó que su novia la amaba, pero que los padres y su clase social no la dejaban ser lesbiana, me dejó un libro de poemas y se fue. Nunca más las vi ni supe de ellas.

Quise acercarme a varias de las chicas que me escribieron. Ninguna quiso, que yo recuerde, concretar un encuentro, salvo dos. Una trabajaba en medios y la otra terminó filmando la película *Bajar es lo peor*, que no se estrenó comercialmente.

Todavía recibo algún mensaje sobre *Bajar es lo peor* o me encuentro con alguien que me habla de la novela. A veces son hombres de mi edad, gays. Hace poco, uno me confesó que, durante sus años más callejeros –hace casi dos décadas–, se hacía llamar Val. Por Narval. Es un poco frustrante que ninguna otra de mis ficciones haya causado este fervor, moderado, acotado, menos que «de culto», pero fervor al fin. Siento que mis otras novelas, mis cuentos, todos tienen envidia de *Bajar es lo peor*.

Repito que no me acuerdo demasiado de esa época. Algunos retazos: trabajar en la edición con Juan Forn en una oficina de Planeta, en la avenida Independencia; irme a Mar del Plata a corregir; ir a la tele a hablar con Chiche Gelblung y aparecer en talk shows hablando de por qué los jóvenes son violentos (ésa era la consigna de la tarde); que me presentaran a escritores que yo no conocía y jamás había leído; que en la radio el libro se promocionara con la frase «la escritora más joven de Argentina».

Yo tenía veintiún años. No conocía a ningún escritor profesional ni había escritores en mi familia, no había asistido a ningún taller literario ni estudiaba Letras. No era mi ambición, tampoco, escribir novelas. Tenía que contar la historia de los personajes que me hablaban y tenía que escribir mis obsesiones porque era una necesidad física. Sigue siendo igual, aunque ahora conozco a varios escritores.

Me tomó diez años publicar un libro después de *Bajar es lo peor*. En ese tiempo, escribí otra novela, que fracasó y fue destruida (era horrible). El fracaso no me espantó. Escribiendo esa novela mala, me di cuenta de que quería hacer esto para siempre, escribir cuentos y novelas, que era la mejor forma de –no encuentro otra palabra– «desagotar» a mis ocupantes mentales.

No releí *Bajar es lo peor* para esta reedición. No quise corregirle nada; tampoco quiero recordar lo que no recuerdo de la trama o de los personajes ni reencontrarme con errores que, ya sé, son obvios; como las escenas de sexo, que tienen muy poco realismo y mucha fantasía, pero son fieles a lo que me erotizaba en ese momento, antes de ver pornografía, antes de que mis amigos gays tuvieran la experiencia suficiente para describirme ciertas dinámicas, antes de que yo misma experimentara lo suficiente. No quiero retocar ninguno de esos problemas cándidos. Me gusta esta novela. Me gustó escribirla.

Ya borré de mi memoria y de mi literatura a la mayoría de los personajes, lo que no es raro: siempre los borro cuando termino de escribir; no entiendo cómo algunos escritores repiten protagonistas o arrastran a personajes de una novela a otra. No tengo un juicio sobre esto, sencillamente no tiene que ver con lo que me pasa a mí –al menos, por ahora, aunque ya me ronda la fantasía de una saga–. Nunca volví a escribir sobre Narval, Facundo o Carolina y no quiero hacerlo, ni siquiera en una corrección. Además, me parece mal corregir los libros viejos: le pertenecen a su tiempo. Y le pertenecen al autor cuando era más joven, que es una persona diferente.

Durante muchos años, viejos «fans», lectores y amigos me preguntaron por qué no se conseguía *Bajar es lo peor*. «Porque nadie me la pide para reeditarla», contestaba yo. Finalmente me la pidieron y acá esta, intacta. Un amigo me dijo hace poco: «Ahora escribís mucho mejor, pero *Bajar es lo peor* tenía una fuerza...». Es un elogio extraño, ambiguo, pero a lo mejor es un elogio justo.

MARIANA ENRIQUEZ
Agosto de 2013

Quien con monstruos lucha cuide de no convertirse a su vez en monstruo. Cuando miras largo tiempo un abismo, éste también mira dentro de ti.

FRIEDRICH NIETZSCHE

PARTE I

Hustlers of the world, there is one Mark you cannot beat: The Mark Inside...

WILLIAM S. BURROUGHS

Nada es cierto ni falso, el pensamiento es el que hace que lo sea. Y, cuando te empujan más allá del límite, tus pensamientos te acompañan y no te sirven de nada.

HENRY MILLER

1

Amanecía. La humedad y el calor pegaban las sábanas a la espalda de Narval, que se desperezó y se asomó por la ventana. Los barcos inmóviles estaban iluminados fantasmagóricamente por las primeras luces del sol; la habitación también empezaba a aclararse: la cama revuelta, el lavatorio sucio en un rincón, la jeringa y la cuchara tiradas en el piso. Narval no conocía el lugar; ni siquiera podía recordar cómo había terminado ahí. Recorrió la pieza con la mirada. Nada por ningún lado, salvo una mugre colosal.

–Con quién habré estado anoche –se dijo en voz baja, aunque lo sabía y trataba de sacarse la idea de la cabeza, fingir que lo había olvidado. Se frotó los antebrazos con las manos; tenía frío y estaba mareado.

Se puso la campera y comenzó a bajar. Había dormido vestido, incluso llevaba puestas las botas.

Caminó por el puerto, las botas chasqueando contra el empedrado. Se sentó con las piernas colgando hacia el agua. El olor del Riachuelo era casi insoportable, pero Narval se acostumbró enseguida y se quedó mirando los retorcidos hierros del puente hundidos en el agua negra. En realidad, estaban bastante derechos, pero la sensación que daba mirarlos era de hierros retorcidos. El chasquido del agua sucia golpeando contra el monstruo de metal negro le ponía la piel de gallina, lo mismo que la grasa pegoteada, como si el Riachuelo fuera algo vivo, viscoso y oscuro que no quería emerger y besaba los barcos y el puente.

Los barcos. Para él, los barcos nunca zarpaban, siempre estaban inmóviles, muertos, abandonados. Fantasmas gigantes, rodeados por la niebla del amanecer, una niebla que hacía que las cosas se vieran como a través de un vidrio empañado.

Se tanteó el pecho y la camisa buscando cigarrillos. Encendió uno: la ceniza cayó en el agua aceitosa, flotó un instante y se hundió. Como no soplaba ni una brisa, podía hacer esos anillos de humo en los que era experto. Una chupada, una seguidilla de anillos perfectos, otra chupada y un anillo grande y otro chiquito que se metía dentro del primero. Asqueado, tiró el cigarrillo por la mitad. Tenía la boca pastosa de nicotina y el estómago revuelto por no comer. Casi inconscientemente comenzó a arrancarse las puntas florecidas del pelo mientras tarareaba «Mambrú se fue a la guerra, no sé cuándo vendrá».

Iba a hacer calor otra vez; el sol empezaba a quemarle los ojos y, aunque Narval odiaba eso, nunca podía conservar un par de anteojos negros, siempre los perdía. Dio vuelta los bolsillos para buscar algo de plata. Encontró unas monedas y una papela. La idea era iniciar el día con un vino y un pico.

Empezó a caminar y, aunque a la cuadra se dio cuenta de que le dolía demasiado todo el cuerpo, decidió seguir. En un kiosco abierto las veinticuatro horas compró un vino y con el vuelto se preparó para esperar el colectivo, odiando el amanecer casi tanto como la resaca que tenía encima.

Un viaje interminable y el pánico de haber perdido las llaves que, después de cuadras y cuadras de revolver los bolsillos, aparecieron en el de atrás.

El olor de su departamento se estaba volviendo insoportable y, además, tenía que cambiarse los pantalones de una buena vez.

Siempre es tan complicado picarse solo, pensó Narval, frunciendo la nariz ante el intenso olor a fritura que llegaba desde la calle y le daba arcadas. Sintió un sabor amargo en el fondo de la boca y aguantó las ganas de vomitar; siempre es tan complicado picarse borracho, pensó. La cucharita le temblaba en la mano, la impaciencia no le dejaba cargar la jeringa. Rió satisfecho cuando lo logró.

El dolor de la aguja hundiéndose en el brazo amoratado y una presión en el vientre. Las manos temblando, los labios pálidos mordidos hasta enrojecer. Una gota de sangre en los vaqueros y un martillazo en la nuca, el cerebro cargado de azul electricidad, el zumbido en los oídos.

Cerró los ojos.

Y el miedo a mandar de más y ganar. La muerte tirando de la oreja, el corazón latiendo enloquecido.

–La última vez –murmuró–. Respirar hondo y tranquilizar el corazón y dejarse llevar. Ya llegamos.

Se estiró hasta el grabador y descubrió que no andaba. Era inútil: estaba roto desde hacía tiempo y nunca se acordaba hasta que quería escuchar música. Puteando en voz baja, cerró la puerta con llave y bajó las escaleras. No podía quedarse ahí de ninguna manera.

Pasó horas caminando por cualquier lado, sin poder parar. Las luces se le aproximaban flotando misteriosamente, la calle se transformaba en un caleidoscopio rojo, amarillo y verde. No era tan terrible que la calle se convirtiera en un semáforo giratorio gigante. Había cosas peores. Era peor que aparecieran los que lo seguían, por ejemplo. Narval los había bautizado Ella y los Otros, para ponerles un nombre. No sabía de dónde habían salido ni por qué estaban detrás de él: una tarde, la ciudad se había vuelto negra, como si de golpe se hubiera hecho de noche, y Ellos habían aparecido entre la gente y lo habían perseguido y le habían mostrado cosas horrendas. Ellos tres: una mujer espantosa, un hombre sin ojos y otro con arañas recorriéndole el cuerpo. Podían salir de cualquier lado; una persona podía darse vuelta y ser uno de Ellos, podían salir de una puerta, podían hacer cualquier cosa. Nadie parecía verlos, salvo Narval. O, a lo mejor, la gente hace como que no se da cuenta de que Ellos están ahí. Nunca se sabe, pensaba Narval.

También podía pasar que la calle se convirtiera en un lodazal del que emergían manos que querían tirarlo hacia abajo. También podían aparecer hombres desnudos y malolientes que le tiraban cachos de carne desde los árboles. Y ahí te quiero ver, sonrió Narval, ahí te quiero ver, cuando hay que caminar derechito como si nada pasase, cuando hay que evitar correr y aullar para que la gente no se dé cuenta. Porque, si alguien se da cuenta, derechito al loquero.

Se apoyó en un palo de luz y vomitó. Pensó en quedarse tirado en un umbral, pero siguió caminando. Aunque era inútil tratar de mantenerse en pie con tanta gente esquivándolo y empujándolo. La gente no era más que una molestia. Pero, cuando la noche llegaba en pleno día y los traía a Ellos, la gente podía serle útil: una bocina, un roce, una risa podían hacer que Ellos se fueran y devolverlo a los semáforos, los autos, el ruido, Buenos Aires. No siempre, claro. Y, últimamente, no por demasiado tiempo.

Un empujón lo hizo tambalear tanto que tuvo que sentarse en el cordón de la vereda. La humedad era cada vez más pegajosa. Los autos pasaban con ruido a lluvia y le movían el sucio pelo rubio que le caía sobre la cara.

–Dónde carajo estaré –murmuró, y supo que, si levantaba la cabeza, iba a volver a vomitar.

Se llevó una mano al pecho porque el corazón parecía querer reventársele contra las costillas. Sintió que estaba empapado en sudor frío y se levantó.

–Adónde puta iré –dijo en voz alta.

Miró hacia atrás y vio la Torre de los Ingleses. Delante de él, los autos se aproximaban furiosamente por la avenida. Estuvo un buen rato parado en la esquina esperando el momento de cruzar. Los autos siempre parecían estar demasiado cerca o demasiado lejos y ya había tenido malas experiencias por cruzar sin mirar. Por eso enfiló hacia Florida, rogando no cruzarse con ningún mutiladito guitarrero. Hacía tanto calor... Los cuerpos sudorosos y apurados lo rozaban. Dos manos mugrientas le ofrecieron una caja de maní con chocolate.

En Corrientes decidió tomar el subte, evitando a una mendiga boliviana que le extendía la mano sentada en las escaleras. Las botas repiquetearon contra los escalones. El calor abombante, la atmósfera enrarecida por el encierro. No había nadie en el andén, cosa bastante rara. No sabía qué hora era, pero siempre había alguien en los subterráneos. En cuclillas, con la espalda contra la pared, pensó que era ridículo nunca tener plata pero siempre encontrar cospeles de subte en el fondo de algún bolsillo. Suspiró: se hacía muy difícil respirar normalmente en ese encierro. Hizo crujir su cuello contracturado y cerró los ojos.

Y entonces sintió esa sensación extraña, que empezaba en el fondo de las tripas y se iba a la cabeza como un lento latigazo. Las sienes empezaban a bullir y latir, como si algo quisiera estallar, como si algo luchara por salir, y por un momento quedó casi ciego, con infinidad de puntitos negros bailando enloquecidos ante sus ojos. Después, inconfundible, el escalofrío. Aterrado, pero no sorprendido, oyó los pasos inseguros, los pies arrastrándose.

–Ella *otra vez* no –dijo, en voz baja.

Unas uñas rascaron los azulejos. Exactamente el mismo ruido que una tiza al chirriar contra un pizarrón: Narval sintió que se le destrozaban los dientes. La humedad corría por el techo y goteaba.

«Acá estás. Fue fácil encontrarte».

La voz era resquebrajada. Peor todavía: gorgoteante. Narval se negaba a mirarla y empezó a temblar con violentas sacudidas. Basta, pensó. Pero los tacos se acercaban vacilantes. Aunque tenía los ojos cerrados, Narval supo que se había detenido delante de él. Y sintió el aliento fétido en la cara, pero mantuvo los ojos cerrados.

Ella le pasó una mano por la barbilla; Narval se la aferró con fuerza para evitar que lo tocara. Entonces abrió los ojos.

Ella y sus labios exangües, su piel grisácea, el cuello y los brazos llenos de marcas y moretones, el rostro pintarrajeado y ese olor a sudor y brillantina. Narval empezó a pedir mentalmente porfavorporfavorporfavor, pero no. Nunca se iban.

Ella se acostó en el piso abierta de piernas, se levantó la pollera y empezó a masturbarse. Con la lengua se corría el rojo lápiz labial y lo reemplazaba con la sangre que brotaba de las heridas que se hacía con sus largas y descuidadas uñas entre las piernas. Narval empezó a arrastrarse por el piso para huir y Ella comenzó a reírse: una risa ululante, que terminó en un alarido.

«No te vayas», le gritó la mujer, y el eco de sus gritos resonó como campanadas en el silencio del subte.

Narval subió corriendo las escaleras. En la mitad se quedó casi sin aire y con un resto llegó arriba. Se apoyó en la baranda y sintió que se ahogaba, que ya no sentía las piernas. Respiró ávidamente un poco y siguió caminando sin mirar atrás. Otro encuentro como ése y se volvería loco, loco de atar. Se sentó en un umbral y acurrucó la cabeza entre las rodillas. No quería mirar a la gente. No quería verla de nuevo. ¿Y si, cuando finalmente decidiera levantarse, se encontraba con Ella mirándolo? Sintió un mareo y empezó a llorar y se dijo que así lo encontraría alguien alguna vez, sucio, drogado y desquiciado. Y que ese alguien se lo llevaría y que ni siquiera entonces podría dejar de llorar.

2

Lo extraño de las pesadillas era que podían ser aterradoras, pero siempre se desvanecían al rato, al punto de que uno podía contarlas después como una película de terror de la tele. Uno podía habituarse al miedo.

Narval no sabía cuánto tiempo hacía que estaba sentado en la puerta de esa casa: se le habían entumecido las piernas, pero ya tenía las mejillas secas, y se dijo que quizá sería capaz de abrir los ojos. Lo hizo, no sin un estremecimiento, con la convicción interna de que no habría nada allí, salvo la calle.

Estiró las piernas. Aún no había dejado de temblar y lentamente notó que el horror daba paso a una calma tensa y acechante, que no lo paralizaba. Se permitió pensar que había imaginado todo, aunque fuera por un rato, aunque fuera una mentira que aliviaba. Una pequeña tregua, aunque fuera sólo eso. Aunque fuera sólo la esperanza de haberse salvado.

Decidió ir a buscar a Facundo, rogando que estuviera en su departamento. Le costó bastante orientarse para llegar, a pesar de que conocía el camino de memoria.

La entrada del edificio donde vivía Facundo era lujosa, toda lustrada y brillante hasta intimidar. A Narval le daba risa que Facundo se hubiera hecho casi rico con sus amantes. A él nunca le había cobrado un peso, pero con los demás era un auténtico chupasangre.

Tocó tres timbres largos, la especie de contraseña que habían acordado con Facundo; casi enseguida la puerta zumbó y Narval, agradecido, subió los dos pisos por las escaleras.

Facundo le había dejado la puerta abierta; Narval entró y se dejó caer sobre los eternos almohadones que cubrían el piso. Facundo estaba de pie a su lado, estudiándolo con la mirada, chupando su cigarrillo. Como casi siempre, estaba vestido de negro, de modo que su piel blanca parecía brillar. Tenía el larguísimo cabello oscuro suelto y sucio, con mechones cayendo descuidados sobre sus ojos grises. Le sonrió a Narval casi imperceptiblemente, con su habitual mueca cínica y despreocupada, y por un momento dejó que el cigarrillo descansara sobre sus labios tan rojos que parecían pintados. Dio una pitada final y tiró el cigarrillo al piso, dejando que se consumiera.

–Qué cara tenés, Val. ¿Te pasa algo?

Narval titubeó.

–Empecé el día con un vino y un pico. Debo estar bajando. No pasa nada –y miró a Facundo desde el piso. Le parecía mucho más alto desde allí, mucho más majestuoso, si eso era posible.

Facundo llevaba puestos unos pantalones negros, tan gastados que comenzaban a ponerse brillantes en las rodillas. Su remera negra estaba deshilachada y llena de agujeros. Pero, aunque Facundo estuviera sucio, vestido con la peor ropa que tenía o asquerosamente drogado, siempre parecía extremo y lejano y perfecto, con su salvaje belleza siempre inmaculada, imperturbable.

Facundo se metió en la cocina, trajo un sandwich y se lo dio a Narval.

–Comé algo y no seas ridículo. Estás re-pálido, medio gris. Mirá cómo temblás –dijo, al ver cómo se sacudía el sandwich en la mano de Narval. Se lo sacó y lo apoyó sobre una mesita de vidrio.

–Mejor esperá un poco. Tranquilizate primero y después comés.

Facundo desprendió la camisa de Narval y se la sacó mientras acomodaba los almohadones para recostarlo semisentado. Narval se dejó hacer: era lo que necesitaba y para eso había venido.

Facundo siempre sabía qué hacer. Manejaba cada situación con una frialdad que asustaba, fuese ayudar a Narval en ese momento o levantarse un tipo por la calle. Eso era lo que hacía que su belleza fuera más inquietante todavía: que tuviese tal conciencia de su magnetismo. Porque Facundo seducía a todos, y también controlaba a todos. Eso exasperaba a Narval; a pesar de que nunca nadie lo había hecho sentir mejor, le molestaba que Facundo fuera tan mecánico; era la persona más egoísta y generosa que Narval había conocido jamás. Se acostaba con cualquiera, todos lo deseaban, tipos, mujeres, daba igual: Facundo casi nunca decía que no. Pero sólo porque disfrutaba haciendo gozar, sólo porque disfrutaba siendo el mejor de todos. Su intensidad era gélida. Le encantaba que lo mirasen, que le dijeran cosas, que lo admirasen, sabiendo que era inevitable. Le gustaba que disfrutaran con él, pero él no parecía disfrutar con nadie.

Narval se lo había dicho una vez, abrazado al cuerpo de Facundo en la oscuridad. Y Facundo se había reído un poco, con su risa seca, áspera, que no parecía una risa en absoluto.

–¿Qué es lo que te molesta? ¿No poder hacerme gritar? A mí nunca me hicieron nada espectacular, pero eso no es importante. En absoluto. No me interesa sentir. Coger no es nada del otro mundo, Val.

Una expresión de profunda amargura recorrió el rostro de Facundo cuando lo iluminó la llama del encendedor; sólo fue un instante, pero Narval alcanzó a verla.

Ahora se acomodó mejor sobre los almohadones. Le dolía el brazo; notó que lo tenía manchado de sangre, seguramente por haberse picado con demasiado apuro. «Tengo sed», murmuró, y Facundo le trajo un vaso de agua fría. Mientras Narval lo tomaba, encendió un cigarrillo, le dio dos pitadas y lo tiró. Cuidadosamente se sentó al lado de Narval, le secó el sudor y le tomó el pulso.

–Cerrá los ojos y respirá hondo.

Narval obedeció. Todavía lo asombraba haber llegado a ese punto con Facundo. La noche en que se habían conocido, hacía ya más de siete u ocho meses, Narval andaba buscando ácido, inútilmente; parecía no quedar una pepa en todo Buenos Aires. Lo último que se le hubiera ocurrido era que iba a terminar la noche en la cama con un hombre. El Negro, su dealer habitual, lo había mandado a un boliche gay del centro a preguntar por un tal «la Diabla», dueño del lugar en cuestión, del que se decía por ahí que tenía las mejores pepas, para nada anfetamínicas.

Narval encontró el lugar rápido, a pesar de que sólo se trataba de una puerta oscura: unos chonguitos que estaban apostados en la esquina le indicaron el camino.

Una vez dentro, preguntó por ese la Diabla, primero en la barra, después a algunos tipos que había por ahí, pero nadie parecía saber dónde se había metido. Decidió esperar. Pidió un vaso de ginebra y se sentó en una mesita: si no podía estar pepeado esa noche, por lo menos iba a emborracharse. Narval odiaba profundamente esperar droga; y todo era peor si la espera tenía como banda sonora un bolero entonado por un viejo maricón borracho que aullaba en el escenario vacío, acompañando a un viejo disco de Los Panchos con ruido a fritura. Cuando Narval llevaba tres vasos de ginebra, algún bienaventurado bajó al tipo del escenario y, casi como si fuera a propósito, alguien mandó un disco de Jimi Hendrix.

Contento, Narval se dedicó a mirar un rato a la gente, canturreando «Foxy Lady». Entonces vio a Facundo bailando en un rincón oscuro, solo, con un vaso en la mano, ese rostro de increíble blancura, esos ojos brillantes. Siempre que Narval trataba de imaginarse cómo sería la persona más hermosa de la Tierra, siempre que había tratado de pensar cómo se vería la auténtica belleza, si existiera, se la había imaginado así, con el color de piel de Facundo, su perfil, su boca, su cuerpo; aunque hasta entonces estaba seguro de que, si alguna vez encontraba a alguien así, sería una mujer. Pero el chico que bailaba bajo las luces amarillentas y mortecinas parecía estar más allá de todo sexo. Narval se preguntó si la gente que pasaba a su alrededor veía en Facundo lo mismo que él, una especie de ángel de belleza maldita, sin sexo, sin Dios.

Y decidió acercársele a preguntarle por el tal Diabla, aunque en realidad todo lo que quería era verle la cara de cerca. Todavía se negaba a creer que Facundo fuera de verdad: todavía tenía la esperanza de que sólo se tratara de una ilusión causada por el alcohol y la distancia.

Cuando estuvo cerca y le vio la cara, fue peor de lo que imaginaba. Facundo no sólo era rabiosamente hermoso, sino que, además, unos pocos segundos de charla con él habían hecho que Narval se olvidara de todo: la Diabla, los ácidos, el resto del universo había dejado de existir. Los movimientos lentos de gato perezoso, los labios rojos y húmedos, ese pelo tan largo, tan negro que se confundía con la camisa oscura, enredándose en los volados de la pechera, pegoteándose al blanquísimo pecho desnudo que asomaba como un pálido misterio entre los botones desprendidos, lo habían hipnotizado sin remedio.

Facundo le dijo que sería imposible encontrar a la Diabla esa noche porque el tipo se había tomado todas las pepas y las sobrantes las había vendido. «Es mi amigo», agregó, «pero debe estar reloco ya y no tengo la menor idea de dónde puede haber ido a parar». Después, le ofreció su vaso de cerveza y le preguntó el nombre.

–Narval –repitió Facundo–. ¿Puedo decirte Val?

Narval se encogió de hombros y pensó: Decime como quieras.

–¿Y vos cómo te llamás?

–Facundo.

Y se metió entre la gente, dejándole a Narval el vaso de cerveza, moviéndose levemente, como una sombra.

Narval se había quedado parado, tratando de digerir lo que sentía. Un nudo le había cerrado el estómago. No podía engañarse ni por un segundo: deseaba a Facundo, necesitaba saber qué se sentía al tenerlo cerca, al recorrerle la piel con los dedos, con la lengua. Pero no sabía cómo acercársele, no sólo porque era un hombre (y a Narval nunca antes le había gustado un tipo); además, se le había metido otra idea en la cabeza, una extraña sensación de irrealidad que había empezado a darle miedo.

Volvió a sentarse a la mesa y se terminó el vaso que le había dejado Facundo; ya estaba bastante borracho y le costó encender un cigarrillo. Miró entre la gente tratando de encontrar a Facundo, pero no volvió a verlo y tuvo escalofríos. Le había pasado ya unas cuantas veces. Habían sido pequeñas cosas, pero suficientes para no confiar demasiado en sí mismo. Algunas veces creía oír que lo llamaban en calles oscuras y vacías, de vez en cuando le parecía que alguien lo abrazaba en la oscuridad de su cama, cuando estaba solo; una que otra vez había visto puertas de las que salía gente y después, cuando volvía a mirar, no sólo no había salido nadie, sino que ni siquiera existía la puerta. Sin embargo, todas esas veces había estado drogado al extremo, y esta vez no. Sólo había tomado un poco de alcohol; en todo caso, no lo suficiente como para alucinar.

Se levantó de la silla fumando nerviosamente. No tengo nada que perder, pensó; si no existe, si sólo lo imaginé, listo, no lo encuentro y después veré qué hago con mi cabeza. Y, si lo encuentro, tengo que conseguir que venga conmigo. A lo mejor lo espero en la esquina, a lo mejor pido por favor, a lo mejor no le digo nada.

Comenzó a buscarlo entre la gente: sabía que era imposible confundirse, ninguno ahí dentro podía moverse como Facundo, ninguno tenía ese pelo negro y brillante, ninguno era como él. Pero no pudo encontrarlo por ningún lado. No sabía qué iba a decirle si lo veía. Sólo quería tenerlo cerca otra vez y decirle algo, cualquier cosa, algo como lo que les decía a las chicas. Se negaba a pensar en la posibilidad de recibir un rotundo no.

Recorrer el boliche empujando gente empezó a hartarlo; además, la cabeza le daba vueltas y necesitaba sentarse y resignarse a no encontrar jamás a aquel chico de ojos grises y palidez espectral. Pero, mientras se sacaba de encima a un tipo que insistía en sacarlo a bailar, se le ocurrió buscar en el baño. Era el único lugar donde no había entrado hasta entonces.

Ahí lo encontró; Facundo estaba reclinado bajo las canillas, mojándose las sienes. Se paró detrás de él y Facundo le sonrió burlonamente desde el espejo. Narval vio sus dientes blancos, la piel húmeda, el pelo pegoteado a la cara, la ropa negra que se ajustaba al cuerpo, y lo arrinconó contra la pared, tomándolo furiosamente de la cintura, diciendo casi con odio: «Sos el hijo de puta más hermoso que vi en mi vida». Lo impulsaba algo que desconocía, algo que le exigía retener a Facundo contra su cuerpo, como si fuera a escapársele.

Facundo se rió de él. Después, lo besó desapasionadamente y todavía medio sonriendo le dijo: «Te espero afuera». Narval lo miró irse y se apoyó contra la pared. Estaba temblando, tenía el gusto de Facundo en la boca, confundiéndose con el amargo sabor de la cerveza. Todo había sido tan sencillo que asustaba. Sólo sabía que quería pasar la noche con él, pero la rapidez de todo no lo dejaba pensar. Narval acababa de comprender que Facundo era un chongo. No había otra posibilidad. En realidad, no lo había seducido. Se rió de sí mismo cuando supo de pronto que estaba dispuesto a gastar en Facundo toda la plata de los ansiados ácidos, si era necesario.

Habían estado juntos hasta el amanecer en el departamento de Facundo, un lugar lleno de alfombras, almohadones y colillas de cigarrillos, tirados en el piso, fumando porros y envueltos en una frazada, porque hacía muchísimo frío y la estufa de Facundo no andaba o algo así.

Cuando empezaron a entrar los primeros rayos del sol, Facundo bajó las persianas y dibujó dos largas rayas de cocaína sobre un espejo. «La noche se termina cuando uno quiere», había dicho, mientras preparaba otra raya sobre la espalda de Narval, que se estremecía con el roce de la gillette.

Sólo una vez en toda la noche Narval se había dicho a sí mismo: Estás disfrutando como nunca y es con un tipo, mientras acariciaba a Facundo acostado a su lado, incrédula y tímidamente. Muchas otras veces, caminando por la calle o sentado en bares, había mirado a otros chicos, preguntándose cómo sería ir a la cama con ellos, aunque fuera tan sólo para comparar. Pero nunca lo había hecho.

Narval siempre terminaba buscando a Facundo por los bares y quedándose con él, cuando eso era posible.

Facundo salía todas las noches: pasaba primero un rato por Sonic o Malicia y después se encontraba con alguno de sus amantes o levantaba tipos ocasionales en el boliche de la Diabla o en la esquina del lugar. Rara vez dormía con alguien que encontrara en los bares, salvo que le pagaran bien. Se lo había explicado a Narval la primera noche, cuando Narval preguntó tímidamente si podían volver a verse.

–Una o dos de la mañana me encontrás seguro. Después, hago mi historia. Nunca pases a buscarme por la esquina o por lo de la Diabla. Ahí laburo.

Que Facundo no le hubiera cobrado, ni la primera vez ni ninguna otra, era algo que había sorprendido a Narval; él no tenía idea de cómo se efectuaban ese tipo de transacciones, así que había esperado que Facundo le pidiera la plata. Pero Facundo no lo había hecho. Ni siquiera lo había mencionado.

A partir de ese momento, no se encontraron más en el boliche de la Diabla. Facundo no le había presentado a sus amigos o «colegas», como los llamaba burlonamente. A Narval no le importaba; cuanta menos gente conociera, mejor: las personas le molestaban bastante. Sin embargo, una que otra vez se había cruzado a uno de los amigos de Facundo en el ascensor, un chico de ojos azules; Facundo le había dicho en algún momento que se llamaba Juani, pero éste jamás le había dirigido la palabra. Siempre que Narval tocaba el timbre, Facundo echaba a Juani de su casa.

Después de encontrarse en bares varias veces, Narval tomó una tarde la decisión de pasar por el departamento de Facundo sin avisarle nada. Lo encontró, pero bastante molesto; Narval se sintió incómodo, suponiendo que a Facundo no le había gustado que se le apareciera de sopetón, sin avisar.

–Oíme –le había explicado Facundo, cuando Narval se lo preguntó–. Podés pasar por acá cuando quieras. Pero tenemos que arreglar una contraseña o algo así. De todas las personas que se acuestan conmigo, sólo vos y el viejo que paga el alquiler saben dónde vivo. Con el viejo arreglo siempre, así que por ese lado está todo controlado. Pero a veces se manda solo y yo no tengo ganas de verlo; por lo tanto, no atiendo el timbre. A veces vienen los chicos, también, y no quiero que te cruces con ellos, no quiero mezclar las cosas. Así que tengo que saber que sos vos el que toca el timbre para no confundirte con el pesado del anciano ni con mis colegas. Si no tengo ganas de verte, no te abro, igual. Pero por lo menos sé que sos vos.

Cuando Narval empezó a visitar a Facundo, descubrió que ya no lo hacía solamente para acostarse con él: muchas veces sólo pasaba para fumarse un porro y charlar un rato, para escuchar en la semioscuridad la cadenciosa voz de Facundo hablando pavadas y riéndose. Habían empezado a salir juntos, a caminar por todos lados con una botella de cerveza y varios atados de cigarrillos porque Facundo compraba de a tres o cuatro, sólo para asegurarse de que no se le fuesen a terminar. Muchas veces veían juntos el amanecer tirados en algún lugar, sin haber hecho el amor en toda la noche, sino hablando y hablando, ignorando a la gente que a veces los acompañaba en el vagabundeo. El deseo de Narval no disminuía por eso; a veces, sólo con que Facundo encendiera un cigarrillo en la oscuridad y la llama iluminara sus ojos, Narval sentía que un cosquilleo le recorría las caderas. Entonces necesitaba volver a sentir los labios de Facundo, volver a cerrar sus brazos alrededor de esa cintura y hacerlo suyo donde estuvieran; a veces, parados en el oscuro zaguán de alguna casa, atentos a los ruidos, Narval mordiéndose los labios para acallar todo sonido, Facundo entregándose silenciosa y tranquilamente, como si estuviera a años luz de todo. Incluso, de vez en cuando, fumaba un cigarrillo mientras Narval le tiraba del pelo y le mordía los hombros.

Hacía un buen rato que Narval estaba tratando de tranquilizarse, con los ojos cerrados. Cuando los abrió, Facundo le sonrió apenas. Narval había sentido todo el tiempo que le acariciaba el pelo y que le tomaba el pulso cada tanto. Se sentía mejor, pero extremadamente cansado.

–¿Ya pasó? Comete el sandwich, entonces. Me siento como si fuera tu vieja o tu novia. Últimamente venís siempre hecho mierda.

Narval empezó a comer en silencio, dándole muchas vueltas a cada bocado antes de tragarlo. Cada vez que lo hacía, sentía que iba a vomitar, pero no.

Facundo encendió un cigarrillo.

–¿Adónde fuiste anoche?

Narval suspiró. ¿Qué querés?, pensó. ¿Qué voy a decirte? Si empiezo por el principio, creo que al principio fue sólo una puerta, que me rompí la nariz por querer pasarla y después me daba cuenta de que era una pared. Y después creo que empezó a salir gente de la puerta, gente que no conozco, que es horrible y que me persigue y que está en todos lados. Que no entiendo cómo se frena esto, si es que puede frenarse, que ya no sé si alguna vez empezó o fue siempre así. ¿Querés saber por dónde anduve? Con Ellos anduve, toda la noche.

–Por ahí, boludeando –dijo, en cambio–. ¿Y vos?

–Fui a Sonic y después lo de siempre.

Facundo caminó hasta la pileta de la cocina y se sacó su ajustada remera negra. A Narval le encantaba ese cuerpo delgado y tenue, los músculos sutilmente marcados, la forma de pararse quebrando las caderas. Facundo abrió la canilla y se tiró toneladas de shampú sobre el pelo negro azulado. Siguió hablando, pero nada de lo que dijo se entendió, por el rumor del agua. Narval se estiró contra los almohadones sintiendo cómo crujía su espalda contracturada. El estómago estaba aguantando bastante bien la comida, el cigarrillo que había encendido no le temblaba entre los dedos. Lo apagó sobre la alfombra (costumbre que había copiado de Facundo) y, para cuando dejó de correr el agua, estaba profundamente dormido.

3

Cuando Narval despertó, el departamento estaba casi a oscuras. Había dormido demasiado; le dolía la cabeza. Lord Byron, el gato negro de Facundo, lo miraba con desprecio, arrollado sobre la cama. Narval se sentó, medio mareado, y escuchó atentamente: el departamento estaba silencioso y vacío.

Se enojó. Necesitaba a Facundo, lo necesitaba *ahora*. No quería estar solo y reanudar el circuito pico-vino-bar, no quería hacer cosas para dejar de pensar. Esa mañana había comprobado que no siempre funcionaban. Y necesitaba olvidarse de todo: de la mujer monstruosa, de la serpiente que se retorcía en su cabeza, del miedo.

Pero, si Facundo no estaba, no estaba. Podía haberse ido a lo de la Diabla o a una cita o a caminar; en cualquier caso, si lo había dejado solo, era porque tenía otros planes en los que Narval no estaba incluido.

Se levantó y salió al balcón a tomar aire. Seguía haciendo mucho calor, a pesar de que ya era casi de noche. Las histéricas bocinas de los autos lo pusieron nervioso: pensó que sería interesante tener una escopeta de dos caños para terminar con los ruidos molestos.

Volvió a entrar. Siempre le había extrañado que el departamento de Facundo tuviera tan pocas marcas personales de su dueño:

salvo los ceniceros llenos hasta el borde y los almohadones (Facundo siempre estaba tirado en el piso), no había más que paredes desnudas, una cama, una mesa pequeña de vidrio, una biblioteca con unos pocos libros. Nada especial.

Narval se sentó en la cama, cosa que hizo que el gato bajara de un salto y escapara a la cocina. Narval percibió un rancio aroma que provenía de él mismo y se rió entre dientes pensando que era natural que el gato huyera así porque él realmente apestaba. Se desnudó y se metió en el baño. Abrió la ducha y dejó correr el agua hasta que se calentó. Aunque hiciera un calor del carajo, no podía bañarse con agua fría, no podía aguantar los chorros helados sobre la piel. Cerró la puerta y se sentó en el inodoro, dejando que se empañaran los espejos. Se miró las piernas desnudas, pálidas, llenas de moretones y marcas. Cuando se le habían destrozado las venas de los brazos, había empezado a picarse en los tobillos; pero los pies se le hinchaban tanto que casi no podía caminar, así que había vuelto a picarse en los brazos y en la muñecas, a pesar del dolor.

Respiró hondo, sintiendo cómo el vapor le abría los pulmones. Se imaginó su cuerpo por dentro, su corazón agitado por la droga y la angustia, funcionando como una máquina aceitada. Lo que más lo asombraba era no poder controlar su cuerpo; muchas veces, sólo para probar, aguantaba la respiración hasta sentir que explotaba y terminaba tomando aire ávidamente, contra su voluntad; a Narval le costaba comprender cómo era posible seguir respirando sin tener ganas, no podía entender qué era lo que hacía que se despertara cada día y su corazón siguiera latiendo, haciendo caso omiso a las toneladas de merca que paseaban por sus venas, como si nada pudiera detenerlo.

Limpió un poco el espejo empañado y se miró la cara, las ojeras, los ojos hundidos, el pelo grasiento y rubio que le caía sobre los hombros. No podía mirarse fijo a los ojos por mucho tiempo; a veces le parecía que su cara era extraña, que no pertenecía a su cuerpo. Con los labios formando una O respiró sobre el espejo para volver a empañarlo y escribió su nombre con un dedo. Qué nombre de mierda, pensó.

Volvió a escribirlo: le daba cierta seguridad escribir su nombre, saber que todavía existía y no se había ido al mundo de donde venían los monstruos, que todavía estaba aguantando. Borró su nombre con las dos manos y no volvió a mirarse en el espejo. Se metió bajo la ducha y dejó que el agua caliente paseara por su cuerpo y se le metiera en la boca. La miró irse, gris oscura contra el blanco de la losa. La última vez que se había bañado también había sido ahí: sólo que Facundo estaba con él, acariciándolo y riéndose cada vez que metía su negra cabeza bajo el agua y le chupaba la pija.

El calor había hecho que su corazón iniciara un golpeteo alarmante, y Narval tuvo miedo de desmayarse y caerse y morirse ahogado en la bañadera. Se sentó para lavarse la cabeza. Cada vez que se restregaba el pelo para hacer espuma, sacaba las manos de su cabeza y encontraba los dedos llenos de pelos, así que se enjuagó: se le ocurrió que iba a salir de la bañadera pelado.

No se secó con una toalla; se paseó desnudo y mojado, dejando charcos por todo el piso, y salió al balcón para refrescarse. Se aburría y eso consiguió asustarlo. Porque había pensado por un segundo lo divertido que sería que en ese momento apareciera alguno de Ellos haciendo alguna asquerosidad. Entonces, con un cosquilleo, sintió una enorme erección. Generalmente, asustarse tanto como en ese momento hacía que la excitación desapareciera inmediatamente. Pero esta vez no. Empezó a temblar, pero revoleó la cabeza un poco. No voy a pensar en eso, se dijo. Me voy a vestir y voy a salir a buscar droga. Punto.

Olió su ropa tirada en el piso y frunció la nariz. No quería volver a ponérsela, sentiría que no se había bañado. Decidió llevarse algo prestado de Facundo. Tenían casi el mismo tamaño: la diferencia era que a él la ropa nunca le quedaba tan bien como a Facundo.

Revolvió la pila que se amontonaba sobre una silla. Eligió unos vaqueros, pero eran demasiado ajustados para él (y, además, si su pija seguía entusiasmada, no habría forma de ponérselos sin dolor).

Continuó la búsqueda. El olor de Facundo le llenaba la nariz y sólo conseguía excitarlo más, pero igual siguió buscando, puteándolo por dentro. Todos los pantalones de Facundo eran de cuero, o ajustados, o de colores, y Narval sólo quería un vaquero; no podía ser tan complicado. Encontró uno, finalmente, ancho en las botamangas y elastizado. Se lo puso con una musculosa negra.

Abrió la puerta del armario para mirarse en el espejo. Se dijo que con esos pantalones y sin afeitar parecía un hippie; y con el bulto del pito parado parecía, además, un degenerado, para no contar las oscuras marcas púrpura en sus antebrazos, que completaban el cuadro de hippie mugroso y drogadicto. Se encogió de hombros. Facundo, con la misma ropa, parecía un dios griego. Siempre parecía un dios griego.

Narval se fue sin cerrar la puerta: no había llave por ningún lado y, si a Facundo no le importaba, a él tampoco. Bajó las escaleras a oscuras. No pudo encontrar la llave de la luz en ningún piso, así que siguió a ciegas, adivinando los escalones, como si bajara por un pozo hacia el centro de la tierra.

La calle lo enojó: no le gustaba el barrio de Facundo, no le gustaban el ruido ni los negocios finos ni el tránsito interminable. Caminó rápido, con las manos en los bolsillos, tratando de alejarse lo más pronto posible. Se había acostumbrado tanto a caminar que ya ni se cansaba; calculaba que debía recorrer más de diez kilómetros por día.

Sin embargo, llegó casi agotado a la calle de los bares: el calor era abombante. «Calle de los bares» era la manera en que había bautizado una cuadra frente a la plaza Flores donde había dos boliches bastante disferentes, pero complementarios: Malicia y Sonic. Malicia era básicamente un bar donde uno paraba a tomar algo antes de partir hacia Sonic, un galpón cuadrado donde se escuchaba rock y se bailaba. Ambos boliches eran también el lugar de encuentro para pegar algo de droga, aunque, por lo general, las movidas se hacían en la plaza, ignorando la ominosa presencia de los patrulleros que la bordeaban una y otra vez durante la noche.

Narval cruzó hacia la plaza con esperanzas de encontrar al Negro, que, si estaba de buen humor, quizá le habilitaría algo de frula.

Pero sólo si estaba de buen humor: al Negro no le gustaba que le quedaran debiendo. Si era benévolo a veces con Narval, era porque siempre, tarde o temprano, éste le pagaba. Narval se metía en bardos espectaculares para conseguirle la plata al Negro. El más memorable había sido el episodio de la videocasetera. En esa época Narval no robaba cosas grandes, se limitaba a abrir uno que otro coche o arrebataba plata y ropa a cualquier desprevenido que anduviera solo por la calle. Pero con la videocasetera había sido una situación especial porque Narval estaba tan endeudado que con ninguno de sus pequeños hurtos hubiera podido conseguirle la plata que debía. Además, en ese momento al Negro no le hacía tanta falta efectivo: se había metido en la historia de vender televisores y videocaseteras robados, así que le dijo a Narval que, si traía una video, solucionaba su problema.

Narval montó guardia durante unas noches por su barrio, para averiguar qué casa se acomodaba mejor al propósito de meterse por la ventana. Finalmente, se decidió por una linda casita de dos pisos porque unos empleados de la luz habían dejado una escalera primorosamente cerca de la ventana del piso de arriba. Decidió subir a la medianoche, después de que se apagaron las luces de la casa. Hasta ahí, las cosas habían sido bastante fáciles: Narval había comprobado previamente que los dueños nunca bajaban las persianas del piso de arriba, que no tenían perro y que la ventana en cuestión daba a la pieza de uno de los hijos, que esa noche parecía haber salido, de modo que podía meterse por esa habitación con toda tranquilidad.

Mientras subía la escalera, se preguntó si los dueños no podrían escuchar los estrepitosos latidos de su corazón, pero, una vez que estuvo dentro de la casa, se relajó. La videocasetera estaba en el living, en la planta baja, así que Narval tuvo que bajar, agradeciendo internamente que las escaleras estaban alfombradas y amortiguaban tan bien el ruido de sus pisadas. Desconectó el artefacto con toda calma y, cuando lo tuvo entre las manos, tenía tanta confianza en sí mismo que decidió no salir por donde había entrado, sino por una de las ventanas de abajo, que estaba entrecerrada. No bien levantó la persiana para meter su cuerpo y el aparato, el agudo chillido de la alarma lo ensordeció. Quedó paralizado unos segundos, pero enseguida reaccionó y salió corriendo por la calle oscura, transpirando a mares y temiendo todo el tiempo que el aparato resbalara de entre sus manos húmedas y se estrellara contra el piso. Después de correr unas cuantas cuadras, seguro de que lo seguían veinte patrulleros, saltó el tapial de un terreno baldío y se quedó ahí, escuchando. Pero no pasó nada. Media hora después salió tranquilamente del potrero y se fue hasta lo del Negro, que lo recibió satisfecho. Narval nunca le había contado de su torpeza, y mucho menos en ese momento porque el Negro siempre estaba paranoico con que la policía cayera a su casa.

Pero, desde que Narval y Facundo se conocían, las cosas habían cambiado bastante. Narval ya no necesitaba robar para conseguir placa. Una vez, bastante desesperado, le había pedido unos pesos a Facundo y él se los había dado, pero con la condición de que le comprara faso o merca al Negro y revendiera una parte después, para recuperar la plata.

Facundo era fantástico para los negocios. Gastaba muchísimo en drogas y en salidas; siempre era el que pagaba los tragos. Pero no lo hacía porque sí; siempre ganaba más de lo que gastaba. Por un lado, estaban las exorbitantes sumas de dinero que obtenía de sus amantes; por otro, la plata que le daba el viejo, que además pagaba el alquiler del departamento; siempre se podía contar con el viejo si se quedaban sin un mango en épocas de malaria. A eso había que sumarle la plata que traía Narval cuando revendía la droga que le compraba al Negro. De alguna manera, Narval, el Negro y Facundo se habían convertido en socios; Facundo era el que proveía el capital, Narval era el que vendía y el Negro, el proveedor mayor. Lo cual no impedía que Facundo le comprara frula o faso directamente al Negro cuando quería tener su parte.

A veces, Narval prefería no pedirle plata a Facundo; después de todo, estaba acostumbrado a andar sin un mango por ahí. Trataba de limitarse a los momentos en que las cosas se ponían insostenibles. Porque no había resultado ser un buen socio: se gastaba todo o se tomaba todo siempre; pocas veces las cosas salían bien y le sobraba plata. A Facundo no le importaba, pero nunca le daba un mango a Narval si él no se lo pedía. «Gano plata con mucha facilidad», le había dicho, «y no me importa perder un poco, pero tampoco estoy tan demente como para perderla toda». Narval sabía que Facundo tenía toda la razón, así que se callaba la boca.

Se sentó en un banco de la plaza y se ató el pelo con un nudo. Ya era completamente de noche y empezaba a caer gente a la plaza, la mayoría para conseguir droga. Miró atentamente los grupos de gente tratando de divisar al Negro. Tenía frío en la espalda y estaba empezando a endurecérsele la mandíbula.

Una chica tomaba vino en tetrabrik, sentada con las piernas cruzadas. Llevaba zapatillas negras de básquet y una remera de The Exploited. Narval se acercó a ella para pedirle un trago. La chica le convidó de mala gana. Tenía el pelo muy corto, teñido de rojo, y la cara maquillada con base blanca. Narval bebió concienzudamente de la cajita de cartón, a pesar de las amenazadoras miradas de la colorada. Terminó y se la devolvió.

–¡De nada! –le gritó la chica mientras Narval se alejaba, riendo. Se había volcado vino tinto sobre los pantalones de Facundo. La cara blanca de la chica le había recordado la única vez que vio maquillado a Facundo, con la cara empolvada de blanco espectral y los labios rojos. Y una sombra celeste sobre los ojos grises, bien años setenta. No le había pedido opinión a Narval, y él tampoco se la había dado, pero, si alguien le hubiera preguntado en ese momento, Narval habría dicho que Facundo era la única persona capaz de cortarle la respiración de semejante manera.

El vino caliente le revolvió el estómago. Los oídos le zumbaban y caminó rápidamente en círculos hasta que volvió a escuchar bien. Las sienes habían empezado a latir. Otra vez no, murmuró, y gimió bajito.

La chica del vino lo estaba mirando.

Narval cruzó corriendo la calle, sin mirar, y se acercó a la puerta de Malicia. Espió adentro, pero no había nadie conocido. Ni el Negro ni Carolina (la extraña amiga-ex-novia-o-lo-que-fuese de Facundo) ni Esteban (amigo inseparable de Carolina y cliente del Negro). O quizá sus sentidos lo engañaran. No hubiera sido la primera vez.

De nuevo temblaba y se rió histéricamente, tanto que le dolieron los huesos de la cara. Todos se habían dado vuelta en el bar para mirarlo. Y cómo no, pensó Narval, si debo tener *esa* cara de cuando me transformo en otra cosa, esa cara que tengo cuando los veo a Ellos, que no es mi cara.

Un perro empezó a ladrarle desde la esquina.

–¡Andate! –gritó Narval. Esteban le había dicho una vez que los perros podían ver a los espíritus, a los seres de otro mundo–. ¡A quién estás mirando, perro hijo de puta! –gritó Narval de nuevo, y alguien se rió detrás de él, pero no quiso darse vuelta para ver quién era.

Salió corriendo. El sudor lo empapaba, pero no podía parar. Sentía la agitada respiración babeante del perro y el chasquido de las pezuñas a sus espaldas. Se dio vuelta. No había nadie. Se sentía como si tuviera el cuerpo lleno de bichos y no le alcanzaran las manos para sacárselos.

Llegó corriendo a su casa y subió haciendo tambalear las inestables escaleras. Cerró la puerta y la trabó con una silla. Revolvió el colchón con sus sábanas sucias, el piso, la cocina inútil. Nada. Nada para picarse ni un trago de vino.

Llenó la jeringa de agua.

Las primeras luces del amanecer lo encontraron retorcido y gimoteando.

Pero lejos.

4

Carolina se sentó frente al espejo redondo y sucio que había puesto especialmente sobre su escritorio. Se miró detenidamente. No iba a animarse a desenvolver el turbante de toalla sobre su cabeza. Acababa de teñirse el pelo de rubio ceniza y la espantaba que su decisión hubiera sido demasiado apresurada, como casi todas sus decisiones, que nunca le tomaban más de cinco minutos.

La habitación de Carolina era estrepitosamente grande y siempre estaba desordenada, tanto que nadie que no fuese ella podía vivir ahí. Hacía unos días había pintado las paredes de un furioso púrpura y los marcos de la puerta y la ventana de azul oscuro. Como siempre se le unían la terquedad y el entusiasmo, había hecho el trabajo en tres días y había quedado exhausta. Todavía no había pensado si le gustaba; ya habría tiempo y, además, en el ínterin le vino la idea de cortarse su largo cabello por los hombros y teñirlo de rubio. Entre la decisión y los hechos habían pasado dos días y ahí estaba ahora, frente al espejo, esperando tomar coraje. Con un solo movimiento se sacó la toalla y observó. Enseguida empezó a gritar y saltar por la habitación: le encantaba, aunque seguramente su hermano Mauricio diría que parecía una rubia teñida más, y sus padres se resignarían, como siempre.

La resignación de Ruth y Mauro Novak se estaba tornando casi cómica, a juicio de Carolina. Hacía rato que no pretendían que su hija practicara la religión. Habían soportado sus continuos cambios de look. Habían aceptado con sonrisas nerviosas los novios ricos, pobres, hippies, punks o meramente trastornados, y ya ni siquiera pedían que volviera a dormir; sospechaban que Carolina vivía aún con ellos solamente porque odiaba trabajar y en esa casa tenía techo y comida.

La puerta de la habitación se abrió: era Mauri, el hermano mayor de Carolina, que, como de costumbre, entraba sin golpear. Se apoyó contra la pared, fumando parsimoniosamente uno de sus cigarrillos negros.

–¿Qué te parece? –preguntó Carolina.

–Que parecés una rubia teñida más.

–Sabía que ibas a decir eso.

Mauricio bostezó; intentó tirar la ceniza del cigarrillo sobre un platito que hacía de cenicero, pero apuntó mal y la ceniza cayó al piso.

–No me ensucies todo, Mauri, que después estoy tres horas limpiando.

Mauricio no le contestó. Pitó su cigarrillo y siguió mirándola con expresión crítica. Después dijo, sonriente:

–¿A qué se debe, hermanita? ¿Los caballeros las prefieren rubias?

–Nada que ver. Tenía ganas, nomás. Mirá que me voy a teñir los pelos por un tipo…

–Carolina, convengamos en que tus relaciones con los hombres no son precisamente normales.

–¿Por qué, a ver?

–¿No es obvio?

–No.

–Caro, recordemos a Luciano...

Luciano había salido con Carolina sólo un par de meses; desde un primer momento ella le había dicho a su hermano que se trataba de El Hombre, aunque Mauricio le garantizó que Luciano estaba completamente loco. Carolina no le dio importancia a su opinión, como de costumbre, pero el tiempo terminó dándole la razón a Mauri. Después de las primeras dos semanas, Luciano y Carolina habían destrozado varios hoteles tirándose cosas; al mes, Carolina llamaba recurrentemente desde las comisarías para que Mauri la sacara sin que sus padres lo supieran; a veces, porque la policía la levantaba borracha del piso, a veces, por disturbios en lugares públicos –es decir, agarrarse de los pelos en un bar con Luciano–. Mauri siempre acudía a las llamadas, ocultándoles todo a sus padres. Carolina tenía una imagen recurrente de su hermano medio dormido, con los pelos parados, diciéndole que sí con la cabeza al oficial de turno. El romance terminó de una manera bastante estrepitosa cuando Luciano encerró a Carolina en su pieza, amenazando con acuchillarla si no se fugaba con él al Sur. Nuevamente la policía entró en escena, esta vez para rescatar a Carolina y llevarse a Luciano. Mauri se había divertido bastante con el asunto; durante un tiempo no había podido evitar mirar a su hermana y reírse de ella, con una risita cínica, como diciéndole «yo te avisé».

Carolina detestaba los triunfos de Mauri; más aún odiaba que él se los recordara.

–Bueno, pero Luciano estaba loco –dijo.

–Recordemos a Facundo, entonces.

–Con Facundo está todo bárbaro, pelotudo. No salimos más, pero terminamos bárbaro. Pasa que yo no me banco que haga esa vida cuando está saliendo conmigo.

Mauri se rió.

–¿Te das cuenta? –dijo.

–Ay, Mauricio, sos insoportable.

–Te estoy jodiendo para que te enojes un poco, nena. ¿Salís?

–Sí.

–Suerte –dijo, y se fue, dejando la puerta abierta. Carolina no tenía necesidad de preguntarle a su hermano si salía también: Mauri ya tenía los ojos soñolientos por las pastillas. Nunca salía. Nunca hacía nada. Pero Mauri tenía un justificativo: Carolina había sido la primera en enterarse de que su hermano se estaba poniendo neurótico.

Una noche, Mauri había entrado ruidosamente en la habitación de Carolina, con los ojos colorados y abiertos de par en par. Se sentó en el piso, al lado de la cama, y dijo en voz baja: «Hace quince días que no duermo y creo que no voy a poder volver a dormirme nunca más». Carolina se ofreció a prepararle una leche calentita o cualquier otra cosa, pero Mauricio, diciendo que no con la cabeza, agregó: «No es eso solamente. Estoy enloqueciendo. Me da miedo salir a la calle, no quiero mirar por la ventana porque me parece que me voy a caer. Decime qué hago». Carolina había sugerido un psiquiatra y Mauri estuvo de acuerdo. A la mañana, después de una noche en vela juntos, en la que Mauricio no había parado un minuto de caminar frenéticamente por toda la casa, los dos hablaron con los señores Novak, explicándoles que Mauricio necesitaba un tratamiento porque tenía «insomnio».

Sus padres, preocupados, llevaron a su hijo al médico y, desde entonces, Mauricio vivía a pastillas. Llegaba a tomar cuatro o cinco tranquilizantes por día y seguía haciendo las cosas normalmente. Carolina apenas podía creerlo. Nunca había visto a su hermano nervioso o mal, salvo aquella noche. A veces, hasta le parecía que todo había sido una brillante actuación de Mauricio, pero era evidente que su hermano seguía yendo al psiquiatra dos veces por semana, así que, por fuerza, algo debía pasarle.

Carolina resopló. A Mauricio se le perdonaba que fuera un inútil, nadie lo presionaba con nada. Eso la sacaba de quicio porque, finalmente, sus padres siempre terminaban rompiéndole las pelotas sólo a ella. Estaban obsesionados con que tenía que hacer algo. Su padre era dueño de una inmobiliaria y Carolina había trabajado ahí un tiempo, pero enseguida se había aburrido de llenar papeles. Don Mauro la había puesto entonces a acompañar clientes a las casas en venta o alquiler, cosa que a Carolina la había entusiasmado, al menos durante la primera semana, porque fantaseaba con que algún hermoso ejemplar de hombre, mientras ella lo paseaba y le mostraba las habitaciones vacías, la tiraría al suelo y se la cogería sobre el piso de madera, las astillas clavándosele en la espalda. Nunca sucedió cosa semejante. Sus primeros clientes fueron un matrimonio con tres insoportables chicos, una pareja de jubilados con olor a encierro y dos chicas estudiantes con anteojos tipo John Lennon y polleras orientales. Además, siempre había que visitar las mismas casas, que Carolina había empezado a odiar, de modo que ya no podía hablarles a los clientes de las bondades de la ubicación, la iluminación y cosas por el estilo. Cuando no pudo aguantar más, le dijo a su padre que estaba harta y fue entonces cuando don Mauro se dio por vencido. A Carolina le había dado un poco de lástima, así que decidió inscribirse en la Escuela de Bellas Artes, pero sólo duró unos meses; no conseguía llegar temprano a una sola clase y tampoco lograba recordar las fechas de los parciales o las entregas de los trabajos prácticos. A mitad de año, ya había quedado libre. Su madre hizo una escena, gritos, llanto y qué-he-hecho-yo-para-merecer-esto, pero nada más. Ahora, sus padres mantenían con ella una inmodificable y silenciosa cara de culo, pero no mucho más que eso.

Miró la hora y empezó a vestirse. Había quedado en ir con Facundo a Sonic y Carolina estaba feliz porque hacía bastante que Facundo no la invitaba expresamente a salir. Siempre terminaban encontrándose, de todas maneras, porque iban a los mismos lugares, pero Facundo desaparecía invariablemente a las dos o tres de la mañana. Carolina sabía adónde iba. Se había enamorado perdidamente de él no bien lo había visto en un bar, dos años antes. Ella tenía dieciséis años y, aunque ya había estado con varios tipos, nunca jamás había conocido a alguien tan hermoso e inalcanzable. En un principio Carolina había disfrutado de las admiradas y envidiosas miradas de las otras chicas cuando la veían abrazada a Facundo, ese cuerpo magnífico y sensual, como si ella fuera la dueña de esos ojos grises. Pero todo había sido un gran desastre. Era imposible confiar en Facundo: desaparecía durante semanas para volver un día, en un horario insólito y sin dar ningún tipo de explicación, sordo a los reproches de Carolina, riéndose entre dientes mientras ella lloraba y le hacía prometer que no iba a dejarla nunca.

Aquellas promesas eran lo mismo que nada; Facundo volvía a borrarse siempre y Carolina seguía esperándolo, sin moverse de su casa, sentada al lado del teléfono y corriendo cada vez que sonaba el timbre; se pasaba horas mirando por la ventana y noches sin dormir, con el corazón dando mazazos en su pecho cada vez que escuchaba algún ruido en la calle, hasta que Facundo una noche le tiraba una piedra a su ventana, borracho, y, después de unos cuantos gritos, todo quedaba olvidado.

Porque, cuando Facundo se encogía de hombros y sonreía, Carolina no podía resistirse y lo abrazaba, feliz, odiándose por no poder echarlo, por su miedo a la idea de no volver a verlo nunca más. No podía siquiera pensar en eso: las noches haciendo el amor con Facundo en cualquier parte de la casa, silenciosamente, las noches que tomaban merca juntos y filosofaban ridiculeces, todo era demasiado intenso como para ponerle fin.

Una madrugada, mientras Facundo se vestía para irse, Carolina le escondió las botas y llorando a mares le gritó que no iba a dejarlo ir otra vez y quedarse sola por quién sabía cuánto tiempo. Facundo resopló, sacándosela de encima de un empujón, y se fue de la casa descalzo, sin decir una palabra.

Carolina tomó entonces una decisión: la próxima vez iba a seguirlo, escondiéndose en las esquinas por si Facundo se daba vuelta. Las persecuciones terminaron siempre en el boliche de la Diabla o en la esquina de ese lugar. Carolina había observado cómo se acercaba Facundo a los coches, cómo hablaba con tipos y mujeres en la puerta, cómo bailaba con desprecio cerca de alguien que, segundos después, le pedía que lo acompañara. Por un tiempo pudo ocultar sus noches espiándolo en la oscuridad, todas esas noches que volvía a su casa y llorando se masturbaba hasta lastimarse. A pesar de todo, no se atrevía a preguntarle nada; se negaba a creer lo que veía. Era capaz de soportar cualquier cosa: que Facundo tuviera otra chica u otras chicas. Era terrible, pero podría entenderlo. Lo que no podía soportar de ninguna manera era que el chico del que se había enamorado se acostara todas las noches con desconocidos, y por dinero. Carolina destrozó su habitación, arrancó todos sus pósters, rompió su ropa pensando en que todas las veces que Facundo venía a ella había estado antes revolcándose con algún tipo y que, cuando se iba, era para levantarse a cualquiera.

Carolina le había contado todo a Mauri y a su amigo Esteban. Mauri le había dicho que se lo esperaba. «Si yo fuera tan terriblemente lindo como es Facundo, también haría plata con mi cuerpo».

–Por qué no me lo dijiste antes, entonces –había dicho, y le había pegado un poco a Mauri antes de tirarse a llorar en la cama.

–Porque no sabía. No me cuesta imaginármelo ahora, lo cual es otra cosa. Tenés que cortarla, Caro, porque no te lo vas a bancar.

Esteban, por su parte, se había sentido fascinado cuando Carolina le contó que Facundo era chongo. «El chabón debe conocer la calle como nadie», le dijo. «No te pelees: bancátela y vas a aprender un montón de cosas».

Carolina había terminado echando a Esteban a patadas. Cuando quedó sola, pensó: Claro, ellos no pueden entender nada, para ellos es muy fácil decirme que lo deje o que me lo banque porque no son ellos los que lloran en brazos de Facundo después de hacer el amor, no son ellos los que no duermen pensando en Facundo, los que tiemblan cuando escuchan su voz, los que aman a un tipo al que no le importás nada, nada.

En esos momentos, Carolina deseaba tener alguna amiga mujer, alguien que la entendiera mejor. Pero nunca se había llevado bien con las chicas. De la secundaria sólo mantenía a Esteban como amigo; todos los demás le parecían salames, las mujeres mucho más que los chicos. Las chicas se le pegaban demasiado, la celaban como si fueran novias, no amigas. Sólo se le acercaban para levantarse a Mauri. Nunca había conseguido tener una amistad de verdad con una mujer. Aunque a veces, como en ese momento, eso la hacía sentirse mucho más sola.

Por fin, una noche en la que había cogido furiosamente con Facundo, apretando los labios para no llorar, con el estómago revuelto de asco y dolor, Carolina se había atrevido a interrogarlo, con esperanzas de escuchar alguna elaborada mentira. Pero no: Facundo le contó todo, indiferente, sin hacer caso a su llanto, a los objetos que volaban por el aire, a las puteadas que no parecían herirlo más que las cosas que Carolina le tiraba y él esquivaba tranquilamente. Cuando ella se quedó sin saber qué hacer, un impasible Facundo le dijo:

–Carolina, dejate de hinchar las pelotas. O me aguantás así o no me aguantás. No voy a cambiar por vos.

Ella había gritado:

–Entonces no estás enamorado de mí, hijo de puta.

Facundo, aún más tranquilamente que antes, había contestado que no.

Ella entró en una espiral de locura: se compraba las mejores pilchas que veía, decidió ser la mejor de todas en la cama, le proponía a Facundo lo mejores planes para pasar la noche. Pero a Facundo no se le movía un pelo. De vez en cuando le decía, sonriente: «Estás muy linda». Pero nada de lo que Carolina hiciera podía cambiar las cosas. Ella soñaba con que un día a Facundo le brillaran los ojos y, al tomarla en sus brazos, le dijera algo así como: «Carolina, sos la mujer de mi vida, quiero quedarme con vos». Si eso pasaba, ella sería la persona más feliz sobre la tierra. Sólo quería demostrarle a Facundo que nadie nunca podría darle lo que ella le daba, que él se sintiera orgulloso de tenerla a su lado.

La noche que terminaron, Carolina se desnudó en las escaleras de su casa, histérica, rogándole a Facundo que se quedara con ella. Él la tomó en brazos para meterla en su pieza, murmurándole que no gritara porque iba a despertar a todo el mundo. «¡No me importa!», aullaba Carolina, con todo el maquillaje corrido. «¿Acaso no te gusto, aunque sea?».

–Sí, sos hermosa –le dijo Facundo–. Ahora vestite.

Carolina empezó a pegarle con los puños cerrados y a besarlo desesperadamente; Facundo se dejó pegar hasta que Carolina se cansó y se tiró al piso rogándole que la llevara con él.

–No –dijo Facundo, limpiándose la cara manchada de lápiz labial rojo.

–Por favor, quiero ver qué hacés, quiero saber, quiero estar con vos.

–No, Carolina.

Ella siguió insistiendo. Se dejó vestir obedientemente, se dejó llevar al baño y dejó que Facundo le lavara la cara, sin dejar de suplicar, pero decidida.

–Está bien –Facundo suspiró y cerró los ojos un instante–. Hay un tipo al que le gusta que lo miren coger. Casi siempre viene conmigo uno de los chicos, pero puedo llevarte a vos. No es muy exquisito que digamos.

Facundo subió a Carolina a un taxi para llevarla hasta el boliche. Después, esperaron juntos en la esquina, en silencio, Carolina fumando nerviosamente y tratando de tragarse el nudo que le cerraba la garganta. Al rato apareció un viejo en un auto importado y subieron los dos. Bajaron en un hotel bastante alejado del centro. En la habitación, el viejo le indicó a Carolina que se sentara en una silla a mirar. Carolina obedeció: no podía sacarle los ojos de encima a Facundo, viéndolo desnudarse mecánicamente, su cuerpo pálido, que ella conocía tan bien, el cabello oscuro alrededor de su hermosa cara, como una aureola negra.

El tipo se arrodilló para besarle los pies a Facundo, que fumaba dando largas chupadas a su cigarrillo. Una sola vez Facundo dirigió sus ojos a Carolina, con una mirada vacía, muerta. Ella empezó a llorar silenciosamente, sintiendo cómo las lágrimas ardientes le quemaban las mejillas. Mientras tanto, el viejo había llevado a Facundo hasta la cama y había trepado sobre él, gritando cosas bestiales, y Carolina sintió que se mareaba al ver a Facundo fingir gemidos, al ver su cuerpo perfecto retorcerse bajo el viejo de piel rojiza y grasienta, y se escapó de la habitación, sintiendo que Facundo se comportaba con ella igual que con ese tipo, recordando las veces que había visto esa mirada hueca en los ojos de Facundo cuando estaban juntos, horrorizada al pensar que ella se parecía mucho más de lo que suponía al viejo que gruñía rabiosamente sobre el cuerpo de Facundo.

Carolina se acostó esa noche y no se levantó de la cama en varios días. Dejaba que le trajeran la comida, pero apenas la tocaba. Sus padres pensaban que estaba deprimida porque se había peleado con algún novio y no se metieron, cosa que Carolina les agradecía porque no estaba dispuesta en absoluto a hablar del tema salvo con Mauri, que la escuchaba silenciosamente mientras le pasaba pañuelos descartables para que se sonara los mocos. Hasta que un día le levantó las persianas, la sacó a la rastra de la cama y le dijo: «Si no te levantás de una buena vez, no vas a levantarte más».

Carolina le hizo caso, de mala gana. Se veía horrible cuando se miraba al espejo, no tenía ganas de ver a nadie, ni de salir ni de hacer nada. Esteban le recomendó un cambio de look y ella accedió, sin mucho entusiasmo. Se sintió un poco mejor cuando su oscuro cabello se transformó en rojo y lleno de bucles. Las primeras veces que salió de su encierro, acompañada por Esteban, que le contaba chistes malos para hacerla reír, se negó a acercarse a los boliches de siempre, para evitar encontrarse con Facundo. Pero lo buscaba en todos lados, lo confundía con cada chico de cabello negro y largo que veía. Quería volver a verlo, lo extrañaba. El recuerdo de la espantosa noche en el hotel se estaba haciendo difuso, como si nunca hubiera sucedido. No conseguía odiarlo por eso; hasta lo entendía.

Una noche, borracha en una esquina, le había dicho a Esteban:

–Quiero ir a Sonic.

–Facundo va a estar ahí seguro, Caro.

–Ya sé. Quiero verlo.

–¿Estás segura?

–Sí, estoy segura.

Esteban, encogiéndose de hombros, la llevó hasta Sonic. Entraron de la mano porque Carolina temblaba sin parar. Avanzaron entre la gente hasta llegar a la barra y ahí Esteban le puso las manos en los hombros.

–Quedate tranquila.

–No digas pavadas y traeme algo de tomar –dijo ella.

Mientras se bajaba el primer whisky, Facundo pasó caminando entre la gente, con una remera corta que dejaba ver su cintura y unos pantalones de gamuza marrones que nacían en las caderas. Carolina corrió hacia el baño y vomitó mientras Esteban le sostenía la frente y trataba de no salpicarse. En la puerta del baño, varios chicos rodeaban a una pareja que cogía en el suelo, alentándola con palmas y gritos. El chico tenía tatuada en la espalda la lengua de los Rolling Stones.

Esteban acompañó a Carolina hasta su casa esa noche y se quedó a dormir a su lado. Por un instante, Carolina pensó en hacer el amor con él, pero eso hubiera sido injusto para ambos porque se querían mucho y desde hacía mucho tiempo. Esteban nunca había intentado transarse a Carolina. Podía acompañarla hasta el fin del mundo, pero como amigo.

La noche siguiente, Carolina le mintió a Esteban diciéndole que prefería quedarse a dormir. Y, minutos después, salió para Sonic. No le fue difícil encontrar a Facundo. Se acercó al rincón oscuro donde estaba él, dejó que le tocara uno de sus bucles rojos con la punta de los dedos mientras le convidaba un cigarrillo. Ella lo fumó en silencio abrazada a él. Esa noche se emborracharon como nunca y prometieron no volver a joderse. Lo cual significaba dos cosas: que Carolina no volvería a hacerle planteos y que Facundo no reanudaría una relación con ella. Peor es nada, pensaba Carolina. No podía evitar sentir que Facundo era el mejor hombre que había tenido jamás, pero tampoco podía estar con él porque dolía demasiado: ella adoraba su voz profunda, su indiferencia, su cinismo.

Habían charlado mucho esa noche. Entre otras cosas, Facundo le contó que vivía solo, en un departamento del centro, y en una servilleta había anotado la dirección con el lápiz labial de Carolina. Ella no le había preguntado cómo hacía para pagar el alquiler; se lo imaginaba. Le pareció raro que Facundo hubiera abandonado el boliche de la Diabla, donde había vivido en una época. Pero, cuando le preguntó por qué, la cara de Facundo se llenó de un dolor tan auténtico que Carolina se asustó y no intentó averiguar nada más.

Ahora Carolina volvió a mirarse intensamente en el espejo. Le resultaba rarísimo verse con esa melena rubia, parecía una peluca. Enchufó el secador y empezó a arreglarse el pelo mientras pensaba en lo extraño que era que Facundo se hubiera transformado en su amigo. Con el tiempo, ella se había autoconvencido de que ya no estaba enamorada de él y actuaba en consecuencia: instinto de conservación, decía Mauri. Pero funcionaba. Lo que sí evitaba era volver a acostarse con Facundo: sabía demasiado bien adónde podía llevarla una noche con él.

Cuando terminó con el pelo, se puso unos vaqueros y una remera ajustada y corta. Hacía calor para botas; se las puso igual. Seguro que esa noche vería a Narval y quería estar linda, porque últimamente Narval, la más reciente adquisición de Facundo, la estaba trastornando. Narval casi nunca le dirigía la palabra, cosa rara porque se había hecho bastante amigo de Esteban; pero con ella nada, salvo algún «gracias» o «pasame la cerveza». No importaba; Carolina tenía esperanzas de conquistarlo. No puede ser tan difícil, se decía.

Rápidamente, se pintó los labios de rojo, agarró las llaves, plata y salió. Gritó «chau, vuelvo mañana» y dio un portazo. Caminó unas cuadras para esperar el colectivo; esa noche no le habían prestado el auto. Después del último choque (iba con Esteban, los dos borrachos), el tema del auto se había vuelto un poco complicado.

5

Hacía tanto calor dentro de Sonic que todo el mundo estaba en cuero y se amontonaba en la barra clamando por una cerveza que, desde luego, nunca estaba lo suficientemente fría. El calor de la pista subía y subía; además, el que pasaba música insistía con Megadeth y el pago era infernal, a pesar del agotamiento de la gente.

Narval, Carolina y Facundo habían estado pogueando un rato, hasta que Facundo anunció que no podía respirar más y salió de la pista para apoyarse un rato en la barra. Carolina fue tras él, dudando, porque Narval se quedaba solo en la pista y quizá fuera una oportunidad. Pero ya era tarde: Narval se había encontrado con Esteban y, además, no parecía estar muy entusiasmado con Carolina.

Facundo se le rió abiertamente.

–¿Nunca te das cuenta de nada, Caro? Acabo de dejarlos solos y vos te venís conmigo.

–¿Cómo te diste cuenta de que me gusta?

–Se nota.

–¿Entonces no hay problema?

–No. ¿Por qué? Narval no es mi patrimonio.

Carolina miró para otro lado. Sabía por qué Facundo había dicho eso. Él siguió hablando, mientras tanto.

–Estás hermosa con esos pelos. Val no puede decirte que no. Tenés que aprender un poco de Facundito, me parece.

Se dio vuelta hacia la barra y pidió algo fuerte. Se estaba emborrachando, se estaba aburriendo y, encima, vio acercarse al Negro. Si no hubiera sido porque el tipo siempre tenía merca de la mejor, Facundo le habría cortado la cara hacía tiempo. Aunque en el fondo le daba igual: el Negro era útil, era necesario soportarlo. Facundo sabía que la antipatía era mutua: el Negro era de esos tipos que odiaban a los putos y a los raros, y Facundo era las dos cosas. Por eso mismo lo divertía un poco irritar al Negro; Facundo estaba convencido de que en el fondo estaba tan caliente con él como cualquier otra persona y le encantaba ver cómo luchaba con lo que sentía.

Carolina ya estaba hablando con el Negro. Parecía haber olvidado su taradez momentánea (era incapaz de ser demasiado dura consigo misma) y, entusiasmada, empezó a contarle al Negro su cambio de look con lujo de detalles. Facundo decidió ignorar la conversación y observó a la gente alrededor. Esteban y Narval charlaban animadamente en una mesa, con dos vasos de vino delante.

Facundo sabía que Esteban era amigo de Carolina y que tenía sólo dos temas de conversación: lo guarro que era y sus contactos con el más allá.

A Esteban lo hacía sentir particularmente poderoso conocer a tipos como Narval y Facundo. Sobre todo a Narval, que siempre lo escuchaba y charlaba con él. A Facundo lo conocía desde antes, pero lo hacía sentir incómodo: nunca se sabía hasta qué punto estaba escuchándolo y en qué punto se reía de él. Facundo siempre le estaba pidiendo que relatara sus experiencias esotéricas y se descomponía de risa cuando Esteban contaba alguna. Siempre era igual. Pero Esteban se sentía pleno cuando fumaba un porro con cualquiera de ellos dos o con el Negro: ésa era gente de la calle, gente de verdad, todo lo que él aspiraba a ser algún día.

Ahora le había comprado un vino a Narval y se había sentado a contarle sus aventuras recientes, que para él eran increíblemente interesantes. Había tomado un tirito de merca minutos antes y no había nada que pudiera detenerlo en su parloteo. Narval lo escuchaba como de costumbre aunque, en realidad, todo lo que le contaba Esteban parecía repetido porque a Esteban siempre le pasaba lo mismo: hacía poco que andaba en la calle y todo lo vivía como un gran descubrimiento. Eso lo entretenía y a veces hasta lo ponía nostálgico. El vértigo en que vivía Esteban le parecía tan lejano que le costaba creer que alguna vez él mismo hubiera estado así de desbordante por las cosas nuevas.

Esteban hablaba y hablaba y tomaba vino. Narval descubrió de pronto que se le estaba haciendo muy difícil escucharlo. Y no por la música. Todo se había alejado súbitamente; todo era distinto. No porque las cosas hubieran cambiado de lugar, sino porque Narval sintió que su posición era distinta. De pronto, era un espectador, un testigo. Dejó de sentir el vaso en la mano; hasta lo sorprendió que Esteban siguiera mirándolo: sentía que ya no estaba sentado a una mesa tomando un vino con un amigo, sentía que estaba en otro lado. Me estoy poniendo muy borracho o *eso* vuelve *otra vez*, pensó.

Narval se concentró en la cara de Esteban, trabando las mandíbulas, tratando de escuchar esa voz ahora lejana y distinta que decía algo así como que vinieron a bardearme unos giles viejita rolling stone y no te puedo explicar la calentura que me agarró, pero todo era inútil porque por el rabillo del ojo Narval la había visto a Ella, parada entre la gente, mirándolo, y la atracción era irresistible.

Habló consigo mismo mentalmente, sintiendo un murmullo incontenible en su cerebro, como miles de voces susurrando al mismo tiempo: «Narval, hacé el favor de ignorarla, quedate quieto, ni se te ocurra ir con Ella, mirá para otro lado, pero no puedo, estoy parándome, quiero estar con Ella, la puta madre que lo parió».

A Esteban lo asombró que Narval lo dejara hablando solo; no era normal que se levantara y se fuera en medio de una charla, y mucho menos dejando un vaso de vino por la mitad.

–Che, Narval, adónde vas, hermano, pará que te cuento.

Pero Narval parecía no escucharlo, cosa esperable con el estruendo de la música. Esteban lo tomó del brazo, pero lo soltó instantáneamente, como si hubiera recibido una descarga eléctrica. Narval lo había mirado con sus ojos tan raros, hundidos, de color indefinible... Nunca, nunca, ni cuando estaba tan drogado que no podía mantenerse en pie, Esteban había visto así los ojos de Narval, con esa horrible perversidad sonriente y desganada. El pánico que sentía era comparable al de tocar una de esas formas que le daban miedo en la oscuridad de su pieza, como si de pronto el montón de ropa que parecía un monstruo sobre la silla hubiera empezado a moverse y, mientras él atravesaba cortinas de miedo para prender la luz, al encenderla, tuviera razón, no fuera un montón de ropa.

Pero eso nunca pasaba. La luz se encendía y la ropa sobre la silla era nada más que ropa; en el placard nunca había nada, los pasos que lo seguían a la noche eran los de un tipo que quería alcanzar el colectivo y todas las cosas raras solamente parecían así en principio, bajo los efectos de algo. Esteban, razoná, viejo, se decía, todas las cosas que te inventás y les inventás a los demás, acerca de los fantasmas y de las visiones de otro mundo son divertidas, pero no son para creerlas, no para creerlas, es solamente Narval, hiciste miles de transas con él, fumaste porros miles de veces con él y, si sentiste algo, es porque estás re-sacado y convengamos que últimamente tu cabeza no funciona del todo bien, te estás sugestionando demasiado.

Pero la sensación seguía ahí, le mantenía la piel erizada, como si algo lo hubiera tocado durmiendo y, al espantarlo en la semiinconsciencia, se hubiese topado con la fétida piel de una rata sarnosa.

Esteban empujó la mesa y vomitó sobre el piso, salpicándose las zapatillas. Cuando levantó la cabeza, Narval ya no estaba por ningún lado. Tambaleante, caminó hacia el baño, pero no llegó: Carolina lo tomó de un brazo.

–¿Narval no estaba con vos?

Esteban tragó saliva.

–¿Y Facundo? –preguntó después.

–Pegándole merca al Negro en el baño. ¿Narval se fue?

–No creo. No sé.

–¿En qué quedamos? –Carolina estaba impaciente y borracha. Esteban tuvo escalofríos.

–A Narval le pasa algo, no sé qué. Está muy raro. No sé cómo explicarlo. No vayas con él, Caro, está distinto. Sentí como si fuera una aparición, como si fuera un espíritu.

Carolina se rió. Facundo y el Negro volvían del baño, donde habían arreglado una historia de diez gramos de merca que Facundo pagaría durante la semana, cosa que al Negro lo había puesto de pésimo humor. Aunque no podía decir que no; Facundo siempre pagaba.

–Escuchen esto –dijo Carolina, todavía riéndose–. Dice Esteban, delirando como de costumbre, que Narval es una especie de espíritu –siguió riéndose, a pesar de que Esteban estaba serio y pálido–. ¿Pará qué fumás si te hace mal, nene? Cortala un poco con la mística. ¿Adónde se fue Narval?

–No tengo idea. Se fue –dijo Esteban, y encendió un cigarrillo nerviosamente–. Cáguense de risa, si quieren, pero el tipo tenía una cara increíble, y no porque estuviera drogado. Parecía poseído; cuando lo toqué, fue como si hubiese rozado una energía maligna. Ustedes no creen en estas cosas, pero existen, y a mí me dio mucho miedo.

Facundo se miró la punta de las botas. El Negro resopló. Desde que conocía a Esteban, el tipo había escuchado voces, había tenido encuentros con todo tipo de seres de otros mundos, había visto duendes; el diablo le había hablado desde el walkman. Al Negro esas historias le daban risa, pero ya se estaba hartando de los encuentros cercanos de Esteban y todo eso le parecía una enorme pelotudez.

–No te hagas el raro que no sos ningún médium, gil –dijo–. Decile dónde está y cortala con el teatro.

–No –dijo Facundo–. Déjenlo solo. Callate la boca, Negro. No te metas.

Carolina los miró a todos.

–¿Qué les pasa? ¡Ey! Si todo esto es una pavada...

El Negro miraba a Facundo con una profunda bronca. No podía aguantar que lo mandara a callar, no podía aguantar a Facundo.

–¿No será que no querés que te saquen el novio, Facundito?

Facundo suspiró.

–Nunca entendés nada, Negro. Jamás. Debe ser difícil ser tan estúpido.

–¿Qué decís, imbécil? No te pego porque sería como pegarle a una minita.

El Negro estaba gritando. Tenía los ojos muy abiertos, porque estaba muy duro; apretaba los puños y parecía a punto de bajarle los dientes. Pero Facundo había empezado a sonreír, tranquilamente, con los ojos grises entreabiertos, con una expresión altanera.

–No me pegás porque no podés pegarme. No podés ponerme un dedo encima.

El negro lo empujó contra la barra.

–¿Y por qué no, puto de mierda?

–No sé –dijo Facundo–. Eso preguntátelo vos.

El Negro amagó con cerrar una mano para pegarle, pero sólo le dio otro empujón.

–Sos una mierda –dijo, y se fue, casi corriendo, empujando a la gente.

Facundo encendió un cigarrillo, sonriéndoles a Esteban y Carolina, que estaban en incómodo silencio, mirándolo.

–No se queden ahí, como si estuvieran viendo a una especie de superhombre. Dije lo primero que se me ocurrió. No quería pelear.

Carolina lo agarró del brazo y se le apoyó en el hombro.

–Pero no te pegó. Pensé que iba a partirte la boca. ¿Para qué lo bardeás cuando está tan duro, Facun?

Facundo se encogió de hombros y no contestó.

Esteban estaba aturdido, no sólo por la música, sino también porque la reacción de Facundo le había hecho entrar una descabellada idea en la cabeza: Facundo estaba encubriendo a Narval, sabía lo que sucedía. Facundo había sido el único que no se había burlado de su miedo, de su pánico irracional.

–Facundo, vos sabés lo que le pasa a Narval, ¿no?

–¿Qué le pasa a Narval, me quieren decir? –preguntó Carolina, ya aburrida de todo y sin ganas de estar con Narval.

–No –respondió Facundo, mirando fijo a Esteban–. No sé qué le pasa. Nada, probablemente. Todo ese rollo lo hice porque quería que el Negro se fuera, hacía rato ya que estaba insoportable. No te asustes, Esteban. No seas tonto, no te hagas la cabeza. Seguro que Narval estaba zarpadísimo y vos también.

Esteban lo miró. Era difícil dudar de Facundo: siempre estaba demasiado seguro. Y no lo conocía tanto como para saber si mentía.

Para cuando Narval decidió que era imposible que Ella lo hubiese arrastrado al subterráneo porque los subterráneos estaban cerrados a esa hora, estaba bajando la escalera de la estación Lavalle con una mano resbalando por la baranda y la otra en la aceitosa mano de Ella.

El silencio era apabullante, los ruidos de la calle no llegaban hasta ahí abajo. Nunca había estado en un silencio tan completo.

Ella se arrastró en cuatro patas y le bajó los pantalones. Una mano le recorría los hombros; una mano que al rato se transformó en una araña. Sintió que se le revolvía el estómago porque estaba disfrutando con un placer delirante. La boca de Ella no tenía dientes y Narval sintió que un viejo desdentado tenía su pija en la boca. Le pareció que Ella sonreía, si podía sonreír, mientras chupaba. Narval tuvo náuseas, y gritó y gritó, y escuchó cómo el enloquecedor eco de sus aullidos rebotaba en las paredes abovedadas del subterráneo.

6

Lord Byron se erizó sobre un almohadón y maulló cuando Facundo encendió la luz. Esperó sentado que su dueño se acercara y frotó el lomo contra la mano de Facundo, que se desplomó a su lado. El gato era extrañamente parecido a él: la misma haraganería, el mismo pelo brillante y negro.

Lord Byron se acostó sobre el pecho de Facundo, que se puso a acariciarlo suavemente, hasta que el gato empezó a ronronear y Facundo sonrió.

–Sos un puto –le dijo, y se lo sacó de encima con cuidado, apoyándolo en el piso. Lord Byron lo miró irse a la cocina. Facundo sacó una botella de vodka y otra de Fanta de la heladera y las llevó hasta la mesita de vidrio del living. Sacó del bolsillo una tiza de merca y también la dejó ahí. Prendió un cigarrillo y volvió a tirarse sobre los almohadones.

Esa noche no tenía ganas de hacer la calle ni de ir a lo de la Diabla ni nada. Había ido temprano a Malicia para encontrarse con Narval e invitarlo a tomar la merca que le había comprado al Negro.

Narval había aceptado, pero pidió que lo esperara un rato porque un tipo que le debía plata iba a pasar a devolvérsela. Facundo no tenía ganas de esperarlo en el boliche, así que se había ido para su casa.

Cuando oyó los tres timbres de Narval, suspiró. Diez minutos más y hubiera empezado a tomar solo. Era terrible mirar diez gramos de merca sin tocarlos.

Cuando Narval entró, Lord Byron trepó a la cama de un salto. El gato odiaba a todas las personas que no fueran Facundo.

–Qué lindo, qué lindo, qué lindo –dijo Narval, con la tiza entre los dedos–. Cómo vamos a hablar.

–Justamente. Tengo ganas de hablar. ¿Te dieron la plata?

–Sí. Me debían un baguyo. Diez pesitos, nomás. Pero estoy hecho un muerto de hambre.

–Tenemos que hacer alguna historia con el Negro. Yo estoy medio peleado con él, así que vas a tener que arreglarla vos.

–Cuando quieras.

Narval se sentó y besó a Facundo, con un roce de labios breve y casual. Pero la vieja sensación volvió y tuvo que besarlo otra vez. Su belleza siempre lo enloquecía, le parecía perversa.

Pero no era momento para pensar en eso. Sobre la mesa había diez gramos de merca. Era normal que Facundo hubiera aguantado tanto sin tocarlos, porque odiaba tomar solo. La última vez que lo había hecho, había creído que iba a morirse y, además, tal como le decía siempre a Narval, «siempre es bueno saber que el otro se siente tan mal como uno».

–Dale, dale, dale. Cinco para cada uno, me va a explotar la cabeza, qué bueno. Che, Facun, esto es mucha plata.

–Sí. Paga el viejo.

Facundo empezó a picar y después se hizo dos rayas larguísimas. Narval tomó, pasó el dedo por el vidrio y se lo chupó. Y entonces, lo de siempre, todo el paladar dormido, el gusto amargo en la garganta, cuesta tragar, el corazón que empieza a golpear en el pecho y el temblor imperceptible.

–Qué rica es la guacha. No puedo parar. No tengo límites con la merca. Salvo cuando se termina, claro.

–Me hiciste acordar de una cosa.

–Qué.

–Un tipo me dijo anoche que yo no tenía límites, hizo un escándalo y se fue llorando. Increíble.

–¿Qué le habías hecho?

–Nada, te juro. Pero me quedé pensando y se me ocurrió una cosa.

–Qué cosa.

–Que en realidad no existen límites de ninguna clase. Es decir, yo puedo levantarme de acá ahora y matar a una docena de tipos en la calle, por ejemplo. No hay nada que me lo impida. Y eso me dio bastante miedo.

–¿Por qué?

–Y... porque entonces no hay nada que te contenga, no hay un lugar adonde llegar, no hay nada seguro.

Facundo se hizo otra raya y la tomó.

–Pensá una cosa –dijo–. Si no hay límites, quiere decir que hay un montón de posibilidades, y eso también es terrible porque la vida es demasiado corta. ¿Cuánto podemos vivir, setenta años?

–Al paso que vamos nosotros, ni la mitad, Facun –Narval se restregó la nariz–. ¿La muerte no es un límite?

La cara de Facundo se ensombreció.

–No sé. Yo siempre quise ser eterno.

–Yo también.

Facundo le sonrió.

–Qué bueno. Detesto que la gente me diga que se aburriría si viviera muchos años o que piensa que la muerte es algo normal.

–Imbéciles. Yo odio a la gente que tiene miedo de las películas de vampiros. ¿Quién no viviría eternamente, como sea?

Los vampiros, qué ejemplo, debo estar muy duro ya, pensó Narval.

–Bueno –dijo después–. Pero supongamos que nos morimos. ¿Cómo te gustaría morirte?

–No me gustaría morirme.

–Pero suponiendo...

–No, suponiendo nada.

–A mí gustaría morirme de sobredosis. Un pico directo a la cabeza, placer total y ni darte cuenta de que te moriste.

–Sos un enfermo. Es horrendo, Val. Una vez me zarpé con merca y fue una cosa espantosa. Terminé en un hospital.

Facundo recordó despertar en la semioscuridad con un tubo en la nariz y otro en el brazo, escuchando un lejano bip-bip que marcaba los latidos de su corazón. Estoy en un hospital, a la mierda, se dijo, antes de volver a dormirse. Cuando volvió a despertar, se encontró con los pelos pajosos de Lautaro, mirándolo asustado y furioso. Lautaro, el que había sido su compañero hasta la noche de la pelea y los cuchillos y la sangre.

–Nunca vuelvas a darme un susto así, pedazo de imbécil –le había dicho.

–Qué pasó.

–Pasó que te tomaste no sé cuánta merca con el pajero de la Diabla y te desmayaste y casi tenés un infarto.

Facundo, asustado, se incorporó en la cama.

–¿Tuve un infarto?

–Acostate. ¿Estás sordo, además? Dije casi. No tenés nada, estás sanito. Tuviste suerte. La Diabla hace tres días que está llorando y diciendo que, si te pasa algo, se mata. Igual, si te pasaba algo, lo mataba yo. ¿Cómo podés ser tan pelotudo?

–No me di cuenta.

Lautaro se había reído un poco.

–Ahora vas a tener que hacer rehabilitación si no querés ir preso.

–¿En serio?

Pero no era en serio. Un par de psicólogos habían venido a verlo y Facundo, siguiendo obedientemente las indicaciones de Lautaro, les mintió con toda convicción: del hospital se fue a su casa un par de días después. Enseguida volvió a la calle y a los brazos de la Diabla, que lloró a gritos cuando lo vio entrar. Ahora Facundo pensó que hacía siglos de todo eso.

–Yo también me zarpé una vez, en lo del Negro –dijo Narval–. Tuve convulsiones, me contaron; yo, por supuesto, no me acuerdo de nada. Te imaginás lo histérico que estaba el Negro; digamos que no podía llamar a un médico ni llevarme a un hospital porque tenía algo así como cuarenta gramos en la casa –Narval se rió–. Pero no fue tan feo. Digo: me hice una raya y me caí al piso y después no me acuerdo más nada. Si me hubiera muerto, habría estado bastante bueno.

–Val, basta de hablar de esto. Estamos tomando, ¿no te diste cuenta? Nos vamos a empezar a poner paranoicos, nos vamos a empezar a sentir mal en cualquier momento.

–Tenés razón.

Facundo se hizo otra raya.

–Una vez, en lo de Carolina, nos habíamos tomado entre los dos como quince gramos...

–¿No era que no se hablaba más del tema?

–Pará que esto es bueno. Estábamos los dos encerrados en la pieza y los viejos dormían. Mi plan era irme antes de que se levantaran, pero viste cómo es esto, una raya por acá, otra por allá, los padres de Carolina se levantaron, desayunaron y nosotros seguíamos metidos ahí adentro, durísimos. A mí me empezó a sangrar la nariz, tenía una camisa blanca y me la manché toda. Carolina se puso histérica. La pendeja tenía dieciséis años, estaba encerrada en su pieza con un tipo y, encima, drogada como nunca. Empezamos a bajar, yo me sentía para el culo, pero tenía que aguantarla a Carolina, que se había convencido de que iba a morirse y quería llamar a los viejos para ir al hospital. Bardo. Por suerte, apareció el hermano de Carolina, que nos dio alcohol, metió a la hermana en la cama, entretuvo un rato a los viejos y a mí me hizo salir por la ventana de su pieza. El hermano de Caro es el tipo más tranquilo que conozco.

–Es feo zarparse. La otra vuelta me hice un pico y...

–Basta, Val.

–Ta bien, cambiamos de tema, pero ya mismo. ¿Qué tenés para escuchar?

Facundo se dio vuelta para mirar la pila de compacts.

–Hole, Lou Reed, Iggy Pop, Stones... El viejito se puso las pilas y me regaló la discografía completa de Tom Waits. Lo que debía parecer en la disquería el viejo ridículo, sin saber ni cómo pronunciar el nombre –Facundo se quedó pensando–. Qué asco.

Hacía rato que Narval no le preguntaba a Facundo por qué seguía con el viejo, del cual apenas sabía que era viejo y casado y tenía plata, a juzgar por los regalos que le hacía a Facundo. Siempre obtenía las mismas respuestas: «De algo tengo que vivir» o silencio absoluto. Aparentemente, el viejo era uno de los pocos clientes estables de Facundo porque la mayoría iba y venía sin la menor continuidad. Narval sabía que Facundo nombraba sólo a la mitad de ellos; alguna que otra vez deslizaba una anécdota, pero nada más.

Facundo puso un compact de Lou Reed y canturreó «Walk on the wild side». Después dijo:

–Val, anoche asustaste a Esteban terriblemente. Salió diciendo que eras una aparición o algo así. Qué le dijiste, qué te pasaba.

Narval se revolvió en el asiento. Estoy re-duro y voy a hablar de más, pero lo necesito, mierda, está pasando algo raro y Facundo quizá sea el único que pueda entender, pero no sé cómo empezar, ni siquiera sé si me atrevo a contarlo, pensó.

–¿Alguna vez sentiste que no pertenecías? –le preguntó Narval, respirando hondo.

–¿Que no encajás? Sí, muchas veces.

Narval revoleó la cabeza. Chupó el cigarrillo y el humo le salió por la nariz mientras hablaba.

–No exactamente. No encajar es otra cosa. Es sentir que no formás parte de algo. Hablo no sólo de ser extraño para los demás, sino también de que los demás sean extraños para uno. Como si fueras de otra parte, como si no estuvieras en este mundo, como si fueras un espectador.

Facundo se quedó callado. Parecía estar escuchando la música, pero dijo, bajito:

–¿Eso te pasa, Val?

–Creo que sí. No sé exactamente. Es muy probable que me esté volviendo loco, nada más.

Los vecinos de arriba parecían estar destrozando el departamento o mudándose a las tres de la mañana.

–Ya ni sé. Estoy haciendo esfuerzos terribles para retener la realidad, Facun.

Facundo no dijo nada. A Narval le pareció que no quería hablar del tema. Peinó otra raya sobre el espejo y se la tomó, apretando un agujero de la nariz, con el canuto en el otro. Los vecinos de arriba seguían moviendo los muebles y Facundo levantó la cabeza.

Tiró el humo hacia el techo y rechinó los dientes.

–Están más duros que nosotros. Voy a poner a Iggy Pop fuerte, así no joden –dijo–. Mi tema –agregó, cuando volvió a sentarse–: «Sixteen».

–Es tan intenso… No sé cómo explicarte –dijo Narval.

–Qué cosa.

–Es tan intenso, tan intenso que a veces es mejor que lo real. Todavía puedo manejarlo. Pero me parece que cada vez es peor.

–Mientras no tengas miedo...

–Tengo miedo.

Facundo armó dos rayas más. Se tomó de un trago medio vaso de vodka con Fanta y cerró los ojos. Cuando el escalofrío pasó, cambió abruptamente de tema.

–Mi vieja me tiene miedo.

–¿Tu vieja?

–Sí.

–Nunca me hablaste de tu vieja.

–Bueno, cuando estoy duro hablo de cosas de las que nunca hablo. Además, dijiste «¿tu vieja?» como si te sorprendiera. Tengo madre. De hecho, si estoy acá, de algún lado tuve que haber salido.

Narval se sirvió otro vaso.

–Me imagino. Pero me pareció raro. Sos un tipo raro, Facundo, ¿sabés?

–Bueno, mi mamá me tiene miedo.

–A mí no me das miedo. Cuando la gente recién te conoce, puede tenerte miedo porque sos un poco impresionante.

–Pero mi vieja me conoce desde hace veintidós años. Se supone que ya debería estar acostumbrada. Siempre me tuvo miedo, además. No ahora, que de última es lógico.

–¿Por qué?

–Porque su único hijo es una puta drogona, qué sé yo.

–No. Por qué te tuvo miedo *siempre*.

–Creo que todo empezó cuando mi viejo murió. Yo tenía cuatro años y el velorio me pareció un cumpleaños, una fiestita. Y bailaba y me reía y me enojaba con los que no querían jugar conmigo –Facundo se rió–. Con eso mi vieja confirmó la teoría de que no tengo sentimientos de ninguna clase –y siguió riéndose.

–No es cómico, es tétrico –dijo Narval, riéndose un poco él también y encendiendo otro cigarrillo–. ¿Y te acordás de eso? Es como para traumarse.

–No. Pertenece a la leyenda de Facundo, el desalmado. Me lo contó ella, claro. Siempre me lo echa en cara. Es medio psicópata. Me traumó, claro. Los padres siempre te trauman.

–Sí. Yo nunca voy a tener hijos.

–Yo tampoco. Pero sería divertido destrozar una mente de a poquito.

–Me encanta esta canción.

–«The passenger». Iggy es impresionante. Mi vieja antes venía a visitarme, hace mucho. Quería averiguar si mi existencia transcurría en medio de la mugre, la cual es su hipótesis favorita, o ver si encontraba a algún viejo verde con un látigo y vestido de cuero y cosas así. Nunca vio nada de eso. Pero igual lloraba y se echaba la culpa. Cuando se daba cuenta de que no me movía ni un pelo, se iba gritando que soy un témpano. Después, dejó de venir. Me tenía harto.

Narval se levantó.

–¿Vamos a comprar cerveza? Me estoy sintiendo encerrado.

–Bueno. Hay envases en el balcón.

–Compro yo, lo que alcance con estos diez pesos mugrosos.

–Milagro. Dale, andá a buscar los envases.

Los dos se hicieron unas rayas antes de salir. En el ascensor, Narval abrazó a Facundo y, en mitad del beso, dijo:

–No siento los labios. Qué duro estoy.

–Yo también. Y queda un montón de merca todavía.

La noche estaba muy lenta, casi quieta. Narval sintió que hacía mucho que nadie le daba un cuchillazo en el estómago a la noche. Como siempre, tipos en la puerta del kiosco, escabiando, la imagen más repetida y tediosa que Narval se podía imaginar. Y sin embargo él seguía haciendo eso, no con tanta frecuencia y sin el más mínimo entusiasmo, pero solía terminar en las esquinas, tirado, fumando y tomando cerveza, con el Negro, con Esteban, de vez en cuando incluso con Facundo. A Facundo, en cambio, le divertía lo ritual, le gustaban las barras. Narval creía que en el fondo Facundo se burlaba de las barras todo el tiempo, que por eso le gustaba estar ahí. A Narval no le daba risa. Sentir que había perdido ese sentimiento de fascinación por la calle lo deprimía profundamente, le producía una intensa nostalgia, la misma que lo llevaba a escuchar las tonterías que decía Esteban.

–Nunca puedo integrarme del todo a la gente –dijo Narval–. Enseguida me aburren y los empiezo a odiar.

Facundo se encogió de hombros.

–Te preocupás demasiado. Yo no sé si me meto o no en las historias con la gente, pero me divierte ver que los demás me hacen un lugar. Creo que me gusta hacer como que formo parte de algo. No me aburren ni me divierten ni los odio. Qué sé yo, no son tan importantes.

Mientras caminaban de vuelta con las cervezas, Facundo dijo:

–Si dejé la ventana abierta y entró viento y me voló la merca, me mato, te juro por Dios.

–Nos matamos juntos, Facun.

Pero la merca estaba en su lugar y Facundo destapó una cerveza. Más tarde, ninguno de los dos recordaba cuántas veces se había repetido la secuencia ascensor-kiosco-ascensor-merca.

–Facun, ¿cuánto te cobró el Negro por esto?

–Un palo y medio.

–¿Tenés la plata?

–Ahora no. Pero se la pido al viejo mañana.

–¿Cuánto le cobrás al viejo?

–¿Para qué querés saber?

–Para saber. Dale, decíme.

–Un palo, a veces más. Pero puedo pedirle plata cuando quiero, también. Es decir, este palo y medio me lo va a dar, no le estoy cobrando nada.

–¿A todos les cobrás lo mismo?

–Te estás poniendo molesto, Val. ¿A qué querés llegar?

Narval hizo la pregunta rápidamente y mirando para otro lado:

–A por qué no me cobrás a mí.

Facundo se rió un rato largo.

–No te cobro a vos, y a Carolina tampoco le cobraba... No hay ninguna razón en especial, salvo que cierta gente no es parte de mi trabajo; nada más. A veces me acuesto con gente, como cualquier otra persona, y no lo hago por plata.

Narval asintió. Esperaba esa respuesta, pero necesitaba oírla.

–¿Te diste cuenta de que no curtimos en toda la noche?

–Sí –dijo Facundo–. No tengo ganas y vos tampoco. Si no, ya lo hubieras intentado.

–Es raro porque la merca me da ganas de coger.

–Quizá te estés guardando para otro.

–Qué decís: No seas... –pero Narval se calló la boca, con un escalofrío.

–Hace rato que estamos sin música –dijo Facundo, y Narval se levantó a poner un compact de Soundgarden.

Volvió a sentarse y encendió el último cigarrillo del atado. No sabía por qué, pero era casi matemático que los cigarrillos se terminaran al mismo tiempo que la merca.

–La última raya –dijo ominosamente Facundo–. Habría que escribir un tango.

La dividió en dos. Tomaron y Narval sirvió dos vasos de cerveza.

–Qué boludo –dijo entre dientes–. Tendría que haberme hecho un pico. Por qué vos nunca te picás.

–No me gusta el palo. Alguna vez me piqué, pero nunca más. Me quedaba pegado. No sé cómo hacés vos para no quedarte en ésa.

–Yo estoy re-pegado. Si no me paso todo el día encerrado picándome, sin hacer otra cosa, es porque no tengo nada de plata. Sólo así me dejo de picar –esnifó nerviosamente–. Afanar me cuesta cada vez más, le perdí la mano. Pero ahora debería hacerme un pico.

Empezó a salir el sol y Facundo, que odiaba las madrugadas, bajó las persianas y rechinó los dientes.

–Se viene, la puta que lo parió, siempre me arrepiento de haber tomado tanto. Bajar es lo peor.

Narval aprobó: si había algo que los dos odiaban por igual era el amanecer, el rocío todavía flotando, los primeros ruidos, los putos pajaritos cantando, ese calor adormecedor del sol, los camiones que limpian la calle, los barrenderos.

Facundo se acurrucó sobre los almohadones, transpirando y pálido, ignorando el borrachísimo cuerpo de Narval sobre la cama.

–¿Sabés lo que siento? Como si estuviera por despegar. Las cosas tiemblan, no las puedo mirar fijo. Me siento un cohete. Siempre me pasa lo mismo.

–Las cosas no tiemblan –dijo Narval con la voz pastosa y curiosamente aguda–. Vos sos el que temblás. Tomá un trago.

–No quiero.

–Qué boludo. Es por tu bien. Yo ya estoy en pedo, pero en pedo en pedo. No me doy cuenta si bajo o no bajo.

–Qué suerte tenés, Val. Yo ya no estoy borracho y no quiero hablar más de eso, basta.

–Pero tomate un trago...

–Pará, Val, cortála. No te soporto. Callate.

Facundo se acurrucó para el otro lado, dándole la espalda a Narval. Desde ahí oyó:

–Jodete. Cuando sientas que te morís, no me pidas que te charle.

–Ya siento que me muero, pelotudo. El corazón me late tan fuerte que me hace temblar todo el cuerpo. No te duermas, ¿me oís?

–Eso es feo. Pobre Facundo.

Narval cerró los ojos y un buen rato después empezó a dormitar, con la botella de cerveza aún en la mano. Facundo se la sacó para que no se derramara y se sentó. Trató de respirar hondo y se negó a tomarse el pulso porque sólo iba a asustarse más. Se volvió a acurrucar y se tapó con una frazada, porque tenía frío, y trató de cerrar los ojos. La cabeza y el pecho parecían querer explotar, así que se sentó otra vez. Miró el reloj y descubrió, sorprendido, que habían pasado dos horas. Volvió a acostarse de costado porque así sentía menos el corazón. Cuando despertó de un sueño inquieto, tuvo que desnudarse porque estaba empapado de sudor. Abrió un cajón y buscó tranquilizantes puteando por no haberse acordado antes de revisar si tenía algunas pastillas. Ni siquiera escuchó cuando Narval se fue, después del mediodía.

Narval empezó a toser cuando despertó, como siempre al otro día de tomar merca y fumar tanto.

Trató de pararse sin hacer ruido cuando vio a Facundo dormir tranquilamente en el piso porque sabía que, cuando uno se despertaba después de haber tomado tanta pala, costaba horrores volver a dormirse. Miró el reloj y lo alegró haber dormido tantas horas.

Se levantó. Tenía ganas de irse y despacito besó a Facundo y se llevó un par de anteojos negros porque se sentía incapaz de aguantar el sol. Decidió bajar por el ascensor y, no bien cerró la puerta, se arrepintió. Le zumbaban los oídos y supo lo que iba a pasar y casi no lo asustó encontrarse con el-Hombre-de-los-huecos-en-vez-de-ojos arrodillado a sus pies, anhelante.

Mecánicamente se bajó los pantalones, preguntándose cómo lo había sabido Facundo o si sólo había dicho eso por casualidad «te estás guardando para algún otro». Metió la pija en uno de los huecos sin ojos y se dejó derramar dentro de la cabeza de ese hombre, sintiendo cómo recorría el vacío, y esta vez no gritó, sino que estalló de placer, y entonces el-Hombre-de-las-huecos chilló y Narval sólo pudo pensar qué pasaría cuando las puertas ya no llevaran más a la calle y qué bueno sería eso, no ver más la calle de mierda, la puta calle de mierda. Sólo pudo pensar en qué pasaría cuando las puertas se cerraran, algún día. Y se preguntó si era él quien las había abierto o ya estaban abiertas. Y se preguntó si se cerrarían solas o él tendría que cerrarlas.

7

Armendáriz había visto por primera vez a Facundo hacía casi un año, en La Ventana, el lugar adonde acostumbraba ir para levantarse a alguna muñequita, alguna pendeja con aspiraciones de amante de un viejo con plata.

Esa noche la había pasado muy bien, tomando whisky; tanto que llegó a ponerse la corbata como vincha, después de tomarse un tiro en el baño que le hizo sentir que iba a reventarle el corazón. Y así, acelerado, gordo y descontrolado, vio a Facundo apoyado contra una columna, mirándolo con una sonrisa increíblemente cínica. Armendáriz había estado con chicos antes, en fiestitas que organizaban sus amigos. Lindos chicos, la mayoría, pero, aun así, no conseguía tocarlos hasta que no estaba borracho; y nunca iba a fiestas donde hubiera exclusivamente chicos, sin ninguna mujer.

Jamás había visto algo como Facundo; allí mismo supo que, si no tenía a ese chico, iba a volverse loco. Se esforzó por no perderlo de vista y, cuando lo encontró, sintió un puñetazo en el estómago con cada uno de los movimientos del chico que bailaba sobre una de las mesas, balanceándose con un tema de Madonna, el largo cabello negro, la boca torcida en una expresión de desdén y hastío. Se sentó en un sillón; Facundo apareció a su lado al rato y le apoyó una mano en la rodilla.

Había hecho todo lo que podía por entender a Facundo, por saber sólo una vez lo que querían decir sus implacables ojos grises, por conocer cada centímetro de su cuerpo de mármol con la esperanza de conocer su alma. Incluso, en momentos de desesperación, había buscado a otros chicos, otras chicas; había pagado por los mejores hombres y mujeres de Buenos Aires con la esperanza de reemplazarlo, todo inútilmente. Siempre volvía a Facundo, con la misma demencia de la primera noche, esa noche que Armendáriz recordaba hasta en sus más ínfimos detalles, con la lentitud de las pesadillas. Había gastado fortunas en Facundo, buscando, aunque sea, agradecimiento. Por eso le alquilaba el departamento y pagaba impuestos, gastos, expensas, para que de alguna manera dependiera de él. Pero Armendáriz sabía que, si algún día decidía dejar de pagar, Facundo se las arreglaría solo, sin pedirle nada, sin reprocharle nada.

Y ahí estaba, de nuevo con el rostro enrojecido, de nuevo con la garganta seca, mirando a Facundo vestido de negro y pidiéndole plata, otra vez, como siempre, y él dispuesto a morir por Facundo, dispuesto a hacer cualquier cosa, sabiendo, claro, que sería en vano.

Facundo pidió un café doble y se sacó los anteojos oscuros. Las ojeras se le formaban alrededor de los ojos, no solamente debajo, y el efecto era impresionante: los ojos grises brillaban como nunca con la aureola negra alrededor, tanto que parecía que se hubiera maquillado. Tenía los labios cortajeados, pero eso hacía que parecieran más carnosos aún. Armendáriz se dijo que nada podía evitar que Facundo fuera hermoso.

–¿Cuánto necesitás?

Cuando llegó el café, Facundo encendió un cigarrillo y sonrió. Una señora que tomaba té en la mesa de al lado los miraba enternecida, suponiendo que serían padre e hijo. Armendáriz también tenía ojos claros y el poco pelo que le quedaba era tan oscuro como el de Facundo.

–Un palo y medio.

Armendáriz abrió la billetera y tiró sobre la mesa el dinero. Cuando Facundo lo agarró, puso su mano sobre la de él.

–Si querés más...

–No, me arreglo. Tengo que pagar merca que tomé y me quedo sin un peso.

Armendáriz sacó más plata.

–Tomá.

Facundo volvió a ponerse los anteojos negros y se levantó; Armendáriz se quedó mirando una pelotita de papel que había armado con la servilleta. Sintió que sus ojos se llenaban de lágrimas, por eso no lo miró cuando preguntó:

–¿Cuándo nos vemos? El sábado no puedo, es el cumpleaños de mi mujer.

–El viernes –Facundo titubeó–. Perdoname, ahora estoy ocupado.

–Está bien.

Armendáriz levantó los ojos, pero Facundo ya había cerrado la puerta del bar y cruzaba tranquilamente Corrientes hacia el Obelisco. Armendáriz aplastó el cigarrillo que Facundo había dejado humeando en el cenicero y pagó.

8

–Tengo el auto –anunció Carolina triunfante, sacando la cabeza por la ventanilla. Las cosas esa noche estaban saliendo demasiado bien. En primer lugar, después de rogar y prometer una conducta ejemplar, su padre volvía a prestarle el auto. En segundo lugar, encontraba a Facundo en su casa y dispuesto a salir con ella.

–Mirá vos –dijo Facundo, parado junto al auto, con una enorme trenza en el pelo–. ¿Y qué vamos a hacer?

–No seas amargado. ¿Tenés tiempo?

–Para recorrer un par de bares, sí. Después tengo que volver.

Carolina frunció el ceño, pero Facundo hizo como si no se hubiera dado cuenta. Estaba aburrido de justificarse. Subió y encendió un cigarrillo.

–Me duele la mano de tanto fumar –dijo.

–¿Qué? –Carolina se rió–. Cualquiera.

–No es joda, de verdad. Tengo la mano contracturada por la posición de sostener el pucho. Debo estar fumando dos atados por día, o más.

–Fumá con la otra mano.

–Es la solución, pero me olvido. No puedo fumar con la derecha. ¿Viste qué puto soy? Todo me fisura: debo ser el único pelotudo al que le duele la mano por fumar.

Carolina no podía parar de reírse.

–Primero que no es cómico porque estoy *sufriendo*. Segundo, vamos a chocar.

–No digas eso. ¿Sabías lo del choque con Esteban?

–El otro día lo estaba contando, pero no lo escuché. ¿Qué pasó?

–Resulta que yo estaba mucho más en pedo que Esteban, así que le di el auto para que manejara él. Al principio, todo bien, pero de pronto, cuando íbamos a cruzar una calle, aparece una plazoleta en el medio. Y de la plazoleta sale corriendo un gato negro que se viene encima del auto.

–Y a Esteban le agarra el cariño por los animales y no lo quiere pisar.

–Peor. Empieza a gritar que el bicho es el Demonio reencarnado porque supuestamente el Diablo siempre aparece transformado en gato negro los viernes a la noche. Por supuesto, Esteban no va a atropellar al mismísimo Demonio, así que nos fuimos de trompa encima de la plazoleta y el coche se incrustó en un monumento a Sarmiento. Vino la policía, mi viejo me tuvo que ir a buscar a la comisaría. Por suerte, es la primera vez que pasa. Pero el guacho de mi papá me sacó el auto un mes.

–Hizo bien –dijo Facundo–. Esteban está loco en serio, qué bárbaro.

Encendió la radio; después armó un porro. Carolina bajó las ventanillas para evitar que el aroma dulzón impregnara todo y don Novak hiciera un escándalo.

–Anoche con Val nos tomamos diez gramos.

–Qué hijos de puta. ¿Y?

–Un bajón terrible. No tomo más.

–Siempre decís lo mismo, Facundo.

–Esta vez es en serio.

Carolina lo miró burlonamente y Facundo le pasó el porro.

–¿Narval te dijo algo de mí?

–No.

–¿Hablaron de mí?

–¿En qué sentido?

–Qué sé yo, Facundo, no te hagas el tonto.

–Le conté de cuando nos dimos vuelta con merca en tu casa.

Carolina frenó y soltó el volante para mirar a Facundo.

–¿Cómo fuiste capaz de contarle semejante papelón?

–No fue un papelón, son cosas que pasan. Y, además, él no hizo ningún comentario.

–Nunca habla de mí, ¿o sí?

–No, pero Narval es así. Esta tuca me está quemando la boca, ¿no tenés una cajita de fósforos?

–En la guantera.

Facundo agujereó la cajita y acomodó la tuca ahí. Tapó de un lado y fumó. Volvió a toser.

–Tengo la garganta destruida por la merca. Pará acá.

Carolina detuvo el auto en la puerta de Malicia. Era una vieja casa reformada, con unas pocas mesas y una gran ventana a la calle. Entraron y Narval empezó a hacerles señas para que se acercaran a su mesa. Estaba sentado con Esteban, cada uno con un vaso de cerveza delante y la mesa cubierta de cáscaras de maní. Carolina pellizcó el brazo de Facundo y murmuró:

–No puedo creer que Narval esté acá, qué bueno, me voy a poner nerviosa.

–No sé qué te sorprende tanto, si Val pasa *todas las noches* metido acá adentro –murmuró Facundo, pero Carolina no lo escuchó porque se adelantó para sentarse en la silla vacía que Narval tenía a su lado.

Facundo se acomodó al lado de Esteban y le terminó la cerveza.

Esteban siguió hablando con Narval, como si no hubiera llegado nadie. Necesitaba hablar y seguir autoconvenciéndose de que el terror de la noche en Sonic tenía alguna explicación.

–Te sigo explicando. Creo que tendríamos que analizar por qué estabas tan cargado de energía negativa. Yo soy muy sensible para percibir ese tipo de cosas, ¿sabés? La mayoría de la gente no se da cuenta, pero, como yo me intereso, a veces percibo más que los demás. Vos te diste cuenta de que estabas cargado de malas energías, ¿o no?

Narval no le contestó. Miró a Facundo con expresión de «salvame», pero Facundo no se dio por aludido. En cambio, le dijo a Esteban:

–¿Vos qué pensás de lo que pasó?

Esteban se apoyó en el respaldo de la silla y encendió un cigarrillo, satisfecho.

–Yo tengo una teoría. Es muy personal, claro. Creo que todos nosotros vibramos en una frecuencia determinada. Pero eso no significa que no existan otras frecuencias. ¿Me entendés?

–Por supuesto. Seguí –Facundo sonrió un poquito.

–Bueno, creo que existen otras frecuencias. Y entonces tienen que existir otros seres vibrando en esas frecuencias.

–¿Como otras dimensiones?

–Algo así.

Narval se revolvió incómodo en el asiento y encendió un cigarrillo con la colilla del que estaba fumando.

–Esas otras frecuencias no son malas en sí mismas, sólo son distintas de las nuestras. Pero, cuando chocan, producen un encuentro de energías desconocido y que a nosotros nos parece maligno. Hay personas que por un segundo o varios pueden entrar en contacto con esos otros mundos, digamos. Creo que eso le pasó a Narval y yo pude percibirlo.

–¿Y por qué nosotros no?

–Porque ustedes no están sensibilizados para eso. Yo ya estuve en contacto con esas energías un par de veces. A mí se me dan a conocer.

–Claro –dijo Facundo, mirando a Esteban burlonamente–. Debés tener algún contacto con otros mundos, qué duda cabe.

–Pará, Facundo, pará un poquito –dijo Narval, pálido–. Sos un hijo de puta.

Facundo siguió riéndose y Esteban bajó la cabeza, un poco ofendido. Por un momento había pensado que Facundo hablaba en serio.

Narval encendió otro cigarrillo. Hacía días que subsistía a alcohol, merca y puchos ajenos. Pero no se sentía débil, casi no se daba cuenta de que necesitaba comer. Estaba esperando la oportunidad de pedirle plata a Facundo, pero tenía que llevarlo lejos de ahí, lejos de Esteban, porque su teoría estaba empezando a darle miedo.

Carolina, incómoda, pensó que una cerveza mejoraría las cosas.

–¿Querés una birra, Narval? Yo invito.

–Todas las que quieras, preciosa –dijo él–. Pero no puedo levantarme para acompañarte hasta la barra. Vos entendés.

Carolina sonrió nerviosa y sintió que se paraba torpemente, que caminaba torpemente, que seguramente tiraría la cerveza.

Los otros tres se quedaron callados, Facundo fumando silenciosamente, Narval armando un barquito con el papel metalizado de un atado vacío y Esteban tratando de decir algo, pero sin conseguir que saliera una sola palabra de su boca. No le gustaba quedarse solo con Facundo y Narval: siempre le parecía que molestaba.

–Voy al baño –dijo, y, cuando desapareció entre la gente, Narval se sentó junto a Facundo.

–Quiero irme con vos, ahora –dijo–. No puedo soportar un segundo más el parloteo de Esteban, me está enloqueciendo. ¿Para qué lo hiciste hablar tanto?

Se estaba callando antes de que llegaras.

Facundo lo miró a los ojos.

–¿Por qué no te vas con Carolina?

Narval revoleó la cabeza.

–Con ella puedo estar cuando quiera.

–Conmigo también, en todo caso.

–No es lo mismo.

Facundo se levantó bruscamente de la mesa y caminó hacia la puerta, con Narval detrás, sin decir una palabra. Encendió otro cigarrillo en la vereda y paró un taxi.

–Perú al 1300 –le dijo al chofer, y Narval lo miró sorprendido porque era su dirección y jamás habían ido a su casa antes. Sin embargo, no dijo nada porque Facundo estaba hermético, casi demasiado silencioso. Narval se recostó a mirar por la ventanilla y sintió cómo se agrandaba el silencio, cómo desaparecía el ruido del auto, incluso cómo se iba de a poco el sonido de su propia respiración. Casi como el silencio del subterráneo, pensó. Siguió mirando por la ventanilla, seguro de que alguno de Ellos estaba sentado a su lado en el taxi; no juego más, pido gancho, pensó, y empezó a sonreír cuando los sonidos volvieron y vio la puerta de su casa y se bajó del taxi.

Facundo lo dejó boquiabierto cuando cerró la puerta desde adentro.

–Santa Fe y Callao, yo sigo –le dijo al taxista y, mirando a Narval parado en la vereda, murmuró–: tengo cosas que hacer.

9

Narval despertó e instantáneamente saltó de la cama, como si el contacto con las sábanas le diera asco. Había dormido como un tronco a pesar de las vueltas que dio en la cama pensando en Facundo y en cómo le había cortado la cara por primera vez, porque no podía entenderlo: sólo se le ocurría que Facundo pretendía que él se fuera con Carolina. Pero para eso, pensaba Narval, hubiera bastado que me dijera que no, sin más, no había necesidad de traerme hasta mi casa y dejarme así, tan despreciativamente.

Estaba vestido, así que decidió salir de inmediato a la calle porque se había despertado angustiado y nervioso: odiaba estar en ese sucio departamento, muerto de miedo, pensando que Ella iba a aparecer de repente, en un rincón. Otros mundos, pensó, qué pendejo de mierda es este Esteban.

Salió a la calle: el cielo estaba cargado de nubes negras, parecía a punto de explotar. Iba a llover de un momento a otro. Narval pensó que la única manera de soportar ese día espantoso sería rogándole al Negro un poco de merca. Se había encontrado un walkman días antes, en el banco de una plaza; si el Negro estaba de buen humor, podía cambiárselo por un poco de droga.

Se quedó parado en una esquina. No tenía absolutamente nada que hacer, no tenía un peso, no se animaba a visitar a Facundo... Cruzó la calle y siguió caminando. Era demasiado temprano para pasar por lo del Negro, que nunca se levantaba antes de las tres de la tarde. Todo lo que le quedaba era dar vueltas por ahí, como un sonámbulo.

Lo que más le molestaba era que últimamente no podía perderse por Buenos Aires. Antes, después de andar unas cuantas cuadras, ya no sabía adónde estaba y se entretenía buscando el camino de vuelta. Ahora no: conocía demasiado la ciudad, ni siquiera se perdía cuando estaba drogado; de alguna manera, siempre terminaba en algún lugar conocido. Otras veces, para matar el tiempo y el aburrimiento, subía a un colectivo y viajaba hasta terminar el recorrido. Pero era desperdiciar plata y Narval no podía darse semejantes lujos.

Cruzó corriendo una calle porque no se dio cuenta de que el semáforo estaba en rojo. Al subir el cordón se tropezó y cayó de cara al piso, raspándose un poco el mentón. La gente lo miró con curiosidad, pero nadie intentó ayudarlo. Narval se levantó a las puteadas y rengueando se apoyó contra una pared, tocándose la pera y los codos doloridos; el raspón sangraba un poco. Respiró hondo; por un instante se le había ocurrido que la sucia mano de Ella iba a extenderse para levantarlo del piso.

Siguió caminando, medio rengo. Le preguntó la hora a un tipo que esperaba el colectivo.

–La una de la tarde.

Narval pensó un segundo. Y bueno, se dijo, que el Negro se joda. No voy a estar dos horas caminando por ahí esperando que el señor se levante.

Llegó rápido a lo del Negro y tocó el timbre interminablemente, para despertarlo. El Negro vivía en el último departamento de un pasillo, tras una puerta de chapa color verde agua.

Salió al rato, soñoliento, con la cara sucia y las sábanas marcadas en las mejillas.

–Pasá –dijo.

Narval se sentó en una silla y apoyó los codos en la mesa mientras el Negro se preparaba mate.

–¿Querés comer algo?

–No.

–¿Unos mates?

–No.

–Bueno, armate un porro.

Narval picó un poco de marihuana en el hueco de la mano y sacó un papelillo del paquete que había sobre la mesa.

–¿No sabés cuándo me va a pagar la frula tu amigo?

–No.

–Más vale que se apure.

–Tarde o temprano te va a pagar.

–Ya sé, pero que no se haga el vivo conmigo. Es un salame el borrego ese.

Narval no contestó.

–Venís a buscar merca, ¿no, fiera?

–Sí.

–Y seguro que no tenés un cobre.

–Adivinaste. Pero tengo un walkman, nuevito. Me lo podrías canjear.

–Viejita, no tengo merca ahora. Pero tengo un par de líneas para dentro de un rato: tengo que pasar por la casa de un par de gente y a lo mejor alguien me lo cambia.

–Te acompaño.

–Joya, hermano. Me pego una ducha y salimos. ¿Seguro no querés un mate?

–Seguro.

El Negro se metió al baño y Narval se quedó solo, fumando el porro. Abrió un poco las ventanas porque la cocina era muy chiquita y el humo empezaba a asfixiarlo. Hizo repiquetear los dedos sobre la mesa de fórmica. No quería estar en silencio. Puso un casete de los Rolling Stones en el grabador que estaba sobre la mesada.

El Negro salió enseguida, con los rulos mojados empapándole la remera roja.

–Vamos, viejo.

Salieron. El Negro cerró la puerta de chapa con dos vueltas de llave y Narval lo esperó en la punta del pasillo. Por un instante pensó en decirle «está todo bien, me voy a casa» porque al verlo venir correteando por el pasillo se dio cuenta de que no tenía las más mínimas ganas de soportarlo. Pero el deseo de hacerse un pico pudo más.

Subieron al Citroën, que traqueteaba y se paraba en cada esquina largando un infernal olor a nafta. A Narval empezó a dolerle la cabeza.

–¿Cuándo vas a arreglar este aparato?

–Cuando tenga plata. Y, si tu amigo no me paga...

–Negro, no hablés boludeces que plata tenés y no necesitás que Facundo te pague urgente.

–No tengo plata, chaval. Las cosas no andan bien, hubo que arreglar con la policía.

Narval no contestó y abrió la ventanilla.

–Che, Narval, qué le ves al putito ese de Facundo.

–Dejá de joder.

–Vos no eras así, hermano.

–¿Así, cómo?

–Vos no andabas con putos antes, tenías todas las minas.

–No tenía todas las minas.

–Bueno, no te calentés. A mí me parece que te hace mal juntarte con ese maricón.

–Bueno.

–Te lo digo por tu bien.

–Bueno.

–Estás mala onda hoy.

–No, no estoy mala onda, pero no hables pavadas de Facundo porque no me cabe. Ni lo conocés.

El Negro se calló la boca; no quería discutir. Detuvo el auto frente a un almacén que estaba cerrado.

–Aguantame un rato –dijo, y se bajó.

Narval se estiró lo mejor que pudo en el asiento, que era demasiado chico para sus piernas largas. Lo aburría terriblemente esperar historias de droga: el auto del Negro no tenía radio ni pasacasete ni nada como para entretenerse, así que se puso a cantar bajito, acompañándose con el repiqueteo de sus dedos sobre el tablero. No quería estar solo y en silencio.

El Negro tardó menos de lo que Narval esperaba: no había podido hacer la mano. A Narval no le importó demasiado: verlo venir cruzando la calle casi lo alivió.

–No se hizo, padre. Me mandaron a lo de la Turca, ¿la ubicás?

–No.

–Cómo que no si le pegamos merca un par de veces.

–Pero no me acuerdo.

El Negro encendió el motor, molesto. Le reventaba que Narval nunca pudiera recordar a la gente que él le presentaba.

–Bueno, pero seguro que ella sí se acuerda de vos, y seguro que tiene la mejor y me cambia tu walkman.

–Bárbaro –dijo Narval.

El Negro salió sonriente de la casa de la Turca y sin el walkman en la mano. Lo había logrado, por fin. Narval se metió en el bolsillo la papela y volvieron, para picarse juntos.

A Narval no le gustaba picarse con otra persona. Todas las demás drogas prefería curtirlas acompañado: nunca jamás se fumaba un porro solo, por ejemplo, porque se aburría. Podía tener guardado un baguyo de marihuana durante días si nadie se lo fumaba con él. Un pico era algo mucho más íntimo, casi como masturbarse. Pero, si el Negro le había conseguido merca con la mejor onda, tenía que hacerse un pico con él, por una cuestión de cortesía.

El Negro calentó la cuchara tranquilamente sobre un mecherito mientras Narval se ajustaba la goma en el brazo izquierdo y miraba crecer sus venas, el brazo poniéndose morado y latiendo, como hambriento. El Negro se picó primero, despatarrándose sobre la silla, con la respiración agitada. Narval cargó su cuchara duplicando la dosis del Negro.

–No te zarpes –escuchó vagamente Narval. Clavó la aguja en la parte menos amoratada de su brazo y mandó con toda tranquilidad, de a poco, disfrutando las pequeñas oleadas pulsátiles que lo hacían temblar levemente, como si llegara despacio a un orgasmo espectacular. Cuando vació la jeringa, una gran luz blanca lo enceguecio y se dejó llevar, apretando los dientes. Cuando la luz se desvaneció y abrió los ojos, se encontró en el piso, con la jeringa pendiendo de su brazo y la cara asustada del Negro arrodillado a su lado.

–Te dije que no te zarparas, sos un enfermito. ¿Estás bien?

–Sí –dijo Narval, sinceramente–. Fue fantástico.

Y se incorporó despacio, con los ojos entrecerrados.

–Un día te matás –dijo el Negro.

–No –Narval se frotó el brazo cuidadosamente y guardó la papela en el bolsillo–. No –repitió–. Me voy.

–Hacé lo que quieras –dijo el Negro, poniendo un casete en el grabador–. Si lo ves al trolo de Facundo...

–Ya sé.

Narval caminó por el pasillo: la salida parecía más lejana a cada paso, así que se apuró, prestando atención al eco de sus zancadas. Se bajó las mangas arremangadas porque no quería tener problemas con la policía; si algún rati le veía los brazos marcados, terminaría con toda seguridad durmiendo en una comisaría.

Pasó por un bar lleno de gente, cosa rara porque todavía era temprano. Pero no entró: los lugares repletos lo ahogaban y aturdían cuando se había hecho un pico; además, le gustaba caminar con el cerebro cargado por la calle, acelerando como una locomotora: le gustaba que la gente murmurara a su paso, cuando notaban su andar desenfrenado y sus pupilas dilatadas. Más tarde, cuando empezara a bajar, obligatoriamente tendría que meterse en un bar para manguear algo de tomar. Nunca faltaba quien convidara.

10

Armendáriz abrió los ojos y se preguntó si todavía sería de noche, aunque no podía saberlo porque Facundo, que odiaba la luz del sol, mantenía las persianas bajas. Le dolía la cabeza, como siempre que despertaba en casa de Facundo, porque dormía rodeado de humo. Hizo una mueca de dolor cuando descubrió que tenía el cuello tan contracturado que le era casi imposible moverlo. Hacía tiempo que andaba duro, no sólo por los nervios, sino también porque extrañaba su amplia cama matrimonial y la que usaba ahora, en la habitación de servicio, era tan dura como un ataúd.

Le había dejado la pieza a su mujer semanas después de conocer a Facundo, pero no solamente por eso; desde hacía años, apenas se hablaban. Sin embargo, ella no lo había abandonado: se paseaba como una sombra gris en camisón, repleta de alcohol y tranquilizantes, pero no se iba.

Armendáriz se incorporó. El aroma dulzón de la marihuana le llegó a la nariz y vio a Facundo sentado en un sillón, acariciando al gato negro y fumando. Siempre se levantaba antes que Armendáriz: nunca le permitía despertarse a su lado.

–¿Qué hora es?

Facundo se sobresaltó. Estaba desnudo, con el pelo larguísimo como una mancha negra sobre su cuerpo.

–Te despertaste –dijo–. No me lo esperaba. Las once y cuarto.

Armendáriz se levantó y buscó los calzoncillos y el pantalón. Nunca se paseaba desnudo delante de Facundo, no resistía la llamita de burlona comparación en sus ojos grises.

–Dormís tan poco… –le dijo Armendáriz.

–Es que tengo sueños espantosos –Facundo le ofreció el porro y Armendáriz rehusó con un gesto–. Desde chico. Por eso trato de dormir lo menos posible. Además, no me olvido de los sueños.

Armendáriz intentó acercarse al lado de Facundo y Lord Byron se erizó; Luis sintió un profundo odio dentro de su pecho.

–No te me acerques cuando estoy con el gato porque no soporta que me toquen y ya deberías saberlo. Sentate en la silla.

–¿Qué soñaste anoche? –dijo Armendáriz, tímidamente, sin mirar a Facundo.

–Soñé que una mujer me buscaba. No sé por qué, sólo me buscaba y estaba loca. Apareció acá con una valija y, cuando la abrió, adentro había un bebé muerto, asfixiado. Supe que lo había metido ahí sólo para mostrármelo. No puedo olvidarme de esos dedos agarrotados, la boquita en forma de O, la piel azul... horrible. Y lo peor del sueño era que yo no me sentía culpable por eso y el bebé de alguna manera estaba así por culpa mía. Podía sentir lástima, pero no culpa, y se suponía que eso era lo que tenía que sentir.

Armendáriz recordó a Facundo durmiendo inmóvil a su lado y le costó creer lo que le estaba contando.

–Dormís tan tranquilo, tan quieto...

–Sí, es raro, debe ser porque en los sueños siempre estoy paralizado –Facundo apagó el porro y encendió un cigarrillo–. No me mires dormir, no me gusta. Es como si me estuvieras espiando –echó al gato y le ofreció un cigarrillo a Armendáriz, que aceptó–. No me hagas caso, hacé lo que quieras. Igual, yo no puedo saber si me mirás o no. ¿Ves por qué no me gusta dormir? Me siento demasiado desprotegido.

Armendáriz se sentó al lado de Facundo cuando comprobó que el gato se había dormido sobre la cama. Facundo tenía ganas de hablar y eso era siempre emocionante para Armendáriz, aunque lo angustiaba de una manera atroz porque sentía que siempre algo faltaba o que Facundo no decía toda la verdad.

–No te imaginás cómo me ponía de chico con los sueños. Durante el año vivíamos con mi mamá en Núñez, así yo podía ir a la escuela. Pero todo el verano lo pasábamos en el campo de los abuelos en San Pedro. De la abuela, en realidad, porque el abuelo hacía rato que estaba muerto. Era fácil llegar: se doblaba justo donde había un sauce torcido, tanto que uno apenas podía creer que se mantuviera en pie. Había que meterse por un caminito desde donde se veía la casa, que era bastante linda porque la familia de mi mamá tenía plata. Tiene, todavía. Yo quería bastante a mi abuela; pero verla parada en la puerta, esperando el auto, me causaba un rechazo increíble porque yo odiaba los meses en el campo. Laureana, la chica que ayudaba a la abuela, nunca me dirigía la palabra y la presencia del abuelo estaba por todos lados: sus pipas, sus fotos, los horribles cuadros de gauchos. Esa casa parecía sostenida en el tiempo, sin televisor ni radio, puro silencio, salvo los perros. Yo siempre odié a los perros, son tan sumisos, tan molestos... Bueno, te decía: cuando tomaba el desayuno, no bien llegaba, tenía que hacer esfuerzos para tragar, sólo para no tener que escuchar a la abuela diciéndome que estaba flaco y que ella me iba a poner fuerte y hombrecito. Mientras Laureana me servía un café con leche que me daba asco, trataba de no llorar y escuchaba a mamá diciendo que yo siempre estaba de mal humor a la mañana, igual que papá.

Facundo hizo una pausa para apagar el cigarrillo.

–La abuela era rubia. En realidad, ya estaba canosa, pero se mantenía el color lavándose el pelo con café y manzanilla. Yo soy el único de pelo oscuro en toda la familia. Es raro porque viste que soy repálido y tengo ojos claros y todo eso, pero pelo negro; incluso mi papá tenía el pelo mucho más claro que yo. La abuela decía que mi sangre era más fuerte, que no era sangre de gringos. La distinción me hacía sentir superior, me gustaba imaginar que había caído de casualidad en esa familia, que era adoptado, qué sé yo. Pero, a juzgar por el grado de locura de todos, no tenía más remedio que aceptar que de ahí venía yo. Mi mamá está trastornada; dicen que quedó así desde que murió mi viejo, pero yo creo que la locura le venía de antes. Mi abuela se fue a vivir al campo cuando quedó viuda, y tenías que verla hablando con las fotos de su marido muerto. Los hombres de mi familia no duran; para mí, las viejas brujas los matan o algo –Facundo se rió secamente–. Creo que esa pieza, donde dormía solo, era lo que me hacía soñar; un lugar enorme, con toda la ventana abierta a la noche, y los ruidos. Los sueños de los primeros días eran espantosos, pero aguantaba igual; después, las cosas se hacían cada vez más dificiles. Los últimos días, antes de volvernos, directamente no dormía hasta el amanecer. Me pasaba la noche gritando, apenas cerraba los ojos.

Armendáriz le acarició los hombros, pero Facundo lo rechazó corriéndose unos centímetros.

–¿Gritabas en sueños?

–No, después. O sí. No sé, no me acuerdo bien. Lo que sí, dejamos de ir al campo cuando cumplí nueve años porque mi vieja se asustó mucho, como te imaginarás. Mi vieja siempre se asusta mucho. Pero no fue sólo por los sueños, me parece.

–¿Por qué fue?

Facundo se puso serio.

–Muchas cosas. Laureana, por ejemplo, se pasaba las noches rezando el rosario y pidiendo que los demonios abandonaran la casa, mientras yo gritaba. Exorcismos, calculo. Cada vez que yo pasaba a su lado, se hacía la señal de la cruz.

Armendáriz se quedó con la boca abierta.

–¿Cómo lo permitían tu mamá y tu abuela? ¿Por qué no la echaron?

Facundo encendió un cigarrillo.

–Porque ellas también me tenían miedo, Luis. «Si se trata de la belleza de un hombre, el más perfecto ejemplo de belleza viril es Satán», dijo un tipo que se llamaba Baudelaire. No creo que ellas lo hayan leído, pero lo intuían a su manera. Cuando era chico, yo era tan lindo como ahora. Pero no era el tipo de chico al que las viejas se acercan para pellizcarle los cachetes. No sé si me explico.

–Sí, claro –dijo Armendáriz–. Leés mucho, ¿no?

–¿Te sorprende?

–Bastante, sí.

Facundo se rió.

–No es común en un chongo, ¿no es cierto?

–No, pero vos no sos común.

Facundo no contestó. Después dijo:

–Podrías regalarme algún libro, de vez en cuando.

Comenzó a vestirse y buscó las llaves: la charla había terminado y Armendáriz sabía que no existía posibilidad de reanudarla. Por un momento sintió como si alguien lo hubiera puesto al borde de un pozo y casi hubiera alcanzado a ver las sombras que se retorcían allá abajo.

–Tengo que hacer algo –dijo Facundo, pero tres timbres largos lo interrumpieron y sonrió apenas.

–¿Esperás a alguien? –preguntó Armendáriz, en voz baja.

–No. Es alguien que conozco –dijo Facundo, y atendió el portero.

Mientras Armendáriz se ataba los cordones de los zapatos, los celos le enrojecieron la cara. Supo quién era sólo por el timbre y no le importa que esa persona lo vea conmigo. El otro sabe que yo existo. Cómo deben reírse los dos del viejo gordo y enamorado, pensó, del viejo con plata que viene a encamarse con el chonguito y tiene pánico de que la gente se entere.

Narval entró sin saludar, su largo cabello rubio despeinado y sucio y una campera de jean atada a sus caderas flacas. Salvo por la palidez y la altura, no se parecía en nada a Facundo y eso sorprendió un poco a Armendáriz, aunque no podía precisar por qué. El rostro de Narval no tenía esa expresión soberbia y distante que caracterizaba a Facundo; sus ojos azul-verdosos eran afiebrados, de mirada intensa y viva, todo lo contrario a la helada y penetrante mirada gris de Facundo. No podía estar quieto; sus manos delgadas y llenas de mínimas lastimaduras jugueteaban todo el tiempo con un mechón de sus cabellos o con una hilacha de su camisa.

Lord Byron se erizó ante Narval, como siempre. Armendáriz suspiró aliviado.

–Él es Narval –dijo Facundo, apoyándole una mano en el hombro–. ¿Querés algo? –le preguntó.

–Vasito de agua. ¿Qué tal? –y besó a Facundo en los labios mientras Armendáriz apretaba los puños hasta que sus nudillos se pusieron blancos. Facundo se metió en la cocina con una divertida sonrisa, que Armendáriz intentó ignorar.

–Qué nombre raro.

–Sí –dijo Narval.

–¿Qué origen tiene?

Narval sacudió la cabeza para sacarse el pelo de la cara.

–Así se llama un pez unicornio del Mar del Norte.

–¿Quién te lo puso?

Facundo volvió con un vaso de agua y le indicó con una seña a Narval que se sentara a su lado. Le apoyó una mano en la rodilla y miró a Armendáriz.

–¿Le estás haciendo un reportaje, Luis? ¿No es un poco ridículo preguntarle por el nombre? Es casi como hablar del tiempo –y murmuró, sólo para que lo escuchara Narval–: Siempre trata de averiguar todo.

Armendáriz se acomodó en su asiento y miró la hora. No pensaba irse por un buen rato, aunque era evidente (lo sentía poderosamente) que estaba de más. Todo era inútil porque Facundo ya había tomado la decisión de irse y no cambiaba nunca de idea, ni siquiera por Narval.

–Vamos a la plaza, Val. O por ahí. Apenas dormí y no soporto más este encierro.

Narval se encogió de hombros.

–Me da igual.

Facundo sonrió. Siempre se mostraba encantador cuando alguien acataba sus deseos.

–Ahí están las llaves, Luis. Andate cuando quieras. Abrí las persianas, que hay mucho humo.

Narval apuró el vaso de agua. Nunca había mirado a Armendáriz a los ojos, ni siquiera cuando hablaron.

–Chau –dijo Facundo, y Narval lo siguió, sin saludar. Cuando cerraron la puerta, Armendáriz salió al balcón para verlos irse y, cuando los perdió de vista, cerró el departamento con llave y se fue.

A Narval se le había ocurrido ir a tomar una cerveza a Retiro. Facundo aceptó, dijo que le venía bien caminar un poco y tomar aire porque se sentía mal por estar tanto tiempo encerrado.

–Hace un par de días que estoy en cualquiera, picándome y tomando merca. El Negro me canjeó dos gramos por un walkman –dijo Narval.

–¿Cómo hacés para aguantar al Negro?

–No me gusta estar solo, me desespero. Tengo un brutal enrosque en la cabeza. Hablando del Negro, pagale porque está insoportable. Va a ir a buscarte a tu casa.

–No sabe dónde vivo. Vos no le habrás dicho, ¿o sí?

–¿Estás loco? No. Pero puede averiguar.

–Está bien. Hoy te doy la plata, pero no te la delires. Pagale rápido al sorete ese.

–Prometido.

Facundo paró en un kiosco y compró cerveza y una bolsa de papas fritas. Subieron las escaleras del parque y se sentaron sobre el pasto. Narval abrió la cerveza con un encendedor. En una época solía abrir las botellas con los dientes, hasta que se rompió una muela.

–No sabés lo loco que estoy, Facun. Peor que nunca. Me imagino cosas raras. No sé cuántas veces dije últimamente: «No juego más». ¿Vos creés que me hará mejor a la cabeza dejar de drogarme? Debe tener que ver, me parece.

–Seguramente.

–Pero a veces me ayuda; por lo menos, así dejo de pensar.

–Entonces, seguí drogándote, Val. ¿Qué querés que te diga?

–Qué sé yo, por ahí me la tendría que aguantar un poco.

Facundo se irritó:

–No digas pavadas. Hacé lo posible para que la cabeza no te joda. No me vengas con que es como escaparse o alguna otra estupidez.

Narval suspiró.

–Es que te vuelve loco no saber qué pasa, no poder explicar de dónde salen esas imágenes tan fuertes que te vienen a la cabeza. Parecen reales, pero no lo son. No pueden ser reales. Ahí está la duda. Es la misma sensación que cuando uno tropieza, pero justo en el momento que se queda en el aire, ¿me explico? No. Bueno, cuando uno va a caerse, hay un momento en que no sabe si va a mantener el equilibrio o se va a hacer bosta contra el piso. Y no lo sabe de verdad. Las dos posibilidades tienen la misma cantidad de probabilidades. Pero uno siempre termina o en el piso o parado. Nadie jamás se queda en el aire, en la duda. Es decir, yo puedo confundirme acerca de qué cosas son reales y qué cosas no. Pero finalmente tengo que descubrirlo: es real o no lo es. Y no puedo. Es como si estuviera en el aire: no sé si voy a salir caminando ileso o me voy a reventar contra el piso. No lo sé. Estoy en el medio.

Narval hizo una pausa para tomar aire; había hablado demasiado rápido. Después dijo:

–Me la paso esperando que esto se termine de una vez por todas, algo así como un amanecer y las letritas de «THE END».

–Y la musiquita y los títulos –Facundo tomó un trago de cerveza y se pasó la botella por la frente; le dolía la cabeza.

–No te rías de mí, Facundo. Estoy mal.

Facundo se quedo callado, mirando para otro lado. Narval esperó que dijera algo como: «Contame bien lo que te pasa». No se animaba a empezar a contarlo solo. No mientras Facundo siguiera tan evasivo. No mientras Facundo no quisiera enterarse. Por fin dijo, casi en voz baja:

–¿Se me va a pasar?

–No sé, Narval, no soy psicoanalista.

Cuando Facundo no le decía Val, era porque estaba enojado y no había más que decir.

–Muchas gracias– dijo Narval, resentido.

Facundo no se dio por enterado. Agarró una ramita del pasto y empezó a hacer hoyos en la tierra. Después sacó del bolsillo una gomita y se ató el pelo, que sentado en el piso casi tocaba el suelo con las puntas.

–¿Qué te pareció el viejo? –preguntó súbitamente Facundo. Aunque de alguna manera Narval estaba esperando la pregunta, odió que la hiciera.

–Qué sé yo. No ando observando a la gente todo el tiempo.

–No mientas. Te morías por conocerlo. Estabas tan incómodo como él.

Narval se puso a mirar la calle para que Facundo no pudiera verle la cara.

–Un pobre tipo. Y está loco por vos, además.

–¿Te vas a poner moralista, Val? –dijo Facundo, riendo entre dientes–. ¿Vas a decirme que no tengo derecho a hacer lo que le hago al viejo y ese tipo de pelotudeces? Perdés el tiempo porque no me siento culpable. Además, es un viejo hijo de puta, está podrido en plata... Es un transero.

Narval cerró los ojos un instante y encendió un cigarrillo.

–No me pongo en moralista, Facundo. En realidad, el tipo me importa una mierda y lo que hagas con él también. Eso sí, no me gustaría estar en tu lugar.

–No podrías. Pero pará, que no soy tan hijo de puta. A él le gusta estar conmigo, yo nunca le pedí nada. Él solito me alquiló un departamento, él solito paga. Yo no le pido que me banque ni contactos ni esas cosas. No me calientan. Tampoco lo vivo tanto. Hay otros que me pagan más, a veces.

–¿Son todos tipos los demás?

–No, pero con los tipos es más fácil. Las mujeres son muy jodidas, se vuelven locas cuando no te enamoran, como si fuera un deber amarlas. Los tipos se resignan más.

–¿Alguna vez te enamoraste?

Facundo besó a Narval en la boca y le acarició suavemente la nuca. Una mujer de anteojos que pasaba caminando se dio vuelta para mirarlos disimuladamente. Facundo volvió a besar a Narval, sólo para asustarla un poco.

–No –dijo después. Narval lo sostuvo abrazado muy fuerte un rato y lo dejó soltarse de mala gana. Facundo se paró y se sacudió el pasto de la ropa.

–¿Ya te vas? –preguntó Narval, con los ojos llenos de lágrimas sin saber por qué.

–Sí. Me duele la cabeza. Voy a bañarme y a ver si duermo un poco.

Narval se pasó las manos por los ojos sin importarle que Facundo lo viera llorar.

–Está bien –dijo–. ¿Salís hoy?

–Probablemente vaya a Sonic.

–Esperame en la puerta.

–Te llevo la plata y un poco más para que hagas alguna historia con el Negro.

–Llevame un palo, así compro una piedra de porro.

–Bueno, chau.

Facundo bajó despacio la loma verde del parque sin mirar atrás y Narval se tiró en el pasto boca abajo, respirando hondo para deshacer el nudo que tenía en la garganta.

11

Por un instante, las hojas de los árboles se quedaron tan quietas que la noche pareció irreal, como si se tratara de una pintura o una foto. Lo único que se movía eran los bichitos danzando alrededor del foco de luz. Sólo había sido un momento: enseguida la calma fue destrozada por un auto y un tipo que silbaba allá abajo, en la calle, pero había sido suficiente para que Facundo se negara a entrar en el departamento lleno de sombras y se dijera que pasaría la noche en el balcón, si era necesario.

Había decidido quedarse en su casa esa noche, a pesar de la promesa a Narval y la deuda que tenía que saldar con el Negro. Que se vaya a la mierda el imbécil ese, pensó. Se sentó en el balcón y tiró algunas botellas de cerveza vacías al piso. No iba a poder dormir, eso estaba claro. Mientras volviera a su casa lo suficientemente desquiciado como para apoyar la cabeza en la almohada y semidesmayarse, todo estaba bien. Pero, si no era así, se complicaba.

¿Alguna vez te preguntaste, Facundo, por qué dormís siempre con alguien? Sabés que no es por coger. Es para no estar solo, se dijo. Porque no era que necesitara abrazar a alguien en la cama. Era que necesitaba a otro para compartir la oscuridad; alguien que estuviera ahí, alguien que lo oyera gritar, aunque ya no podía hacerlo.

Apretó los dientes. Estaba muerto de miedo; se levantó de golpe decidido a salir, como siempre. Pero volvió a sentarse lentamente. Salir significaba encontrarse con Narval y eso era lo menos indicado para que el miedo se fuese.

Muchas veces había salido de noche con una infinita repugnancia. Hacía rato que para él las salidas nocturnas habían perdido todo su encanto. Al principio le resultaban divertidas, cuando todavía vivía en su casa, con su madre, e iba a la escuela. En vez de salir con sus compañeros, se metía en oscuros bares para irse a dormir con el primero que se le cruzara; después volvía a su casa, al amanecer, con una extraña sensación de suciedad que casi lo hacía gritar de felicidad. Claro que esas noches solían terminar muy mal: nunca faltaba alguien que le pegara o que no quisiera pagarle. Hasta que Lautaro había aparecido, metiéndose en una pelea donde Facundo llevaba todas las de perder, y lo había llevado casi inconsciente hasta lo de la Diabla. Facundo todavía sonreía cuando pensaba en lo poco ortodoxo que era Lautaro como fiolo: nunca se encargaba de pedir la plata antes a los clientes, dejaba que los chicos cobraran y después tomaba su parte. Les tenía confianza; de cualquier manera, a ninguno se le había ocurrido nunca cagar a Lautaro con la plata: podía matarlos a golpes de la misma manera que podía desfigurar a cualquier tipo que lastimara a *sus* chicos.

Lautaro vivía desde hacía tiempo con la Diabla: era su protegido, su favorito. Y, por añadidura, se encargaba de conseguirle a la Diabla nuevos chicos, chicos como Facundo, bellísimos e inexpertos, para iniciarlos en la calle. De a poco, bajo la tutela de Lautaro, Facundo se fue convirtiendo en un profesional: sabía regatear, sabía quién era confiable, sabía cómo enloquecer a un tipo al punto de convertirlo en un cliente devoto. Cometía errores, pero pocos. La calle era ahora algo conocido, perfectamente seguro, aunque ya no estuviera Lautaro para cuidarlo. Y por eso lo de las salidas nocturnas, porque no iba a encontrar nada, porque eran un terreno donde podía moverse con confianza, donde estaba protegido.

No como en la oscuridad de la habitación, no como cuando los árboles dibujaban formas extrañas en las paredes.

Pero esa noche no iba a irse, iba a soportarlo. Es estúpido, pensó, es estúpido tener miedo a la oscuridad como si fuera un nenito, porque nunca pasó absolutamente nada y nada va a pasar. El problema es dormir, pero sólo son sueños.

Apenas tenía que salir del balcón y encender la luz. Sería demasiado que la bombita se quemara, pensó Facundo. El enorme esfuerzo que hizo para levantarse casi le arrancó un gemido, pero se mordió los labios y miró el departamento oscurísimo, salvo por los destellos de los ojos verdes del gato tan negro como la habitación. Caminó resueltamente en la oscuridad casi desafiante (la mejor defensa es un buen ataque, pensó, y se sintió ridículo) y apretó la llave de la luz temblando.

Ahí estaba todo: la cama desordenada y ya sucia, los ceniceros con miles de colillas y cigarrillos a medio fumar, restos de porros, los almohadones en desorden y el reloj digital del equipo marcando intermitentemente 00:00, como si el tiempo se hubiera detenido.

Facundo bajó las persianas y encendió las luces y la tevé y la radio y un cigarrillo y se decidió a que la noche durara hasta que él quisiera y como él quisiera, aunque estuviera solo. Pensó que podía bajar a comprar un vino; podía tomar un taxi y atiborrarse de gente y drogas, podía ir a levantar algo a la esquina o llamar por teléfono a cualquiera de sus amantes, que vendrían desesperados, todos ellos. Pero sería inútil. No podría olvidarse de ese instante de silencio amenazador.

Buscó un reloj y lo puso frente a él, en la mesita de vidrio. La tevé sólo mostraba una pantalla llena de puntos grises y la apagó y la odió. Subió el volumen de la radio y decidió prender un cigarrillo con la colilla del otro para no dormirse; no había posibilidades de que se le acabaran porque siempre tenía muchos atados. Lo que no podía permitirse era dormir; no quería una sola pesadilla esa noche. Iba a dormir recién al amanecer, como siempre. Odiaba el amanecer, esa retirada de la noche que parece casi ingenua y por eso es más macabra, porque la noche nunca se va del todo y, en cualquier caso, siempre vuelve.

Buscó un libro, mirando una y otra vez la biblioteca. Ninguno lo convencía porque sabía lo que iba a suceder: pasar y pasar las páginas sin saber lo que estaba leyendo, completamente ausente, sin poder alejarse de la obsesión por la noche y la oscuridad.

Sonrió un poco: era extraño, pero la única persona que conocía (y conocía muchas) que leía tanto como él era la Diabla. Había vivido unos años con él en su casa-boliche, por intermedio de Lautaro. Cuando la Diabla vio por primera vez a Facundo tirado en una cama, con los labios partidos y un ojo negro, se arrodilló a su lado y murmuró:

–¿Cómo se llama este reyecito?

Lauraro, sonriendo ante la aprobación, dijo: «Facundo»; la Diabla, embelesado, había dicho:

–Facundo, luz de mi vida, fuego de mis entrañas. Pecado mío, alma mía. Eres la mejor ofrenda que he recibido en estos últimos tiempos. Quedate a vivir acá, si querés.

Facundo se quedó unos días en el boliche de la Diabla recuperándose de la paliza, después del rescate de Lautaro. La Diabla siempre venía a charlar con él y juntos leían libros en la cama, recitaban. De a poco, Lautaro fue enganchándose con ellos, a pesar de que nunca antes en su vida había tocado un libro. Cuando se recuperó, volvió a su casa a buscar ropa y otras cosas; ni siquiera avisó adónde se iba a vivir. Su madre no se lo preguntó tampoco: se limitó a mirarlo hacer el bolso, casi feliz.

A partir de ahí comenzó su entrenamiento, a cargo de Lautaro, que le conseguía citas, le presentaba tipos, le explicaba cuánto tenía que pedir, qué cosas le convenía hacer y qué cosas no. Facundo le hacía bastante caso: no tanto como para no correr peligro un par de veces. Pero Lautaro lo dejaba: «Tenés que aprender solo», le decía, «vas a aprender de las cagadas que te mandás». Facundo recordaba claramente esas clases magistrales, cuando Lautaro se paseaba con un cigarrillo sin filtro por la habitación de la Diabla y decía, con su voz gruesa y áspera: «No te dejes pegar nunca y no te enrosques con tipos masoquistas porque eso no te calza, sos demasiado debilucho, terminarías mal. Lo tuyo es volverlos locos con esa cara que tenés, volverlos locos y sacarles cada vez más plata. No tengo que explicarte cómo hacerlo, ya lo sabés demasiado bien, naciste sabiéndolo».

A cambio, Facundo empujaba a Lautaro a dejar un poco su papel de matón callejero, que era lo único que a veces le molestaba de su amigo. Para Facundo, ser chongo no significaba de ninguna manera dejar otras cosas de lado y así se lo decía a Lautaro: «Vos y yo somos muy distintos. Vos servís para apurar a la gente, yo no. Vos arreglás todo a las piñas, yo cogiendo, pero eso no quiere decir que necesariamente seamos unas bestias, Lautaro». Y, por eso, Facundo solía encerrarse con Lautaro a tomar un vino, charlar y leerle algún libro. Al principio, Lautaro se resistía y Facundo se quedaba solo con la Diabla, sin presionarlo. Después las cosas cambiaron: Facundo aún recordaba a su amigo con los ojos brillantes y boquiabierto, escuchándolo leer en voz alta, sentado en el piso.

Desde que Lautaro murió, Facundo nunca volvió a hacer eso con nadie. Sin embargo, nada podía desprenderlo de los libros y nada podía hacer que de vez en cuando no se le cerrara la garganta cuando leía alguno de los pasajes que maravillaban a Lautaro. Tampoco la Diabla lo acompañaba más en esas lecturas en voz alta, porro y vino tinto: era un rito muerto, enterrado junto a los ojos azules y el cabello rubio ceniza enmarañado de Lautaro, junto al olor de la sangre que había derramado en los brazos de Facundo la noche que lo habían acuchillado, esa noche de la cual Facundo apenas podía recordar algo, algunas imágenes, como fotos: la Diabla llorando en los pasillos del hospital, un policía preguntándole cosas ininteligibles (y él negando con la cabeza, mudo, con los ojos secos), la desesperación con que se había restregado las manos y los brazos llenos de sangre, el rincón donde se había dado la cabeza contra la pared hasta sangrar, para ver si el dolor físico podía superar al otro, ese que no lo dejaba llorar, que le había secado la garganta.

Días después, Facundo había empezado a buscar un tipo que lo sacara del boliche de la Diabla y fue así como conoció a Armendáriz, que, después de los primeros y tumultuosos encuentros en hoteles, le había alquilado un departamento. Fue un acto casi heroico irse a vivir solo, pero simplemente no podía seguir con la Diabla y los otros chicos, lleno de recuerdos. Sin embargo, seguía haciendo la calle, un poco para no abandonarlos del todo, otro poco para ganar más plata. Ya no quería simplemente sobrevivir; necesitaba vivir bien, como le gustaba. Lautaro era el único motivo por el cual no se había decidido a conseguirse antes un tipo como Armendáriz.

Facundo apagó asqueado el cigarrillo. Se sentó con las manos sobre las rodillas, haciendo un esfuerzo mental por tranquilizarse, sin lograrlo. Pensó en Narval, recordando sus movimientos nerviosos y compulsivos, la ansiedad con que quería explicarle su intrincada locura, las lágrimas que anegaron sus ojos cuando Facundo había huido de él, en el parque, porque no quería enterarse de nada, no podía enterarse. Y Facundo se descubrió a sí mismo tapándose la cara con las manos y rogando en voz baja: «Que se le pase, que se le pase», con una desesperación que odiaba, pero no podía evitar, demasiado parecida al silencio de la noche.

Ella le metió dos dedos en la boca y Narval sintió un gusto salado y otro gusto también, detrás, ácido.

Se había sentado en un umbral frente a Sonic y, cuando la puerta detrás de él se abrió, la inconfundible sensación, esa especie de arrastre, los pelos de la nuca erizados, le hicieron saber que ahí iba de nuevo todo.

Como en una nebulosa, pensó en Facundo, en que tenía que encontrarse con él por la plata, pero los brazos de Ella, de natural exangües, adquirieron una enorme fuerza cuando lo arrastraron adentro de la casa y Narval tuvo tiempo de reírse cuando se preguntó si no viviría gente allí. Se dejó llevar en brazos de Ella, arrastrado por muchas habitaciones y pisos encerados hasta un lugar vacío donde el-Hombre-de-las-arañas lloriqueaba en un rincón.

Ella lo soltó y desapareció por una puerta. Narval quiso llamarla, pero se detuvo cuando vio la aureola de moscas que zumbaban alrededor de la cabeza de la mujer. Entonces volvió a sentir miedo, como si los hilos que él mismo había aflojado se tensaran, como si alguien les hubiera dado un tirón. Pero el-Hombre-de-las-arañas gimoteaba y Narval tuvo que acercársele. Tuvo que hacerlo. De una manera nueva y distinta había sentido algo parecido a la pena.

–No me dejan en paz –dijo el-Hombre-de-las-arañas–. Sacámelas.

Narval, con asco y odio, se las sacó y las pisoteó. Creyó que las arañas gemían, pero quizá sólo fuera el sonido de sus manos y pies sobre el piso encerado.

Arañas malas, y eso era todo lo que podía pensar Narval, y lo repetía en voz alta, «arañas malas».

12

Carolina revolvió la comida dentro de la boca. Estaba sin dormir y había tomado merca toda la noche. No demasiada, aunque sí la suficiente como para que fuera imposible tragar bocado. Pero almorzar los sábados en familia era algo para lo que no tenía excusas. Eran como las dos de la tarde y ella había llegado cerca de las seis de la mañana. Sabía que, si bien sus padres no la vigilaban, se deprimían profundamente si no compartía la comida de los sábados.

Carolina agradeció mentalmente que el televisor estuviese prendido, así no había que hablar. (Y, además del televisor, estaba Mauri, que era espontáneamente leal en esas ocasiones y les daba charla a los viejos, les pasaba la sal y les servía agua para que no vieran el temblor de las manos de Carolina.)

Tragó un bocado con dificultad, pensando: Faltan tres o cuatro, nada más, por suerte, e ignorando olímpicamente a su padre, que sentenciaba cosas como: «Mirá la cara que tenés, vos te pensás que la vida es joda, pero hay que descansar, nena, está bien divertirse, pero me parece que te estás pasando de castaño oscuro».

A veces la sorprendía que sus padres no pudieran imaginarse en qué consistía exactamente la diversión.

No bien terminaron de comer, los Novak fueron a dormir la siesta y dejaron a Mauri y Carolina solos para que levantaran la mesa y lavaran los platos. Mauricio siguió con su conducta ejemplar y le dijo a su hermana que no se preocupara: «Lo hago yo; vos andá a dormir».

–Mauri, ¿no tenés un lexotanil?

–Claro –dijo Mauricio, y sacó un par del bolsillo de atrás del pantalón–. ¿Cuántos querés?

–Uno solo, no seas loco.

–No te va a hacer nada.

–Claro que sí. Con uno me sobra, si siempre tomo medio. Lo que pasa es que vos estás de la cabeza, Mauri.

–Y vos sos una floja. Bueno, mejor, qué más querría yo que me alcanzara una sola pasta para plancharme.

Mauricio abrió la canilla y empezó a lavar los platos. Cuando tenía una actitud así, parecía un adulto, un viejo casi. A Carolina siempre la enternecía.

–¿Estás mejor, Mauri?

–¿Mejor de qué?

–De tus problemas, no dormir y las fobias y esas cosas.

–El psiquiatra dice que sí, pero todavía no puedo salir a la calle, como habrás notado. Y no tengo ganas de salir tampoco. Calculo que ése es el problema mayor. Solamente puedo ir al médico ida y vuelta. Ah, me olvidaba de contarte: la otra vez, cuando volvía del psiquiatra, lo vi a Facundo desde el taxi. Qué hermoso es ese tipo. Hacía bastante que no lo veía. Es sorprendente lo lindo que es, increíble.

Carolina se quedó con la pastilla a medio camino de la boca.

–¿Te gusta Facundo, Mauri?

–¿Creés que soy puto?

–Qué sé yo si sos puto. Me decís que Facundo es hermoso.

–Es hermoso. También es hermoso nuestro gato y no por eso me dan ganas de cogérmelo –Mauricio acomodó los platos mojados sobre la mesada haciendo mucho ruido–. Pero entiendo eso que contás, que todos, tipos y minas, se mueran por Facundo. Qué hijo de puta. Nunca vi a nadie como él.

Yo tampoco, pensó Carolina, y recordó la forma en que todos

se daban vuelta en un lugar para mirar a Facundo, cómo se deleitaba ella al verlo dormir desnudo a su lado, cómo la impresionaban siempre sus gestos, sus miradas, su forma de moverse. Se puso la pastilla en la lengua y se tapó la nariz para tragar. No sabía hacerlo; siempre se le quedaban pegadas al paladar o la garganta.

–¿Dónde lo viste? –dijo después.

Mauricio cerró la canilla para seguir lavando en un rato.

–En la bajada de Plaza San Martín, con un flaco rubio.

–Narval –dijo Carolina.

–¿Qué cosa? Pobre pibe, lo mataron. Espero que no se llame así de verdad.

–No sé. Lo que menos me importa de ese tipo es cómo se llame.

–Ah, claro. Tu nuevo chico.

–Todavía no. Pero me parte la cabeza, Mauri.

Mauricio sonrió cínicamente. Carolina odiaba esa sonrisa, ese aire de «te conozco».

–Ahora querés levantarte al chico de Facundo. Y no te da cabida, ¿o sí?

–No es el chico de Facundo. Facundo coge con todo lo que camina y, claro, también coge con Narval. Eso no quiere decir que sea su chico. No seas forro, Mauri.

–¿Te da bola?

–No –contestó Carolina, malhumorada, y vio la imagen de Narval dejándola con las cervezas en Malicia. Para irse con Facundo, además. No quería contarle eso a Mauri porque iba a reírse de ella aún más. Se levantó y fue hasta la pieza. Cerró la puerta y se tiró en la cama, tratando de no pensar, con los walkman puestos bajito. Cuando se durmió, rompió los auriculares al dar vuelta la cabeza en la almohada.

Carolina llevaba una hora dormida cuando golpearon a la puerta.

–¿Quién es?

–Esteban.

–Pasá.

–¿Dormías?

–Sí, no importa –dijo Carolina, restregándose los ojos y tomando los auriculares con dos dedos, como si fueran una cola de rata.

–Qué tarada, son los terceros que rompo.

Esteban se sentó en la cama, a los pies de Carolina. Llevaba una gorrita con visera puesta al revés sobre su cabello corto y oscuro.

–¿Saliste anoche? –preguntó Carolina.

–No. No tenía ganas.

–Yo salí, pero no me encontré con nadie. Bah, con el Negro. Terminé la noche con él tomando merca en la casa. Está re-caliente porque Facundo todavía no le pagó. Me preguntó dónde vivía, pero ni loca se lo digo, es capaz de ir a cagarlo a palos. Encima, me quiso transar el pelotudo.

–¿Y transaste? Estaría bueno, tendríamos un montón de merca gratis. Además, es un tipo que conoce a todo el mundo, la tiene clarísima.

–¿Estás loco, nene? El Negro es horrible y me importa un pito que tenga calle. Después de haber salido con Facundo, tengo mis parámetros. Nunca me transaría al Negro, ni aunque me invitara a tomar toda la merca de Bolivia.

–¿No los viste ni a Facundo ni a Narval?

–No. ¿No es raro?

Esteban se sacó la gorra y se rascó la cabeza.

–Están muy raros esos dos.

–Como siempre.

–No, no como siempre.

–Esteban, no empieces a alucinar.

–Están raros. ¿No viste cómo se puso Narval cuando le expliqué mi teoría la otra vez?

–Es que tu teoría es estúpida. Y, además, Narval se quería ir a dormir con Facundo. Me cortó el rostro olímpicamente.

Mauri se asomó por la puerta de la pieza.

–¿Quieren café? –preguntó.

–Yo sí –dijo Esteban.

Carolina se incorporó en la cama, enojada.

–Estabas escuchando, turro.

–De casualidad.

–¿Desde dónde escuchaste?

–Desde que Narval te cortó la cara olímpicamente. Decime una cosa, Carolina, y perdoname que me meta, pero, ¿cómo se te ocurre querer levantarte al chico de Facundo?

–Ya te expliqué que no es el chico de Facundo. Y, si lo fuera, qué. ¿Es imposible que me lo levante?

–No digo que sea imposible. Digo que ya está bien, ¿o no? ¿No tuviste bastante con Facundo? ¿No es hora de que busques otra clase de tipos? ¿O estás compitiendo con él?

–Mauri, no me des consejos y no digas pelotudeces. Me sacás la cabeza. Andate y no te metas más en mi vida ni en mis charlas ni en mi pieza. ¿Estamos?

Mauri la miró un instante levantando una ceja y se fue. Carolina se tiró violentamente en la cama y, sin incorporarse, le gritó a Esteban:

–¿Qué, vos pensás igual que él?

Él dijo que no con la cabeza.

–Bueno. Estoy harta. Narval me gusta y, si quiero, voy a estar con él. Además, Facundo no tiene drama. Hasta quiere que me lo enganche.

–Caro... –empezó a decir Esteban.

–Qué.

–Nada –Esteban sacudió un poco la cabeza–. Es que Narval está tan raro...

–Callate –dijo Carolina–. Andá a buscarte el café, hacé el favor, que no quiero discutir.

Esteban no se movió de la cama.

–Andá, nene –dijo Carolina, y Esteban finalmente le hizo caso, calzándose la gorrita, esta vez con la visera al derecho.

13

Facundo se metió las manos en los bolsillos y, apoyándose en la pared, dijo que no con la cabeza al vaso de whisky que le ofrecía Carolina, bastante borracha ya. Hacía un rato que se la había encontrado y todavía estaba tratando de hablarle de algo; no estaba de humor para conversar con nadie ni para estar dentro de Sonic un sábado a la noche, con el lugar repleto de gente.

–¿No es muy tarde como para que sigas acá? ¿No tenés que encontrarte con tus otros amigos?

–Los veo más tarde –dijo Facundo, suspirando–. Es temprano, tengo que encontrarme con alguien a las tres, más o menos.

–Uy, los compromisos de Facundo –dijo burlonamente Carolina, y tomó de un trago los restos de whisky.

–No seas celosa. De algo tengo que vivir.

–Hay mejores maneras.

–Hacé la tuya que yo hago la mía. ¿Está claro?

–Clarísimo. Qué histeria tenés. Y qué cara. No te afeitaste.

–Pasé una noche horrible, estaba solo, dormí recién al mediodía.

–Y qué, ¿tuviste insomnio?

–Sí, si querés llamarlo así, tuve insomnio. Porque estaba muerto de miedo. No me gusta pasar la noche así.

Carolina se sorprendió.

–¿Le tenés miedo a la noche?

–Más bien, a la oscuridad. Desde chico.

–Nunca me lo habías dicho.

Facundo no contestó. Recordó a su abuela secándole el sudor estoicamente en la casa del campo, soportando sus gritos mientras le cantaba canciones de cuna. Recordó los llantos de su madre, encerrada en la habitación de al lado, porque ella nunca iba a consolarlo, ni siquiera se asomaba a la puerta, sino que lloraba detrás de las paredes, como un monótono canto acompañado por los rezos de Laureana, que encendía velas de colores en su habitación.

Carolina interrumpió sus pensamientos.

–Qué raro –dijo–. Vivís de noche. Nunca estás solo, pero es de noche lo mismo.

–Es cierto –Facundo levantó un poco las cejas y dijo, mostrándole a Carolina la cerveza que tenía en la mano–: ¿Me acompañás afuera? No tengo ganas de estar acá.

–Tengo faso –dijo Carolina, y le palmeó el bolsillo del vaquero–. Vamos a la plaza, si querés.

Carolina agarró a Facundo de la mano y así, de la mano, cruzaron a la plaza, tomando la cerveza del pico. Las veredas y la plaza estaban llenas de gente, mucho ruido de autos: sobre todo por eso era mejor caminar de la mano. Cuando llegaron a la plaza, un grito los hizo darse vuelta. Narval cruzaba corriendo la calle desde Sonic, con un cigarrillo en la boca. Se paró delante de ellos, agitado y sonriente.

–Qué bueno. No encontraba a nadie y no estaba ni ahí para terminar la noche con el Negro.

Narval miró a Facundo y bajó los ojos. No se animaba a preguntarle si la noche anterior lo había buscado para darle la plata: no sabía cómo explicarle por qué no lo había esperado. No podía imaginarse que Facundo tampoco hubiera cumplido su palabra. Por un momento se quedaron en silencio. Narval tiró el cigarrillo en un charquito de agua y lo miró apagarse. Carolina le pasó la botella de cerveza y Narval tomó dos tragos, que fueron un alivio para su garganta reseca.

Facundo sacó plata del bolsillo y se la dio a Narval.

–Tomá. Pagale al Negro y comprá una piedrita.

Narval gimió falsamente.

–¿Cuándo vamos a conseguirnos un dealer mejor que el Negro? Estoy harto de hacer historias con él.

–Desgraciadamente, es el único pelotudo honesto y que tiene buen faso y buena merca. Nunca nos cagó, Val. Es el único motivo por el cual conviene hacer negocios con él –dijo Facundo.

–Qué malos son, los dos –dijo Carolina–. Pobre Negro.

–No es cuestión de maldad, Caro. El Negro es un pelotudo. Pero pelotudo pelotudo. No hay nada que hacer –dijo Facundo.

–No es para tanto. Lo que pasa es que ustedes no son así.

–¿Así cómo? –preguntó Narval.

–Así, como el Negro.

Facundo lanzó una carcajada.

–Qué facilidad de palabra, Carolina. Estoy anonadado.

–Andate a la mierda –dijo ella, y miró a Narval–. ¿Querés venir a fumar un fasito?

–Por supuesto –dijo Narval.

La plaza estaba muy concurrida y era más que probable que apareciera la policía. Carolina aseguró que sólo tenía ese porro y que, en todo caso, si aparecían los milicos, el que lo tuviera en la mano se lo tendría que comer.

Se sentaron en una calesita y Carolina le dio el porro a Narval para que lo encendiera. Narval le dio dos secas y se lo pasó a Facundo. A la tercera vuelta, empezó a hacer girar la calesita con los pies. Carolina colaboró.

–Pará, Val, que me mareo –dijo Facundo, y Carolina chilló.

–Por favor, Facundo. Sos maricón en serio –le gritó.

–Hoy me trataste de histérico, después me mandaste a la mierda, ahora me decís que soy un maricón. Me voy, che –dijo, y se bajó de la calesita–. Tomo un taxi acá, en la esquina. Nos vemos –y besó a los dos en la boca.

–¿No querés otra seca? –dijo Carolina, nerviosa ante la evidencia de que iba a quedarse sola con Narval.

–No. Estoy re-loco.

Facundo miró a Narval de reojo y le sonrió apenas. Después se fue caminando hasta la esquina.

Un patrullero empezó a bordear lentamente la plaza. Narval susurró «Isa» y se sentó más cerca de Carolina. El patrullero paró un instante y siguió. Los dos habían estado expectantes; al verlo irse, se rieron y después se quedaron callados. Narval se miró los pies.

–Debés creer que te estoy cortando la cara y no es así –dijo.

–Ah, ¿no?

–No voy a decir una pavada como que no era el momento o algo así. Era sólo que no tenía ganas de estar con vos cuando apareciste esas veces.

–Gracias. Eso me hace sentir mucho mejor.

Narval sonrió y se pasó una mano por el pelo. Estaba tan sucio que un mechón le quedó en esa posición, como si hubiera tenido grasa en la mano.

–Nunca sé qué decirle a una mujer. Tengo un millón de opciones y siempre elijo la equivocada –la miró–. En realidad, casi nunca tengo ganas de estar con otra persona que con Facundo. Además, pensaba que todo estaba planeado por él, no se me había ocurrido que realmente pudiera haber salido de vos. ¿Tenés un cigarrillo?

Carolina prendió dos puchos y le dio uno. Generalmente odiaba las explicaciones y, si no hubiera aparecido Facundo en la conversación, habría hecho callar a Narval. Pero lo del *plan* la había hecho ponerse alerta.

–No entendí lo que quería Facundo cuando me dijo que me fuese con vos –dijo Narval.

–¿Él te dijo eso?

Narval se rió.

–Siempre tan discreto el guacho. No hay ningún plan. Yo quiero estar con vos porque me gustás. Así de fácil. ¿Por qué pensaste que podía estar planeado? Es como dice Esteban: ustedes dos son muy raros.

–Tengo el defecto de pensar que todo es más complicado de lo que parece. No creo que la gente sea tan simple.

Carolina miró a Narval detenidamente, sus ojos claros hundidos, la palidez amarillenta.

–¿Y ahora querés estar conmigo?

–Hace tiempo que no estoy con nadie, salvo con Facundo. No es fácil escaparse de él. Vos me entendés.

–Claro que te entiendo. Yo estaba tan enamorada de Facundo que no podés imaginártelo. Pero no aguantaba... lo que hace. ¿A vos no te molesta?

–No. Me basta con que esté conmigo a veces. No le pido exclusividad.

–Entonces no estás enamorado de él.

Narval se rió entre dientes.

–Qué sé yo. Tengo tantas cosas en que pensar... Probablemente esté enamorado de él. Y vos también. Todos aman a Facundo, ¿cómo no amarlo? Es la cosa más hermosa que existe.

–Pero es una puta –dijo Carolina, casi con resentimiento.

–Sí, es una puta. Eso es lo que más me gusta de él.

Ahora Carolina se rió.

–Eso fue un arranque de sinceridad.

–Y qué arranque –dijo él, apagando la tuca del porro entre los dedos mojados de saliva.

–Bueno –dijo ella–. Basta de hablar de Facundo.

–Basta –dijo Narval, y la atrajo contra su pecho para besarla. Carolina le rodeó el cuello con los brazos.

–¿Se terminó el preámbulo? –preguntó.

Narval dijo que sí con la cabeza y la besó suavemente. Ya casi había olvidado qué se sentía al abrazar a una chica, el delicado olor a mujer de los poros abiertos y excitados, las curvas perfectas de Carolina y su piel suave.

–No soy una gran compañía –dijo Narval–. Si estás buscando pasarla bien... Estoy muy sucio, no tengo plata ni drogas, estoy de malhumor por eso y, además, creo que estoy volviéndome loco.

–No me importa –Carolina metió las manos por debajo de la remera de Narval y se mordió los labios al sentir la elástica firmeza de su espalda–. En serio.

Es todo tan horrible, pensó Facundo mientras veía a una hermosa chica beber interminablemente de un vaso que le llenaba sin parar un tipo de traje. El boliche de la Diabla estaba tan lleno como Sonic, pero hacía muchísimo más calor.

Otro tipo se paseaba con una serpiente alrededor del cuello, repartiendo estampitas. Facundo transpiraba. Intentó meterse en el baño, pero estaba demasiado lleno. Una mujer que salía lo tomó del brazo con fuerza, pero Facundo se desprendió violentamente dejándola con los ojos desencajados y una mano en la garganta.

Subió las escaleras, esperando que ahí arriba estuviera más fresco. No encontró un solo sillón vacío, todos estaban llenos de gente enredada entre sí. Juani pasó detrás de él y le tiró del pelo achicando un poco sus enormes ojos celestes.

–¿Qué hacés, Facundito?

–Nada. Me aburro. ¿La Diabla?

–En su pieza, con un pibito que se levantó.

–Yo tengo que encontrarme con la Palera.

–Uy, uy, uy –dijo Juani, agrandando los ojos y rechinando los dientes, en una imitación bastante exacta de la Palera.

Juani se pintaba los ojos con delineador negro para que resaltaran más, siguiendo los consejos de la Diabla. Hacía mucho que vivía en el boliche. Desde que Facundo se había ido y Lautaro había muerto, era el favorito de la Diabla, junto con Joaco, otro chico precioso, de piel mate y ojos achinados, casi un príncipe hindú.

La Diabla era un coleccionista de beldades masculinas, aunque Facundo seguía siendo su mejor adquisición. En realidad, si bien la Diabla era quien daba asilo a los chicos y los mantenía en su boliche con la condición de que compartieran los dividendos, Lautaro era el que los elegía. A Juani lo había descubierto en la calle, muerto de hambre y sin un peso porque venía de Rosario; Lautaro le ofreció casa, comida y laburo y Juani aceptó. Lo de Joaco fue distinto: él mismo había ofrecido sus servicios y Lautaro, después de una calculadora mirada, había accedido.

–Ahí viene la loca, Facundito. Yo me voy –dijo Juani, y menos de diez segundos después la Palera se tiró corriendo a los brazos de Facundo, lastimándole la boca al besarlo.

–Te acordaste –repetía temblorosamente; Facundo supo que ella había tomado tanta cocaína como le era posible. Suavemente se pasó la mano por los labios doloridos y se miró los dedos. La mujer agrandó sus ojos de pupilas dilatadas y chupó los dedos ensangrentados de Facundo.

–¿Alguna vez me olvidé? –dijo él.

La mujer comenzó a reír histéricamente, con los hombros encogidos y restregando sus manos contra las de Facundo.

14

La noche después de haber estado con Carolina, Narval volvió a casa de Facundo. Él parecía estar esperándolo, sentado en el piso con un enorme desorden alrededor, como si hubiera destrozado a golpes su departamento. Narval se tiró a su lado, apoyando la cabeza sobre los pantalones oscuros de su amigo, que miraba el despelote suspirando.

–No sé por dónde empezar –dijo.

Narval levantó la cabeza para mirarlo y pensó que pocas veces lo había visto tan lindo, quizá porque sus ojos grises entrecerrados tenían un dejo de tristeza poco común.

Facundo apagó el cigarrillo y acarició la frente siempre afiebrada de Narval.

–Estuviste con Caro.

–Sí. Y la pasé bárbaro. Ella es bárbara, pero... Quería estar con vos. ¿Por qué me estás evitando?

Facundo no contestó. Al rato dijo, en voz baja:

–No es eso, Val.

–Estoy tan triste, tan loco… Te necesito –dijo Narval, como si no lo hubiera escuchado; su voz estaba tan llena de bronca e impotencia que Facundo apretó los labios y buscó desesperadamente un cigarrillo.

–Yo también. Me gustaría tanto ser un estúpido…

–No sé si un estúpido. Por lo menos, un inconsciente.

–Yo no nací para esto –dijo Facundo, con una media sonrisa–. Nací para ser una puta hermosa, para estrella de Hollywood, no para andar amargándome la existencia.

Narval se rió y después se abrazó más fuerte a las rodillas de Facundo. Sin mirarlo, susurró:

–¿Vas a escucharme?

Facundo no le contestó, pero respiró hondo.

–Bueno –dijo Narval–. Da igual. ¿Sabés?, me estoy creando situaciones y perdí totalmente; quiero decir, está fuera de mi control darme cuenta de que yo me las invento y supuestamente puedo manejarlas. Son como alucinaciones. Incluso, de vez en cuando, tengo ganas de que vengan... Me olvido de que soy yo el que las provoca. Parecen de verdad, que suceden, que son ajenas a mí. Mirá cómo será que hasta dudo de que me imagine todo. No puede ser de otra manera, pero concretamente no sé. ¿Entendés algo de lo que te digo?

–Dejame contarte una cosa. De chico, yo no tenía amigos. No era tímido: era huraño, la gente no me interesaba. Y me inventaba compañeros imaginarios, como amigos invisibles y eso, pero a lo bruto. No quería estar con nadie más que con ellos. ¿Sabías que soy hijo único? Bueno, mi mamá me traía nenitos para jugar, pero yo los echaba enseguida. Me pasaba horas encerrado, hablando solo, jugando solo. Mis «amiguitos» me ayudaban a dormir también porque tenía unas pesadillas horrorosas. Las tengo todavía, pero nada que ver. Cuando era pendejo, gritaba, me enloquecía, eran más vívidas. Hasta que llegó un momento en que decidí parar. No podía seguir viviendo así. Fue un enorme esfuerzo dejar a esos fantasmas y no volver a llamarlos para ahuyentar el miedo. En un momento, hasta los veía, tan reales se me habían hecho. Pero tenía que parar. Y paré.

–Lo mío es distinto –dijo Narval.

–Nadie dice que no sea distinto. Te conté algo, nada más. No fue para comparar.

Pero Narval siguió hablando; no había escuchado a Facundo.

–Es distinto porque vos buscabas a esos fantasmas, vamos a decirles así; yo no. Ellos vinieron a mí. Yo no puedo saber si son reales. Yo no puedo echarlos. Y quiero estar con Ellos. No todo el tiempo, porque les tengo miedo, pero Ellos quieren estar conmigo, me buscan, están en todas partes, yo no los puedo dominar.

–¿Por qué no dejás de pensar, Val? No sé qué te pasa, no quiero que me cuentes más.

–¿Por qué no?

Facundo titubeó y dijo:

–Porque a veces me asusta sentir que estamos hablando de algo que los dos conocemos. Pero yo no sé lo que te pasa y no quiero saberlo tampoco.

Narval se levantó. Caminó un poco en círculos rascándose la cabeza. Después, tapándose la cara con las manos, murmuró:

–No me dejes solo, por favor.

–Claro que te voy a dejar solo –dijo Facundo–. ¿Qué querés, arrastrarme?

–¿Arrastrarte? ¿De qué hablás? Si esto me pasa sólo a mí.

–¿Cómo sabes? Yo sé lo que es sentirse cercano a la locura. No quiero sentir que me vuelvo loco nunca más. No quiero más dolor ni más demencia ni más nada. Quiero estar tranquilo, quiero quedarme como estoy –se paró, caminó hacia la ventana y se dio vuelta para mirado–. No me jodas, Narval.

Narval aflojó los brazos y se sintió muy cansado, como si pudiera dormir durante años.

–Nunca podría joderte. No digas eso.

–Claro que podrías. Pero no lo hagas –Facundo se acercó a Narval para abrazarlo y le dijo al oído–: Por favor.

Narval lo abrazó también, sin demasiada fuerza. Era sorprendente, pensó, que Facundo pidiera por favor. Lo besó despacio y dijo:

–Nunca voy a hacerte nada malo, nunca –tomó la cara de Facundo con las manos y la puso tan cerca de la suya que sólo veía difusamente el brillo de los ojos grises–. Nunca.

Facundo lo hizo callar y apagó la luz. En silencio, empezó a sacarse la ropa. Recién cuando estuvo desnudo volvió a mirarlo. Narval, extasiado, lo observaba con asombro y deseo; sólo podía desear así a Facundo, sólo él podía producirle esa sensación de vértigo y vacío en el estómago.

–¿Qué sos? –preguntó Narval mientras las sombras de las hojas agitadas por el viento dibujaban con luces y oscuridades el cuerpo de Facundo.

–Lo que quieras –dijo él.

15

Narval despertó con un brazo colgando de la cama y buscó a tientas el cuerpo de Facundo en la oscuridad, pero no lo encontró. Se sentó tratando de acostumbrarse a la penumbra, parpadeando. Pero Facundo tampoco estaba sentado sobre los almohadones y no se oían ruidos en el baño ni en la cocina. Narval volvió a acostarse, molesto. No era la primera vez que no lo encontraba cuando se despertaba; como Facundo apenas dormía, casi siempre se iba por ahí y lo dejaba solo. Pero Narval sentía que de alguna manera lo de la noche anterior había sido distinto y que, por lo tanto, Facundo tendría que haber actuado distinto también.

Se levantó y abrió las ventanas, corriendo las cortinas negras que Facundo usaba para tapar el sol. Estaba nublado y pesado, a punto de llover otra vez. La gente caminaba malhumorada, con la camisa pegoteada a la espalda. Tropezó con el gato, que le tiró un zarpazo a los talones. Narval detuvo la patada en el aire. El odio con el gato era mutuo, pero Narval no podía pegarle. Lord Byron se erizó amenazadoramente, pero salió huyendo hacia la cocina, maullando con la cola parada.

Narval se sentó en el piso y encendió el televisor. Pasó de un canal a otro, aburrido, y se entretuvo un rato mirando una telenovela venezolana. Le picaba el mentón; después del golpe se le había hecho la cascarita en la lastimadura y empezó a arrancársela hasta que sangró.

Volvió a mirar a su alrededor. El desorden seguía incólume, pero, contra la pared del fondo, la biblioteca de Facundo se conservaba intacta y limpia, con todos los libros prolijamente dispuestos. Narval se entretuvo un rato mirando los títulos de los libros, un montón de nombres que no le decían nada. Varias veces había encontrado a Facundo leyendo cuando él llegaba, pero Narval nunca se había interesado en los libros ni Facundo había intentado que lo hiciera.

Pronto se aburrió de mirar y se puso los pantalones, mientras decidía si dejaba una nota. Pero, cuando intentó abrir la puerta, se dio cuenta de que estaba con llave. Puteó un rato. Si Facundo simplemente había salido a comprar algo, llegaría pronto, pero, si se había olvidado de Narval y había cerrado, nadie podía imaginar cuándo volvería. En todo caso, sólo le quedaba esperar. No podía saltar por el balcón, ni siquiera existía un balcón al lado. Revisó los compacts, pero no tenía ganas de escuchar nada. Volvió a sentarse a fumar un cigarrillo. Dejó vagar de nuevo los ojos, que se quedaron clavados en los cajones de la biblioteca. Vamos, Narval, pensó, desde hoy que tenés ganas de ver lo que hay ahí adentro. Revisá, dale, y portate como un forro.

Sabía que, si Facundo llegaba y lo encontraba husmeando sus cosas, se pondría furioso con toda razón. Pero a lo mejor no llega, se dijo, y puede que encuentre algo... importante, cualquier cosa. Narval sintió fugazmente que había estado toda la noche en la cama con un desconocido. Nervioso, dio una larga chupada al cigarrillo y de golpe saltó del sofá y abrió de un tirón uno de los cajones, con el corazón acelerado y la respiración anhelante. Cuando oyó la puerta del ascensor, lo cerró de golpe, pero enseguida tintinearon las llaves del departamento de al lado y respiró aliviado. Volvió a abrir el cajón y se dijo, sonriendo, que siempre tendría tiempo de cerrar porque el ascensor era la señal.

Empezó a buscar y se decepcionó: unos cuantos casetes con la cinta rota, lapiceras, forros. Lo cerró rápidamente y abrió el de al lado, apremiado ante el pensamiento de que Facundo llegaría antes de que pudiera ver algo en verdad trascendente.

En el otro cajón encontró un sobre con tres fotos y se sentó a mirarlas en el piso. La primera era la foto de una mujer muy hermosa que llevaba de la mano a un chico de cinco o seis años que Narval identificó enseguida como Facundo, sin ninguna duda. Ningún otro chico podía ser tan lindo y a la vez tener en los ojos una expresión tan horrible: porque no había nada en esa mirada que pareciera la de un nenito, con esos ojos llenos de vacío y desesperanza, como si dentro de su cuerpo se hubiera metido un alma extraña que miraba sin un atisbo de inocencia tan anti-natural, tan injusta.

La segunda mostraba a un hombre de más o menos treinta años que, por el parecido, Narval dedujo que sería el padre de Facundo. Tenía el pelo castaño claro, no muy corto, y la barba crecida. Pero los ojos y la boca eran iguales a los de Facundo. Narval se quedó mirando un rato esa fotografía antes de pasar a la siguiente, que lo descolocó totalmente porque no tenía idea de quién podía ser ese chico de pelo rubio ceniza y ojos azul oscuro, sentado con las piernas cruzadas y en cuero sobre una cama revuelta. Cuando iba a guardar las fotos para seguir revolviendo, oyó las llaves en la cerradura y la puerta se abrió para dejar entrar a Facundo con dos atados de cigarrillos en la mano. Subió por las escaleras, fue todo lo que pudo pensar Narval.

–¿Estás revisando mis cosas? –dijo Facundo, y sonrió burlonamente.

Narval clavó los ojos en el piso para evitar la mirada de Facundo mientras una voz canturreaba en su cabeza: «Se puso colorado, se puso colorado».

–Culpable –murmuró.

–Por lo menos, no me pedís perdón –dijo Facundo, y apoyó los cigarrillos en la cama–. No importa. No te quedes ahí con cara de compungido porque es repugnante. No me importa. No voy a enojarme. Podés mirarme si querés.

Pero Narval siguió con la cabeza gacha cuando le tendió las fotos a Facundo, que las dejó caer despreocupadamente junto a los cigarrillos.

–¿Sabés por qué no me importa? Porque no tengo nada en esos cajones que me importe que alguien vea. Si no, no dejaría a la gente sola acá. Si este lugar se quema, lo lamentaría por los libros y el gato. Lo demás puedo comprarlo todo otra vez.

Narval miró a Facundo esperando verlo sonreír cínicamente, pero estaba tan serio que se sintió aún más avergonzado.

–Me imagino que no soy el primero –dijo.

–No. Ni el último, seguramente. La gente tiende a pensar que soy un misterio. O se enamoran, que es muchísimo peor.

Facundo agarró las fotos y apagó el cigarrillo, aunque no había terminado de fumarlo. Hizo una seña para que Narval se sentara a su lado.

–Supongo que habrás adivinado que éste soy yo, con mi señora madre. No cambié mucho, ¿no? El pelo y, bueno, ahora ya soy un hombre. Pero no estoy tan distinto. Y éste es mi viejo. No sé por qué guardo esta foto; supongo que porque no me acuerdo de él y a veces tengo ganas de verle la cara. Se parece mucho a mí. Mi madre dice que, cuando mi viejo le dio pelota, ella no podía creerlo. Lo persiguió meses. Mi mamá es una chica de buena familia, pero mi papá era un cualquiera, un tipo de terror; ella coleccionaba cuernos, se dice. Pero se la bancaba porque estaba hasta las manos. Murió muy joven, pobre, mi viejo. En mi opinión, mi mamá lo mató –Facundo se rió un rato entre dientes–. Me hubiera gustado conocerlo.

–¿Y el chico rubio? –preguntó Narval, casi con celos; Facundo se quedó callado un minuto antes de contestar.

–Lautaro. Un amigo, nunca te hablé de él. ¿Te acordás de que una vez te conté que me zarpé de merca y terminé en un hospital? Bueno, en esa época éramos amigos.

–¿Y por qué no se ven más?

–Porque está muerto. Esa foto es en lo de la Diabla, que tiene muchas más. Vivía sacándonos fotos. Yo le robé una para guardármela cuando me vine a vivir solo, después de que murió Lautaro. Lo quería mucho y no quiero olvidarme de su cara... aunque es al pedo, pronto será la foto de un desconocido. Fue hace mucho tiempo.

–¿Cómo murió?

Facundo lo miró sorprendido; no podía creer esa pregunta.

–A cuchillazos, en una pelea. Fue horrible, yo tuve que llevarlo al hospital. No pienso hablar de eso.

Narval agarró las fotos que Facundo le tendía y las guardó en el cajón.

–Estuviste enamorado de él –dijo.

–No y no hagas una escena, por Dios.

–Entonces, ¿por qué decís que lo querías mucho?

–Porque lo quería mucho. Lo quiero mucho. Éramos amigos. Él era el encargado de cuidarnos por si algún cliente se enloquecía. Yo ya hacía la calle antes de conocerlo, pero no se puede andar sin protección. Eso no era lo único. La pasábamos bárbaro juntos.

–¿Te acostabas con él?

–No, nunca.

–¿En serio? –dijo Narval burlonamente.

Facundo lo miró furioso.

–Yo no le gustaba. No de esa manera. Él me ayudó, nunca me dejó solo, pero no tenía necesidad de adorarme como a una estatua para quererme.

–Por eso estabas enamorado de él, porque nunca te dio bola.

–Yo no dije eso y estás portándote definitivamente como un imbécil, y con algo que me duele mucho más de lo que te podés imaginar –dijo Facundo, enfurecido, y tomó a Narval de un hombro con fuerza, zamarreándolo–. ¿Qué querés saber? ¿Que con él pasé lo mejor de todo en mi vida? ¿Que siempre estuvo ahí, aguantándome? ¿Que era capaz de quedarse días al lado de mi cama si me enfermaba o algún tipo me hacía algo? ¿Que ya no soy el mismo desde que él no está?

Facundo soltó a Narval y se tiró sobre los almohadones. La furia parecía habérsele pasado de pronto.

–No sé –susurró–. Yo no estaba solo entonces.

Después de un rato dijo, sin abrir los ojos:

–Val, te sangra la pera.

–Ya sé –dijo Narval–. ¿Por qué no me hablaste de esto antes?

–Porque me duele, pedazo de estúpido. No es ningún secreto. Estás celoso.

Facundo encendió un cigarrillo y se metió en la cocina; Narval lo siguió con la mirada: tenía una rara sensación en la boca del estómago, como si estuviera a punto de llorar o de tener un ataque de furia.

–Supongo que esto cambia las cosas –dijo.

Facundo se asomó. Tenía los ojos húmedos y se había acomodado el pelo detrás de las orejas.

–No. Sólo que fue estúpido. No tengo tantos secretos con vos. Claro que hay cosas que no te digo, pero uno jamás cuenta todo. No tenés más que preguntarme, en serio –dijo, y volvió a meterse en la cocina.

Narval se quedó donde estaba, pasándose la mano por el pelo. De pronto, como si un relámpago hubiera iluminado su cerebro, se dio cuenta de qué era lo que le molestaba y, furioso, entró en la cocina. Facundo estaba preparándose un café y la pava silbaba bajito sobre la hornalla. Lo agarró de la nuca con fuerza, hasta clavarle las uñas.

–Me dejaste encerrado a propósito –gritó–. Lo hiciste porque sabías que yo iba a revisar. No te hagas el inocente, quisiste probarme –empujó a Facundo contra la pared y gritó–: Vamos, decilo.

–Hay un par de llaves colgadas en el lugar de siempre –dijo Facundo lentamente, conteniéndose–. Creo que ya estuviste acá suficientes oportunidades como para saber dónde las pongo. Podés ir a ver, si querés. Las llaves que me llevé están en el living.

Narval se apoyó contra la mesada, pálido, respirando agitado. Apretó los puños: lo que decía Facundo era cierto; ni siquiera se había fijado si quedaba un juego de llaves colgado tras la puerta de la cocina.

–Perdoname –dijo, con la cabeza gacha y el pelo tapándole la cara–. Es que...

–No te justifiques –dijo Facundo–. No empeores las cosas. Ni siquiera se me ocurrió probarte. A lo mejor te merecés que haga ese tipo de cosas. ¿Qué mierda te pasa? Desenroscate de una buena vez.

Narval le dio la espalda con una multitud de voces parloteando al mismo tiempo dentro de su cabeza.

–Me voy –dijo.

–Sí, mejor –Facundo se preparó en silencio el café y pasó junto a Narval sin mirarlo, para sentarse en el piso del living, frente al televisor. Narval se quedó un minuto en la cocina, arrancándose la punta de los pelos florecidos; después, salió apresuradamente. Ni siquiera cuando chocó la mesita al pasar, Facundo desvió los ojos del televisor.

16

Armendáriz había sentido miedo la primera vez que había fumado marihuana. Era tan distinto a tomar merca: la cocaína hacía todo sola, cargaba el cerebro enseguida; al porro había que conocerlo, llevaba su tiempo entenderlo. No sólo tuvo miedo, esa primera vez se sintió estúpido. Facundo se había dado cuenta y lo había tranquilizado diciéndole que no tenía que hacerse la cabeza porque la marihuana intensificaba las sensaciones y, cuando uno piensa que tiene miedo, tiene más miedo. «Y no importa que te sientas estúpido porque el efecto es precisamente ése: hablar pavadas. A veces te dicen cosas inteligentes, pero en formato estúpido, y mejor así porque ya hay suficiente tragedia».

Armendáriz había aprendido de a poco a disfrutarlo; le gustaba fumar con Facundo, que siempre hablaba y se reía mucho. A Armendáriz le encantaba verlo sentado con las piernas cruzadas y el pelo detrás de las orejas, picando la marihuana parsimoniosamente y armando después cada porro con la misma lentitud. Facundo adoraba esa ceremonia y no permitía nunca que alguien armara si estaba él.

Esa noche, Facundo armó el faso como siempre, pero esta vez con dos papelillos, un buen troncho.

–Luis, este faso es de primera. ¿De dónde lo sacaste?

–El tipo al que le compro merca me regaló un poco.

–Con razón. Es porro de ricos.

–Te traje algo más –dijo Armendáriz, y abrió su portafolio. Sacó un libro envuelto en papel de regalo que Facundo destrozó enseguida al desenvolverlo y tiró al piso lleno de cosas. Todavía no se había resuelto a ordenar su departamento.

–Guau –dijo–. Shelley, ¿cómo sabías que me gusta?

–Miré la biblioteca y tenías unos libros de él. Éste te faltaba.

–Qué bueno. Gracias, Luisito –dijo Facundo–. ¿Esto es a manera de pago por el polvo de recién?

–No, es un regalo.

–Qué bueno porque ando corto de guita. –Facundo dejó el libro a su lado, después de hojearlo, y dijo–: Luis, es raro fumar con un tipo sin pantalones y con camisa y corbata. Y zapatos –empezó a reírse con los ojos enrojecidos–. ¿Por qué nunca te sacás los zapatos hasta el final?

–No sé –dijo Armendáriz, y Facundo siguió riéndose. Armendáriz sonrió. Se estaba acostumbrando a la risa de Facundo, que al principio le había desagradado porque no era especialmente alegre, sino más bien seca y hasta forzada en apariencia.

–Estoy re-loco. Qué bárbaro –dijo Facundo, y Armendáriz lo besó sonoramente en la boca.

–Qué lindo es verte así, contento.

–Ay, Luis –dijo Facundo–. No estoy para nada contento.

–¿Qué te pasa?

–Nada importante, pavadas –Facundo suspiró–. Es que me aburro. Antes me divertía tanto…

–¿Antes, cuándo?

Facundo suspiró y dijo:

–La primera época de la calle no, porque siempre me cagaban a palos. Hay tipos que se ponen... no sabés. Y minas también. A mí me pega cualquiera, igual. Por ahí impresiono por mi tamaño, pero, cuando vamos a los bifes, siempre pierdo. No tengo fuerza. Te contaba: al principio no era divertido; pero, cuando conseguí que alguien me cuidara, qué buena estuvo esa época. Era emocionante. Había que huir de la cana, contar la guita cuando terminaba la noche, qué sé yo. Igual, siempre aparecía alguno que te rompía el culo. Pero pintaban tipos increíbles. Eduardo, por ejemplo, ése me bancaba fuerte, era un viejo dandy, un «petitero», según él, muy loco. Se vestía como en la década del cuarenta, tenía un montón de películas de la época dorada de Hollywood y se enamoró de mí perdidamente. Al principio fue genial: pagaba lo que yo quería, nos maquillábamos, hacíamos coreografías, se la pasaba sacándome fotos y filmándome. Quería llevarme a vivir con él, pero yo no quería dejar a los chicos, estaba re-bien viviendo en lo de la Diabla. Y él se volvió loco de celos. Una noche me pasó a buscar por la esquina y me lastimó tanto que creo que fue la única vez que lloré de dolor. Después nos peleamos a las piñas, pero el viejo era grandote, tirando a gordo y, bueno, ya te expliqué lo débil que soy. Me encerró con llave en una habitación de su casa y me vigilaba, el viejo maricón hijo de puta, me tiraba comida por una rendija...

–Facundo, estás inventando todo. ¿Me vas a decir que nadie te fue a buscar allá?

–Ya sé que parece cinematográfico, pero es verdad. Me fue a buscar Lautaro, pero el viejo no le abría la puerta. Está claro que no la podía tirar abajo y, por supuesto, tampoco podía llamar a la policía.

–¿Quién es Lautaro?

–Pará que termine. Seguramente, si pasaban unos cuantos días, Lautaro bajaba la puerta a tiros, pero a las cuarenta y ocho horas el viejo me abrió. Había encargado por teléfono dos pasajes a Nueva York y me pidió que lo acompañara porque estaba sintiendo que perdía la cabeza, la razón y el corazón. Textuales palabras. Yo le dije que no: ardía por conocer Nueva York, pero no con él.

–¿Y nunca más lo viste?

–Nunca. Pero el viejo me dejó el departamento y un montón de plata. Estaba loco por mí, completamente loco.

Facundo fumó un rato el porro, aguantando mucho el humo dentro de los pulmones.

–Yo estaba en el paraíso –dijo después–. Imaginate: departamento, video, tele, música y tanta plata. Con los chicos estábamos gran parte del día ahí, me acuerdo de la Diabla mirando *Casablanca* y llorando a los gritos. Incluso nos llevábamos tipos ahí, lo transformamos medio en nuestro telo. Hasta que el descontrol fue tal que nos cayó la policía; una denuncia de los vecinos. Por suerte, sólo estábamos Juani y yo, porque la Diabla y Lautaro ya eran mayores y, si iban presos, no salían más. Los ratis nunca pudieron probar que éramos chongos, salimos enseguida; pero nos quedamos sin departamento. A Eduardo jamás lo volví a ver: debe estar en Nueva York todavía.

–¿No pensaste nunca en hacer otra cosa, con tantos problemas? ¿Laburar, por ejemplo?

–Esto es lo que mejor sé hacer y, además, no deja de ser un buen laburo.

Armendáriz sintió una punzada de dolor, como siempre que Facundo le recordaba que estaban juntos sólo por dinero.

–A qué edad empezaste a hacer la calle.

–Dieciséis, diecisiete. Pero era un espanto. No podés andar solo; por lo menos, al principio. Ahora conozco a casi todos mis clientes, pero, cuando empezás, alguien tiene que cuidarte. Dejame que te explique bien. Una vez, cuando todavía vivía en casa, me fui con un tipo que me cagó a trompadas y no me pagó. No quise volver con él nunca más, pero una noche me esperó en la esquina de un bar y me molió a palos. De la nada apareció Lautaro, con una navaja, lo cortó un poco al tipo y me llevó con él a lo de la Diabla. Ya me había fichado y estaba esperando el momento de ofrecerme trabajar para él y la Diabla. Ellos me daban casa, comida y protección y yo entregaba parte, una gran parte, de lo que ganaba. Me acuerdo de que la noche del rescate Lautaro caminaba alrededor de mi cama, mirándome. Yo sabía que él me había salvado, pero no le dije «gracias» ni nada. Me parece que él tampoco esperaba algo así. Al final, se sentó a mi lado y me dijo: «Sos un pendejo barderito que no tiene la más puta idea de lo que es la calle». Por supuesto, me dio por las bolas que dijera eso porque yo estaba convencido de que la tenía re-clara. Abrí la boca para putearlo, pero no me salió nada, salvo un quejido, porque me dolía mucho la jeta. A Lautaro le dio tanta risa que yo casi me sentí avergonzado. Me dijo que, si quería, podía quedarme a vivir ahí, que me metiera el orgullo en el culo porque, si me ayudaba, era de onda. Que me dejara de hacer el guapo porque no estaba peleando conmigo. Me lo decía tranquilamente, como algo natural.

Quería evitar que yo me pusiera en guardia. Nunca quiso quebrarme; pero tampoco dejaba que yo lo manipulase. Nunca.

Facundo volvió a encender el porro, que se había apagado; de pronto pensó que no estaba hablando para Armendáriz, sino pensando en voz alta. Levantó las cejas y sonrió apenas, sin mostrar los dientes.

–No creas que yo siempre le hacía caso. Una vez me quiso levantar un tipo en un auto importado impresionante. Yo ya me subía cuando Lautaro me agarró del brazo y me dijo que no, que sabía de qué iba el tipo. Yo lo mandé a cagar y me fui igual. Pero Lautaro tenía razón. Así fui aprendiendo.

–¿Por qué? ¿Qué pasó esa noche?

–Mirá, yo me dejo hacer cualquier cosa, pero nada de sado y mucho menos hand-fucking. Sabés lo que es, ¿no?

–Sí.

–¿Lo hiciste alguna vez?

–No, ni loco. No me gustan esas cosas.

–A mí tampoco. Bueno, el tipo tenía una mano enorme y los otros tres que venían con él también. Todos me metieron la mano. Con un gordo me desmayé. Hay tipos que se ponen cremas y otros que toman pastillas y a otros se les dilata el culo solo nomás... pero yo no soy así. Estuve como tres días sin poder caminar, y no hablemos de cagar o sentarme. Lautaro me cuidó; llamó a un médico incluso, estaba tan asustado como yo. Fue horrible. Ni siquiera me pagaron, me tiraron por ahí en un auto. Hasta hoy no me acuerdo de cómo volví a lo de la Diabla.

Un viento húmedo y frío entró por la ventana y Facundo se levantó a cerrarla. Armendáriz lo miraba sorprendido; no sabía si creer o no esas historias.

–Y preferís esa vida a ésta –dijo.

–Sí, pero me gustaría que todo fuera como entonces, tal cual... Y no se puede.

–¿Por?

–Porque Lautaro está muerto.

Armendáriz se quedó callado un instante. Después tartamudeó:

–Perdoname, no sabía...

–Está bien.

Facundo le sonrió un poco y Armendáriz tomó coraje para preguntar:

–¿Hace mucho?

–Bastante. Murió en una pelea, creo que por droga, aunque bien pudo haber sido por defenderme a mí... Lautaro andaba metido en tantas historias que nunca se sabía. Yo estaba con él esa noche y no hice nada: me cuidé demasiado. No fue mi culpa, pero no hice nada, no pude salvarlo Alguna vez tendré que pagar por eso.

–¿Y qué podías hacer?

–Qué sé yo –Facundo miró la pared un rato–. Bueno, basta, no quiero amargarme más por hoy –se acostó en el piso, desnudo como estaba, y empezó a recorrerse el cuerpo con las manos–. Vení, Luis –dijo.

Armendáriz se acostó a su lado y sintió que se quedaba sin aliento cuando las manos heladas de Facundo le desprendieron la camisa.

17

Al llegar a su departamento, Narval descubrió una nota de Carolina en el piso, por debajo de la puerta. «Vine y no había nadie. Estoy en Sonic. Besitos». La hizo un bollo y jugueteó con la pelotita de papel entre los dedos. No quería verla esa noche: sólo quería encontrar a Facundo.

Llovía; el viento golpeaba con fuerza una de las ventanas rotas y Narval se sobresaltó. Echó una mirada al departamento: era impresionante la mugre que se había acumulado, ya no solamente polvo, sino una especie de costra sobre las cosas; el olor a comida podrida de los platos sucios era insoportable. Narval casi ni vivía en ese lugar: lo sorprendía que nadie se lo hubiera robado todavía. Todos los departamentos del conventillo estaban tomados; si uno permanecía vacío por un tiempo, no era raro que viniera alguien y se metiera; la gente iba y venía. Narval no conocía a sus vecinos, salvo a algunas de las familias más antiguas, por los nenes que jugaban en el patio.

Un trueno sacudió los cimientos viejos y Narval tiritó de frío. Necesito un pico, pensó, y arrastró los pies hasta una botella de cerveza a medio terminar. Empezó a tomarla y tuvo arcadas, estaba caliente y rancia. Se la terminó igual de un trago, asqueado, y puteó por no tener un solo cigarrillo.

Cerró los ojos. Necesitaba que Ellos aparecieran, hizo esfuerzos con la cabeza para convocarlos, inútilmente. Siempre lo mismo: cuando los necesito, no vienen, se dijo, y tuvo miedo.

Se levantó de un salto, salió sin cerrar con llave y bajó las escaleras de a dos escalones, lo más rápido que pudo.

Le gustaba caminar bajo la lluvia, sentir cómo el agua se colaba por su cuello y le empapaba la espalda. Pero esta vez estaba lloviendo demasiado: apenas se podía caminar, el viento y la lluvia casi lastimaban. Una ráfaga helada enredó una caja de cartón en los pies de Narval; empezó a patearla, pero no pudo sacársela de encima y terminó destrozándola con furia, gritando y riendo a la vez. Se resbaló y cayó en medio de la vereda, se acarició la cabeza dolorida y pensó: Cuánto extraño a ese hijo de puta. No soportaría no volver a verlo.

Sentado entre los restos de la caja, se arrancó las puntas del pelo que se arremolinaba con el viento. Una pareja que venía luchando con un paraguas para que no se diera vuelta lo observó curiosamente; pasaron a su lado medio asustados. Narval los miró por un instante y se incorporó.

–¡Ey! –les gritó.

La pareja empezó a caminar más rápido, pero Narval los corrió.

–¿No tienen cincuenta centavos?

La chica no quería mirarlo, pero no pudo evitar que sus ojos se cruzaran con los de Narval y él pudo ver que estaba asustada en serio. Mejor, pensó, mientras el loco también pavure...

–¿Qué querés? –dijo el chico que sostenía el paraguas, y Narval notó por el tono de voz que era incapaz de romperle la cara.

–Cincuenta centavos –dijo–. No me podés decir que no tenés. Por favor, los necesito.

La chica miró a su novio y susurró algo. Narval esperó, impaciente. No iba a dejarlos ir hasta conseguir la plata. Si es necesario, pensó, les pego. Con la pinta que tienen, deben estar cargadísimos y no hay nada que necesite más que unos pesos.

El chico revolvió los bolsillos y le dio unas monedas.

–Tomá, loco –dijo–. ¿Por qué no laburás?

Narval agarró las monedas sin decir «gracias» y salió corriendo. Cruzó la calle sin prestar atención a los autos que se le venían encima tocando bocina y se detuvo en la parada del colectivo. Caminó en círculos, apretando con fuerza las monedas en el puño porque estaba temblando de frío y no podía permitir que se le cayera ninguna. Vio venir el colectivo a dos cuadras y le hizo señas desde el medio de la calle. El colectivo frenó despacio y Narval subió y pagó el boleto, orgulloso. Se sentó en el primer asiento, mirando fijo por la ventanilla, hasta encontrar la esquina donde probablemente estaría Facundo si nadie se lo había levantado todavía, cosa que para Narval resultaba poco probable. Bajó del colectivo en marcha, volvió a resbalarse y caer, esta vez dándose la rodilla contra el cordón. Rengueando, se levantó el cuello de la campera y por un momento una idea lo dejó paralizado: por qué no estaba yendo para la casa de Facundo en vez de buscarlo en la esquina; con semejante lluvia, era más probable que estuviera adentro que en la calle. Corrió un poco y, aliviado, vio a Facundo parado bajo el toldo de un negocio, con otros dos chicos, fumando, vestido de negro.

Facundo había visto venir a Narval; cuando lo tuvo cerca, tiró el cigarrillo y le dijo:

–Un palo todo completo, setenta el polvo, cincuenta la mamada y lo mismo si me la querés chupar. No hago...

–Basta, Facundo –dijo Narval, agitado por la carrera y rascándose desesperadamente la cabeza–. Basta.

–¿Qué querés, entonces? ¿Levantar algo? ¿No tenés plata? No creo que tengas suerte con esa barba y esa pinta de reviente.

Juani se acercó, sonriendo, con sus enormes ojos azules.

–¿Uno nuevo, Facun? –preguntó.

Facundo rió.

–Por ahora no; es un amigo, nomás.

–Qué aburrido –dijo Juani–. Siempre somos los mismos.

Facundo agarró del brazo a Narval, que se estaba empapado, y lo puso debajo del toldo. En ese momento paró un auto. Narval quiso detener a su amigo, pero Facundo se desprendió violentamente de su brazo, sin mirarlo. Habló unos minutos con el tipo que manejaba y se volvió hacia Juani.

–Dice que soy caro el guacho. Andá vos, quiere un completo y paga hasta ochenta. Está un poco caliente porque no quise rebajar, pero, bueno, no necesito tanto la plata. Puedo esperar.

–Gracias –dijo Juani–. Odio que siempre te elijan primero a vos.

El auto se perdió con Juani bajo la lluvia. Joaco, el chico de rasgos aindiados, bostezó en silencio.

–Narval, si no querés que nadie te levante, andate de acá –dijo Facundo.

–Con vos –dijo Narval–. Para eso vine.

–¿Tenés plata?

–No seas cínico.

–Bueno, seguime.

Facundo empezó a caminar con Narval, de la mano, y se metió en el boliche de la Diabla. Narval instantáneamente recordó la única vez que había estado ahí: las discretas luces de colores, el humo que hacía toser. Sonaba «China girl», de David Bowie, y Facundo se metió entre la gente para bailar. Narval lo siguió, pero se quedó quieto mirándolo moverse, preguntándose cuántos de los que estaban ahí adentro se habían acostado con Facundo y cuántos soñaban con hacerlo y cómo era posible que, sin embargo, Facundo siempre pareciera intocable, lejano.

Un tipo tomó a Facundo de la cintura y lo besó, susurrándole cosas al oído. Ya era hora, pensó Narval, observando todo como un espectador, mudo. Es tan hermoso que dan ganas de matarlo.

Pero Facundo se sacó de encima al tipo con un violento empujón, haciéndolo caer despatarrado en el piso. Narval sonrió; nadie ayudó a levantarse al tipo, que se incorporó solo, casi resignado. Narval le dio la espalda despreciativamente y siguió a Facundo hasta la barra.

–¿Qué haces, Dionisos? –saludó la Diabla a Facundo. Tenía puesto un ajustado traje verde de lentejuelas y uñas postizas negras en una sola mano. A los gritos llamó a otro tipo, pelado y bastante petiso, que tomaba un trago largo sentado en un banco detrás de la barra. Cuando el tipo se acercó, la Diabla señaló a Facundo y dijo:

–Ésta es la belleza de la que te hablaba. Mirámelo un poquito, mirámelo. Es una cosa de locos, no es de este mundo, te digo.

El tipo se calzó un par de anteojos para mirar mejor a Facundo, que abrió los brazos para mostrarse bien. Narval, contra su voluntad, reprimió una risita.

–Mi Dios querido –dijo el tipo, aprobando–. Tenías razón.

La Diabla aplaudió, con orgullo y satisfacción.

–¿Viste qué ojos, qué cuerpo, qué gacela? Es una escultura, una belleza. Hay que filmar una película con él.

–Hay que hacerlo –dijo el tipo, sin dejar de mirar a Facundo–. ¿Cómo te llamás? –preguntó.

–Que te lo diga él –dijo Facundo, sacudiendo levemente la cabeza hacia un costado–. Dame dos cervezas, Diabla –y les dio la espalda. Narval, sonriendo divertido, agarró las botellas y sintió cómo se iba evaporando con el calor el agua de lluvia que había mojado su ropa.

–¿No vas a presentarme a la belleza rubia y barbada que te acompaña, Facundo de mi vida, crueldad ambulante? –dijo la Diabla, pero Facundo no le hizo caso: empujó a Narval para que subiera las escaleras y lo acompañara al piso de arriba. Narval obedeció como hipnotizado y, una vez arriba, apoyó las cervezas sobre una mesa; después besó a Facundo y se abrazó a él con ansiedad, balbuceando una disculpa.

–No –dijo Facundo–. Callate. No tengo nada que perdonarte. Toda esa gente me halaga todo el tiempo. La mayoría son buenos tipos, pero no me importaría nada que alguno se muriera mañana, ¿entendés? No estoy cerca de ninguno de ellos. No como estoy cerca de vos. Ni como vos estás cerca de mí. No tengas dudas, Val.

Narval se desprendió de los brazos de Facundo para sentarse en una silla a mirarlo, con los ojos húmedos.

–Te quiero –dijo.

Facundo respiró hondo y, en voz baja, casi para sí mismo, preguntó:

–¿Estás seguro?

Narval asintió; cerró los ojos un instante y después le dio un empujón a la mesa; las cervezas rodaron y se estrellaron contra el piso dejando un charco dorado lleno de vidrios. Con firmeza llevó a la rastra a Facundo hasta un rincón oscuro donde se amontonaban mesas y sillas rotas. Le bajó los pantalones de un manotazo y lo dio vuelta de un empujón; un par de sillas de la pila cayeron, pero el ruido quedó tapado por la música.

Narval clavó las uñas en el pecho de Facundo y, apretando los dientes, se bajó apenas los pantalones, que se le pegoteaban a las caderas; su piel volvió a empaparse, esta vez de sudor. Terminó enseguida y quedó abrazado a la espalda de Facundo, que no se había resistido ni había dicho una palabra. Al rato, Facundo se subió los pantalones y se sentó en el piso, con el pelo oscuro en desorden tapándole los ojos grises. Narval se sentó a su lado, con los pantalones aún bajos.

–Vení, Val –dijo Facundo, con la cabeza echada hacia atrás. Tenía la boca entreabierta y respiraba con dificultad; Narval se quedó mirándole la boca, los labios tan rojos que parecían ensangrentados. Después, se dejó envolver por los brazos de Facundo; no podía dejar de temblar.

–Tenés frío.

–Estoy todo mojado. Tengo frío, de a ratos tengo calor, todo así.

Facundo acarició el pelo sucio y húmedo de Narval.

–Abrazame vos también –dijo, y lo besó en la frente.

La parada del colectivo estaba oscura, apenas iluminada por la amarillenta luz del farol lleno de cotorritas. Narval esperaba el colectivo con las monedas que Facundo le había dado; no quería volver caminando en medio de la tormenta. Pero tampoco podía quedarse, a pesar de que lo deseaba más que nada en el mundo: tenía los pelos de la nuca erizados y el zumbido en sus oídos lo ensordecía.

Simplemente quería estar solo cuando Ellos aparecieran. Porque se estaban anunciando. Narval lo sabía: de a ratos se quedaba ciego, presentía el temblor en las rodillas y no podía dejar de apretar las mandíbulas hasta que le rechinaron los dientes.

Alguien llegó corriendo a la parada, tratando de protegerse de la lluvia con un maletín. Qué traerá dentro de la valija, pensó Narval. El tipo se paró a su lado tiritando y no le prestó demasiada atención. Narval no se relajó: estaba esperando, sabía que vendrían y con horror sintió una erección que apretaba su pija dolorida contra la tela húmeda del pantalón.

Por un momento, dejó de oír el viento y el ruido de las ramas y creyó reconocer en el silencio un taconeo inseguro. Ella. Sí, era Ella. Estaba entre Narval y el tipo del maletín, bajo el foco. No quiso mirarla: no quería ver su cara iluminada; pero empezó a sacudirse convulsivamente, como si algo vivo dentro de su cuerpo pugnara por salir.

Miró para atrás: en la esquina había una casa abandonada, por una de las ventanas rotas se asomaba sonriente la cara de el-Hombre-con-huecos-en-vez-de-ojos. Van a llevarme ahí, pensó Narval, y se rió cuando Ella lo tomó con sus flojos brazos y lo condujo hasta la casa.

El tipo del maletín retrocedió unos pasos.

Narval se dejó llevar a los empujones, pero prestó atención al número de la casa, 454, para recordarlo y volver algún día a comprobar si el lugar existía o sólo se trataba de algo que se corporizaba cuando aparecían Ellos. Desde detrás de las paredes llegaban, confundidos y agrandados por el viento, los sollozos de el-Hombre-de-las-arañas. A Narval se le hizo agua la boca y dijo, en voz alta:

–Esta vez voy a comerme las arañas malas, todas, qué ricas.

Ella rió antes de hacerlo entrar y de cerrar la puerta. El tipo del maletín huyó, caminando cada vez más rápido, como si hubiera visto un espectro, una aparición de otro mundo; Narval pudo verle la expresión antes de que Ella diera un portazo y se le sentara sobre la cara, obligándolo a lamerla, y él lo hizo, delirando, y después se la sacó de encima porque necesitaba coger con las cavernas negras de el-Hombre-con-huecos-en-vez-de-ojos y eso fue lo que lo dejó casi ciego porque los orgasmos estallaron como luces de bengala y, cuando ese inmenso placer terminó, empezó otro porque el-Hombre-de-las-arañas gritó *«¡Sacámelas!»* y Narval le hizo caso y saboreó cada mordisco dejando que un extraño fluido blanco le embadurnara la barbilla.

Exhausto, se dejó caer al piso con los brazos extendidos y giró la cabeza. Una puerta se abría en la otra punta de la habitación, mostrando un túnel negro lleno de murmullos, pero Narval no estaba listo para conocer el resto de ese mundo y sólo quería huir, pido gancho, el que me toca es un chancho.

Cuando intentó levantarse, Ella se acercó con una jeringa y le hizo un pico en el cuello que instantáneamente envenenó su cerebro. De dónde sacan merca, pensó Narval, pero enseguida se dijo que no era merca, era sólo su imaginación, quedate tranquilo, manso y tranquilo. La cabeza empezó a latirle y Ella le susurró algo al oído. Narval vio cómo la casa abandonada se transformaba en su departamento y gritó, pero Ella le acarició el pecho con las uñas y Narval sonrió, dejándose llevar, como la sangre que brotaba blanda y espesa de los surcos que Ella había arado en su pecho.

PARTE II

Ya no está la noche del ángel
donde yo era un gato arañando
la piel del universo.

IAN MCEWAN

Mientes cuando te crees que es verdad. Si ya sabes que es una mentira, entonces eso no es mentir.

SAM SHEPARD

I love you too much to condemn you.

FRANCIS FORD COPPOLA,
Bram Stoker's Dracula

18

Facundo tocó decididamente el timbre de la casa del Negro y le dijo en voz baja a Narval:

–No me va a pegar, Val. El atraso no fue tan grande. Y somos dos contra uno, en el peor de los casos.

–¿Traés toda la plata?

Narval se había olvidado de pagarle al Negro hasta ese momento y Facundo había decidido terminar con la historia de una vez por todas, sacándole la plata del bolsillo a su amigo, que, milagrosamente, no la había gastado.

El ruido de llaves los interrumpió. Con los pantalones desprendidos y boquiabierto, el Negro miró a Facundo y después a Narval.

–¿Qué carajo hacés acá? Con él está todo de fiesta –dijo, señalando a Narval con la cabeza–, pero con vos, putita, está todo mal. Muy mal.

–Negro –dijo Facundo tranquilamente, con las manos en los bolsillos–, no bardees. Venimos a hablar de negocios. Me colgué y estuve mal, disculpame. Pero traigo tu guita y además quiero hacer una historia.

–Dame la guita, pero ninguna historia. No quiero saber más nada con vos.

Narval intervino, poniéndole una mano en el hombro al Negro:

–Es la primera vez que pasa. Y la última, Negro. Aflojá.

El Negro aflojó. A regañadientes los hizo pasar a su pequeña cocina, poniendo cara de asco cuando Narval sentó a Facundo sobre sus rodillas y le dio un furtivo beso en el cuello. Después de un rato, terminó aceptando la propuesta de Facundo: tres palos por cincuenta gramos de porro y una ticita de merca. No bien el Negro pesó la droga y se las dio envuelta en una bolsita de nylon, Narval y Facundo se fueron sonrientes. El Negro le dio la mano a Narval, pero no saludó a Facundo, ni siquiera con un gesto de la cabeza.

–Te dije que no era para tanto, Val –dijo Facundo, mientras llamaba a un taxi.

–Porque yo te acompañé no fue para tanto.

–Obviamente no me iba a mandar solo. Vamos a fumar un porrito a casa.

–Bueno.

Desde hacía una semana, los dos pasaban juntos todo el tiempo que podían, interrumpidos por las salidas y los encuentros de Facundo con sus clientes, momentos que Narval llenaba con Carolina para no quedarse solo.

Facundo armó un porro sentado en el piso.

–Tratemos de fumar lo menos posible, así baguyamos bastante y recuperamos la plata. Poné música, Val.

Narval encendió el equipo y dejó que sonara el compact que estaba puesto. Después, acomodó dos almohadones a manera de almohada y se acostó junto a Facundo, mirando el techo.

–Esta noche empiezo a hacer la movida –dijo.

–Perfecto.

Se estaba haciendo de noche y Facundo levantó las persianas. Narval, tirado en el piso, miró cómo se enrojecía el cielo y dijo:

–Estoy mucho mejor, Facun. No sé si es porque estoy con vos, pero estoy mucho mejor.

–Me alegro. Pero no te des manija.

–No me doy manija –dijo Narval, mientras Facundo encendía el porro y le daba una larga pitada.

–Es buen faso –dijo Facundo–. Te mata un poco la garganta, pero es bueno. El otro día fumé uno cortado con gammexane y quedé afónico.

Narval no le prestó atención. Fumó, se dejó llevar y al rato se incorporó para mirar mejor a Facundo.

–Facun.

–¿Qué?

–Quiero quedarme a vivir acá, con vos.

Facundo lo miró un instante intensamente y después dijo:

–No.

–¿Por qué no?

–Porque tengo mi vida y mis historias y vos molestarías.

–Sos de lo peor –dijo Narval.

–No, no soy de lo peor. Las cosas son así, te las bancás o no, Val.

–Está bien, está bien. Claro que me lo banco. Te conocí así: hacé lo que quieras.

Facundo sonrió y sus ojos brillaron un poco cuando Narval se le acercó y con delicadeza le sacó la remera.

–Sos tan hermoso… –dijo Narval, emocionado y con un leve temblor en la voz–. Tan hermoso que es imposible enojarse con vos o pedirte algo que no quieras hacer. ¿Nunca te dije que soñaba con encontrar a alguien tan lindo como vos?

–No, nunca me lo dijiste.

–Y, cuando te vi, no pude creer que existieras de verdad. No soy muy bueno para eso, para distinguir entre lo que existe y lo que no. Todavía dudo de que seas real.

Facundo hundió sus manos en el pelo de Narval y suavemente le pasó la lengua por el cuello, hasta que a Narval se le erizó la piel.

–No digas pavadas –murmuró, y desprendió los pantalones de Narval, que aprobó con un gruñido de satisfacción–. ¿Acaso alguien que no existe puede hacer que sientas esto?

Narval se puso serio instantáneamente y apretó los dientes.

–No digas eso. Te lo digo en serio.

Facundo rió secamente mientras le bajaba los pantalones y observaba cómo se aceleraba la respiración de su amigo.

–¿De qué te reís, Facundo?

–De nada.

–No te rías más –dijo Narval, y sintió cómo un enorme escalofrío le sacudía el cuerpo.

Facundo no le contestó. De un tirón terminó de sacarle los pantalones y con la punta de la lengua abrió los labios apretados de Narval y lo besó profundamente, hasta quedarse sin aire. Después, se quedó mirándolo serio y no volvió a tocarlo hasta que Narval lo desnudó en silencio, mudo por el enloquecido palpitar de su corazón, que le cortaba el aliento.

Facundo despertó a Narval horas después, pateándolo suavemente con la punta del pie. Acababa de bañarse; tenía una toalla blanca a modo de turbante y en su mano derecha se consumía un cigarrillo junto a una goteante botella de cerveza helada. Los vaqueros negros se abrían debajo de su cintura.

–Vamos, Val –dijo–. Ya preparé todo –y señaló con la mano que le quedaba libre las dos rayas de merca que había preparado sobre la mesita de vidrio. En el piso quedaban restos de revistas con las hojas arrancadas; Narval las miró y comprendió.

–¿Estuviste haciendo los baguyos?

–Así es. Llevemos siete u ocho. Puse como para cuatro o cinco porros en cada uno, estuve generoso. También armé un par de papelas, para vender o para nosotros. Me aburría: dormís como un cerdo.

Narval se levantó y buscó sus vaqueros. Los olisqueó cuidadosamente; no eran ninguna maravilla, pero no tenía ganas de bañarse. Se vistió.

–Dame un poco de cerveza.

Facundo le pasó la botella y tomó una de las rayas de merca. Después liberó su larguísimo pelo negroazulado y tiró la toalla al piso. Mientras Narval tomaba su merca y terminaba de vestirse, Facundo se peinó haciendo muecas de dolor con cada tirón.

–Vamos primero para Malicia –dijo Facundo–. Va a ser mejor hacer las historias dentro del boliche que en la plaza.

Salieron. Narval empezó a caminar, por la fuerza de la costumbre, pero se detuvo cuando Facundo paró un taxi. Mientras subían, Facundo dijo en voz baja:

–¿Cómo vamos a ir caminando tan cargados de droga, Val? ¿Sos tonto o qué?

Narval no contestó; el tiro de merca le había endurecido las mandíbulas. Pero besó apasionadamente a Facundo en la boca, mientras él, divertido, observaba de reojo cómo los espiaba el taxista por el espejo. A Facundo le encantaba que Narval lo besara en público, sin importarle nada; podía besarlo delante de un batallón, no tenía inhibiciones.

El taxista dijo que no con la cabeza y murmuró algo acerca de adónde vamos a ir a parar y los degenerados, que habría que matarlos a todos. Narval metió una mano entre las piernas de Facundo, que empezó a reírse a carcajadas mirándolo a los ojos; le acarició el pelo enredado y lo miró pensando que desde la primera vez había sabido que las cosas serían así.

Bajaron en la esquina del bar y Facundo dejó que el taxista se quedara con el cambio. Malicia estaba lleno y Narval miró a Facundo, que asintió levemente; después se acercó a un grupito de gente que tomaba cerveza apoyada en la barra y, al rato, desapareció con un chico en el baño. Facundo pidió un whisky y se sentó a una de la mesas, esperando.

Unos minutos después, salió del baño el chico que había acompañado a Narval y, haciéndoles una seña a sus amigos para que lo siguieran, se fueron de Malicia. Narval apareció después en la mesa de Facundo, sonriente.

–Una papela y dos baguyos –dijo, orgullosamente–. Cincuenta pesos.

–Buenísimo –dijo Facundo, y, metiendo la cabeza por debajo de la mesa, tomó un saque con el filtro de un Parliament. Rechinó los dientes y se mordió los labios dormidos.

–Val –dijo entonces–, acaba de llegar Carolina.

Narval se dio vuelta para mirar y vio a Carolina, sonriente, con unos ajustados shorts de jean y una musculosa blanca. La llamó con un gesto de la mano y Carolina se le sentó en las rodillas. Narval deslizó con cuidado la papela en la mano de ella, que sonrió con los ojos brillantes. Sin decir palabra, Carolina se levantó y caminó tambaleante hasta el baño, tirando una silla a su paso.

–Está borracha –dijo Facundo.

–Es muy linda –dijo Narval.

–Sí.

–Le prometí que esta noche íbamos a estar juntos.

–Está bien –Facundo encendió un cigarrillo y tosió doblándose en dos cuando la cocaína empezó a deslizarse por su garganta–. Pero antes vendé algo más.

–Si vos no hacés nada esta noche, puedo decirle que...

–Siempre tengo algo que hacer –lo interrumpió Facundo–. Cumplí tu promesa –y, apoyando los codos sobre la mesa, besó a Narval.

–Facundo, no seas malo. Se lo prometí.

–Andate con ella, Val, ¿quién te lo impide?

–Nadie. Pero, si me besás, sabés perfectamente que sólo querría estar con vos.

Facundo lo miró a los ojos un buen rato. Nunca se sonrojaba cuando le decían algo así: no tenía ningún tipo de humildad cuando lo halagaban.

–Bueno –dijo, y llamó a la moza para pedir otro whisky–. Ahí vuelve Caro...

–...dura como rulo de estatua –completó Narval, riendo entre dientes.

Carolina volvió a sentarse sobre las rodillas de Narval. Facundo le sonrió y ella trató de hacer una mueca que pareciera una sonrisa. No sólo estaba demasiado sacada como para reírse; estaba muriéndose de celos.

Narval le sacó la papela de la mano.

–Me toca a mí ahora –dijo, y partió rumbo al baño.

Carolina empujó suavemente la ventana que estaba junto a la mesa para que el viento tibio de la noche le refrescara las mejillas ardientes. Miró con insistencia para afuera, tratando de evitar charlar con Facundo, hasta que lo oyó preguntarle algo...

–¿Qué? No te escuché.

–Que alguna vez podríamos coger los tres –dijo Facundo.

Carolina bajó los ojos e instintivamente encendió un cigarrillo.

–Puede ser –dijo bajito.

Facundo la miró burlonamente, le sacó el cigarrillo de entre los dedos, dio dos profundas pitadas y se lo devolvió.

–No tenés que decirlo si no querés. Se te nota en la cara que no te gustó la propuesta. No tenés por qué hacerte la superada conmigo, te conozco.

–Está bien, no me gustó. Pero no me hago la superada. A lo mejor, si probamos, capaz que me gusta.

–Uno sabe si le gusta o no antes de hacerlo, siempre. Y yo sé que no te va a gustar. No cambiaste nada.

A Carolina se le llenaron los ojos de lágrimas. Recordó la horrible noche del hotel, con el viejo rugiendo sobre el cuerpo de Facundo y ella sentada en una silla, sintiendo náuseas y dolor. No podía soportar el desprecio de Facundo. Y gritó:

–¿Cuál es? ¿Está tan mal que no quiera estar con vos y Val en una puta orgía?

–No. Lo que está mal es que hagas que la tenés re-clara y después arrugues –Facundo sonrió–. ¿Ahora le decís Val?

–¿Estás celoso?

–No. Te estoy volviendo un poco loca, nada más –Facundo tomó su whisky, haciendo tintinear los hielos–. Entiendo que te guste mucho Val. Hace las cosas bien.

Carolina no pudo evitar que se le quebrara la voz cuando gritó:

–No hables como si fuera tu propiedad, como si me lo hubieras prestado.

Facundo puso cara de inocente, levantando las cejas.

–No quise decir eso –murmuró–. No seas histérica, por favor, y no me grites. Vos sos la que está celosa.

–¿Por qué, a ver? Narval no está enamorado de vos.

–Tampoco de vos, en todo caso. Pero conmigo es distinto.

–¿Sí?

–Sí.

Narval volvió del baño pasándose la mano por el pelo y aspirando entrecortadamente. Carolina apoyó su cabeza entre las manos y miró tercamente por la ventana, con los ojos enrojecidos.

–Qué caras –dijo Narval–. ¿Están discutiendo?

Facundo resopló y sus ojos adquirieron un extraño brillo.

–Carolina tiene celos, eso es todo.

Carolina sintió que le ardían las orejas y un enorme calor le invadió el cuerpo. Cerró los puños y se levantó tirando la silla al piso.

–Sos un hijo de puta.

–¿Acaso no es la verdad? –dijo Facundo, y miró despectivamente a Narval–. Andate con ella.

Narval tomó a Carolina de la mano, pero titubeó.

–No me hagas elegir –dijo.

–Dios santo. No te hago elegir. Ya elegiste hace tiempo –Facundo se dio vuelta indolentemente y llamó a la moza–. Váyanse –dijo.

Carolina agarró a Narval del brazo y lo sacó del bar a los tirones. En la calle, lo puso contra la pared, llorando y gritando al mismo tiempo.

–¿Lo querés, Val? ¿Lo querés?

Narval agachó la cabeza y acomodó detrás de las orejas los mechones que le caían sobre los ojos.

–Sí. Muchísimo.

Carolina salió corriendo; Narval la alcanzó en la esquina, justo cuando ella iba a cruzar la calle sin mirar.

–Pará, Caro –le dijo, agarrándola de la cintura–. Igual está todo bien con vos.

Una moto pasó zumbando junto a ellos y tapó los gritos de Carolina. Cuando el ruido disminuyó, ella dijo, secándose la cara:

–No, no está todo bien. No me banco, estoy harta de lo que me hace Facundo.

–Facundo no te hace nada –dijo Narval, y la abrazó, acariciándole el cabello–. Vamos. No quiero estar solo esta noche.

–¿Él también te quiere?

Narval suspiró.

–No. Sí. No sé. A veces... a veces... no sé. Viste cómo es Facundo. Pero no importa porque yo sí lo quiero. No te enojes con él: no tiene la culpa.

–Sí que tiene la culpa. Es un manipulador. Todo el mundo se enamora de él, seduce a todos, es insoportable.

–Pero no lo hace a propósito.

–Sí que lo hace a propósito.

–Decís eso porque estás rayada, estás celosa. No es así y no creo que a él le guste que pase eso.

–¡Qué no le va a gustar! Le encanta.

Narval empezó a caminar llevando a Carolina abrazada.

–No hables más de Facundo. No quiero discutir.

Carolina lloraba de nuevo y Narval la abrazó más fuerte, puteando en voz baja. Pasaron de nuevo por la puerta del bar, pero ninguno de los dos miró por la ventana. Narval la llevó arrastrando hasta su casa, tratando de meterse por las calles más iluminadas. Le latía la cabeza furiosamente, como si el corazón se le hubiera metido dentro del cerebro. Los oídos le zumbaban tanto que sentía que iba a perder el equilibrio; apenas sentía a Carolina, que se apretaba contra él: las manos le temblaban cada vez más violentamente y empezó a sentir miedo. Por un instante temió que no fuera a Carolina a la que abrazaba, sino a Ella, horrible y mórbida, con sus uñas largas.

–Esperá un poco –Narval se detuvo y apartó a Carolina suavemente. Apoyó la cabeza contra la pared y luchó contra las náuseas. Vio que Carolina movía los labios, pero no pudo saber qué le decía.

Cuando volvió a abrazarla, dijo:

–Vamos, no es nada –y caminó con la mente en blanco hasta su casa. Carolina subió las escaleras delante de él. Había dejado de llorar.

–¿Te pasa algo?

Narval se apretó la cabeza con las manos. No podía seguir subiendo las escaleras, pero tampoco podía mirar atrás. Presentía a Ella y los Otros demasiado cerca. Desde uno de los departamentos vecinos que daban al patio llegó la voz de alguien chillando que no lo dejaban dormir. Otras luces se encendieron como apoyando al primer vecino. Alguien tiró una botella de vino al patio y un bebé comenzó a llorar a los gritos. Una enérgica puteada resonó y después un portazo.

–Metete adentro, Carolina –ordenó Narval, haciendo un gran esfuerzo por seguirla. Cerró de un portazo y dijo–: Nos están siguiendo.

Carolina vio los sacudones que recorrían el cuerpo de Narval y retrocedió un paso ante sus ojos desencajados.

–No, Narval. Se armó quilombo ahí afuera, pero nadie nos sigue.

–Sí. Siempre me siguen.

–¿Quiénes?

–*Ellos* me siguen –Narval cerró los ojos con fuerza, tratando de no ver a el-Hombre-con-huecos-en-vez-de-ojos, que salía despacio de entre las sábanas.

–Están acá –gritó.

Carolina trató de acercársele para taparle la boca, pero no se animó a tocarlo.

–Quieren llevarme. Qué voy a hacer –y se sentó en el piso con la cabeza entre las piernas. Carolina se acercó para abrazarlo.

–¿Qué pasa, Val?

–Creía que se habían ido –dijo Narval–. Pero yo sabía que no. Mirá, miralo, qué asco, no quiero.

Narval se abrazó a Carolina y gimió temblando como si volara de fiebre.

Carolina no se animó a mirar hacia donde señalaba Narval; también tenía miedo. Le agarró la cara entre las manos y empezó a besarlo. Narval la tomó de la cintura y la dio vuelta en el piso.

–¿Querés ver, puta? –gritó, y Carolina supo que Narval no le hablaba a ella, sino a alguna otra cosa que se escondía en la oscuridad, y gritó cuando Narval estuvo dentro de ella; tenía miedo y no estaba preparada, pero se dejó llevar y pronto sintió que su cuerpo se empapaba de sudor y tuvo que reprimir sus gemidos.

Narval siguió mirándola a Ella, que, exhausta de placer, también gemía en su rincón, y enloqueció de deseo. Quiero estar con Ella, pensó Narval, con mi mujer repugnante, que huele a muerte y se mueve como un gato ciego.

Narval dio vuelta a Carolina de un tirón y siguió moviéndose sobre ella, con los ojos cerrados. De pronto los abrió y se puso de pie apretando los puños. Carolina lo miró desde el piso y, muerta de miedo, se arrastró lejos de Narval, que miraba con los ojos muertos, sin brillo, hacia un rincón, murmurando algo ininteligible. Pero Carolina seguía sin poder mirar hacia ese rincón: sentía con demasiada fuerza una presencia maligna.

–¡Andate! –gritó Narval, y el sonido de su voz casi aturdió a Carolina–. Andate.

Carolina corrió hacia la puerta sin mirar atrás, con un terror supersticioso que le atragantaba la respiración, como si alguien le apretara el cuello. Cuando se fue, Narval se lanzó a los brazos de Ella sintiendo un maravilloso placer escondido tras el pánico y, con un ansia desesperada, se metió entre las piernas de Ella, entre las piernas de las pesadillas.

19

Carolina huyó de Narval, de sus manos agarrotadas y sus ojos desorbitados; corrió sola por las veredas rotas doblándose los tobillos, pero no sentía dolor, ni siquiera se daba cuenta si alguien la miraba en su loca carrera. El nombre de Facundo le rebotaba en el cerebro, subiendo como una orden de entre sus piernas humedecidas.

No pensó en la posibilidad de que Facundo no estuviera en su departamento; sentía que de alguna manera él la estaba esperando y tocó tenazmente el portero eléctrico y gritó que era ella cuando escuchó la cadenciosa voz de Facundo. Subió corriendo las escaleras. El rozar de sus piernas acaloradas le arrancó un débil grito de placer y esfuerzo. No golpeó a la puerta: entró y se quedó parada en medio de la habitación.

Facundo, tirado en el piso, rodeado de humo de cigarrillo, le dijo:

–¿Se te pasó?

Ella sólo pudo murmurar su nombre, trémula, respirando entrecortadamente. Él se levantó y Carolina vio que tenía los ojos enrojecidos, irritados.

–Facun –repitió ella, y no se movió, los labios temblando, el maquillaje corrido y el pecho bajando y subiendo, desbordado.

Facundo se le acercó, le rozó los labios con la boca y le rodeó la cintura; ella gimió, casi sollozó cuando sintió el cuerpo de Facundo contra el suyo, cuando sintió sus manos deslizándose por debajo de su musculosa, tocando la aterciopelada firmeza de sus tetas.

Cuando se acostaron en la alfombra, él se asustó súbitamente porque sentía que Carolina no sólo estaba haciéndole el amor, sino que estaba entregándose; la delataba la desesperación con que le recorría las caderas, el furor con que le mordía los labios. Tuvo que dejarse llevar, como si ella fuera un animal encabritado que no hacía nada para ahogar sus gritos. Facundo le secó las lágrimas y Carolina se calmó sólo un instante para mirarlo, pero después volvió a lanzarse sobre él, haciéndolo rodar por la alfombra, subiéndolo a la cama mientras su cintura se quebraba una y otra vez en un placer tan enorme que pensó que no podría resistirlo, clavando las uñas en la carne de Facundo, sintiendo su olor abriéndose en la noche, con el cuerpo empapado de un sudor brillante y salado, interminable.

Creyó que perdía el sentido cuando todo terminó, y se acurrucó junto a él, besándole las manos con olor a sexo y los labios y el pecho, mareada, enredada en su pelo oscuro. Quiso decir algo, pero él le tapó la boca como una orden, adormecido, mirando las ramas de los árboles que el viento destrozaba contra la ventana.

20

Carolina despertó molesta por el humo del cigarrillo. Por un momento no supo dónde estaba. Nunca antes se había despertado en la casa de Facundo y todo le parecía extraño y desconocido. Pero bastó tantear en la oscuridad y encontrar el suave cabello de Facundo para darse cuenta.

–¿Estás despierto? –preguntó en voz baja.

–Sí.

–¿Qué hacés?

–Fumo.

–Ya veo. Mejor dicho, huelo.

–Y pienso –Facundo encendió la lámpara y apagó el cigarrillo contra el costado de la mesita de luz. Dejó caer la colilla al piso y se incorporó en la cama.

–¿Por qué ni siquiera pensaste que me podía molestar que estuvieras con Val? –dijo.

Carolina abrió bien los ojos y parpadeó. No esperaba semejante pregunta y, además, todavía estaba dormida. Balbuceó:

–Pero... vos me dijiste que no estabas enamorado de él.

–No lo estoy.

–¿Entonces?

–Entonces… podría molestarme igual. El hecho de que no esté enamorado de él no significa nada.

Carolina se sentó en la cama también y agarró un cigarrillo del atado que estaba en el piso, con la esperanza de que la despertara del todo.

–Te molestó, entonces. ¿Por qué no me lo dijiste? Pensé que estaba todo bien.

–Yo no dije que me haya molestado.

–¿A qué querés llegar, Facundo?

Los ojos de Carolina se llenaron de lágrimas, como siempre que discutía con él. Facundo recogió las piernas y apoyó las manos y el mentón sobre las rodillas.

–¿Por qué vos también pensás que a mí no me importa nada, que no siento nada?

–Pero si no te importa, lo dijiste vos mismo.

Facundo parecía cansado.

–Eso no tiene nada que ver. Dejalo ahí, no importa.

Facundo encendió otro cigarrillo y la llama del encendedor dejó ver su rostro demasiado pálido, con profundas ojeras. Trató de sonreírle a Carolina, que pensó que jamás lo había visto tan mal, tan desesperado.

–¿Qué te pasa, Facundo? Tenés que decírmelo.

Facundo pitó el cigarrillo y soltó el humo despacio, con los ojos entrecerrados.

–No sé –dijo–. Es extraño. No es que esté enamorado. De verdad. Es distinto. Cuando digo que no me molesta que él esté con vos, es cierto. Es cierto. Como si supiera que él va a estar conmigo siempre, a otro nivel. Como si lo conociera de otro lado.

–No te hagas el raro. No trates de...

Facundo cerró los ojos y la interrumpió.

–No me hago el raro. Es así. Siento que siempre vamos a estar juntos, como si fuéramos miembros de una hermandad secreta. Pero no sé qué es y él tampoco. O tenemos miedo de averiguarlo.

–Alejate de Narval, Facundo –dijo súbitamente Carolina–. Anoche me escapé de él, no sabés cómo estaba. ¿Te acordás de lo que decía Esteban, que le daba miedo? Tal cual, algo le pasaba.

Facundo se puso aún más pálido, los labios adquirieron el color de la piel, tanto que Carolina se asustó, pero siguió hablando, sin poder parar, sin pensar en lo que decía.

–Yo puedo quedarme con vos siempre. Anoche necesité venir como nunca había necesitado a nadie. Podemos quedarnos juntos y yo me banco cualquier cosa, lo que quieras. Pero alejate de Narval. Me dio tanto miedo anoche... Te va a hacer mal.

–Callate, Carolina.

Ella siguió, aunque Facundo se tapó los oídos con las manos, diciendo que no con la cabeza.

–Por favor, Facundo, no vuelvo a pedirte algo nunca más, pero dejame quedarme con vos. Todo va a salir bien...

Él se destapó los oídos y se dejó caer sobre la cama, con una mano sobre los ojos.

–No, Carolina. Sabés que es inútil, por favor, no digas más nada y olvidate de lo que pasó anoche. Hacé de cuenta que nunca existió.

Carolina se tapó la cara con la sábana.

–No sé si voy a poder –dijo.

Facundo respiró hondo antes de contestar.

–Intentalo.

Carolina hundió la cabeza esperando que Facundo dijera algo más, pero él se quedó callado, sin moverse, sin sacarse la mano de los ojos. Al rato, sin embargo, sus dedos buscaron los de ella debajo de las sábanas. Ella reaccionó y se le acercó para abrazarlo, pero retrocedió cuando descubrió que el cuerpo de Facundo estaba cubierto de un sudor helado y que sus labios, siempre tan rojos, habían tomado un color grisáceo, como los de un muerto.

–¿Te sentís bien?

–No. Estoy mareado y siento como si me hubieran puesto una tonelada de hierro sobre el pecho, que no me deja respirar. Ya se me va a pasar, pero no te voy a decir que no te asustes. Asustate todo lo que quieras.

–¿Qué querés que haga?

–Nada.

–¿Seguro?

–Quedate un rato calladita.

Carolina obedeció. Se quedó sentada junto a él, desnuda en la habitación llena de humo, observándolo. Tuvo la certeza de que no podía hacer nada más que eso. Sumergida en el vaivén que iba de Narval a Facundo, tenía que enterrar en algún lado el imán que la había llevado la noche anterior hasta sus brazos y no buscarlo nunca más. Despacio, recogió su ropa desparramada sobre el piso y se vistió; con un nudo en el estómago, le besó los labios inertes y, mientras encendía un cigarrillo más, se dijo que no le permitiría verla desnuda otra vez, nunca.

Facundo abrió los ojos y se incorporó un poco en la cama; tenía los ojos brillantes y enrojecidos, rodeados por dos manchas oscuras.

–¿Me traés un vaso de agua? –dijo. Y, cuando Carolina se lo alcanzó, la agarró fuerte de la muñeca; ella gimió de dolor–. No quiero que vuelvas a hablarme de Narval ni de lo que le pasa ni de nada de lo que hablamos hoy, nunca, pero nunca más, ¿entendiste? –dijo, con los dientes apretados y una voz gruesa y distinta, que hizo asustar a Carolina.

–Entiendo. Soltame, me hacés doler.

–¿Entendiste? –repitió Facundo, y redobló la presión de sus dedos.

–Sí –dijo ella, y Facundo la soltó sin mirarla a los ojos. Tomó el agua ansiosamente, como si estuviera muerto de sed. Restregándose el brazo y mirándolo tirar el vaso al piso y volver a acostarse con el ceño fruncido, Carolina pensó que se sentía una intrusa en una historia que no le pertenecía.

21

Facundo sabía que al Pelado le gustaba mirarlo desnudo y masturbarse un rato, así que se sacó toda la ropa y se cruzó de piernas sobre la cama, fumando un cigarrillo. Trató de no mirarlo porque le causaba una incontenible hilaridad la cara de éxtasis que ponía el Pelado y sabía que se ofendería si lo veía reír. Había aprendido a no confiar nunca demasiado en ningún cliente; los tipos podían ser macanudísimos, pero también podían volverse un poco locos. Chupó el cigarrillo y miró desganadamente la decoración de la habitación del hotel, los horribles muebles de fórmica, el empapelado con angelitos regordetes, y suspiró. Sentía una extraña atracción por los angelitos, con su expresión lujuriosa y asexuada, su desnudez de niños perversos. Le parecía que conocía ese lugar, que había estado ahí muchísimas veces antes, pero no podía asegurarlo.

–Ponete de costado –dijo jadeante el Pelado, y Facundo titubeó antes de obedecer porque no había escuchado bien. Se apoyó con el codo sobre la almohada y decidió olvidarse y apenas se dio cuenta cuando el Pelado estuvo dentro de él, echándole el aliento en la nuca.

El Pelado se quedó dormido cuando acabó, pero Facundo, prudentemente, se había asegurado de que dejara la plata sobre la mesita de luz. Se vistió, agarró los billetes y se los metió en el bolsillo de atrás. Le echó una última mirada al durmiente culo rosáceo con el tatuaje de un corazón flechado y cerró la puerta riéndose a carcajadas.

El sol del amanecer lo dejó ciego por un rato. Se tanteó los bolsillos buscando los anteojos negros, pero no los encontró; podía haberlos dejado en cualquier lado. Odió profundamente la luz y caminó con los brazos alrededor del cuerpo, como abrazándose, temblando de frío.

No sabía cuántos amaneceres así había pasado, sintiéndose sucio, con el olor y el roce y la saliva y el semen de tantos cuerpos, con los labios y los dedos apestando a alquitrán. Cada vez que movía la ropa un poco, subían entremezclados con el olor de su piel esos aromas extraños a los que finalmente se había acostumbrado. Conocía a chicos que se bañaban con furia cada vez que terminaban la noche; él, jamás: caía dormido primero. Sentía una exultación poderosa cuando llevaba en la piel todos esos recuerdos de las personas que por un momento lo habían amado. Facundo sabía que, aunque fuera durante unos segundos, todo aquel que lo conocía quedaba maravillado por él. Había descubierto eso muy temprano, en la escuela, cuando todas sus compañeritas se lo disputaban; a veces, hasta la histeria. Después fue más en serio: profesores que lo esperaban a la salida, que lo aprobaban o desaprobaban arbitrariamente; se había quedado sin rendir materias en marzo a fuerza de chuparle la pija al profesor de física de tercer año. Y estaba también la historia de Manuel, su vecino de Núñez, que terminó colgado de una viga del living después de masturbarse furiosamente por toda la casa. Facundo le había dado un par de besos, para jugar un rato, cuando tenía trece años. Nunca se sintió culpable, ni siquiera cuando, la noche del suicidio de Manuel, se había reído a carcajadas de la cara llena de acné que le confesaba su amor con voz temblorosa; a pesar de que su madre le había dado la primera y única paliza de su vida, tan fuerte que le partió los labios y le hizo sangrar la nariz. Con las manos ensangrentadas, su madre le gritó que era malo y perverso, un auténtico hijo de puta, y que le hubiera gustado no haberlo hecho nacer, que se arrepentía una y mil veces de haberlo traído al mundo. Facundo nunca supo cómo se enteró su madre de la relación que existía entre él y Manuel; pero ella nunca dudó, estaba segura de que Facundo era el culpable. Siempre estaba segura de que él tenía la culpa.

Entró en un bar y contó los arrugados billetes que le había dado el Pelado. Pidió un café y encendió un cigarrillo. El sol entibiaba el aire débilmente y Facundo apoyó la cabeza sobre la mesa. Estuvo a punto de quedarse dormido y, para despabilarse, sacudió un poco la cabeza y se restregó los ojos. El café humeaba sobre la mesa; ni siquiera se había dado cuenta de que se lo habían traído. Lo sorbió despacio, sintiendo cómo le calentaba el cuerpo y le ardía en el estómago. Siempre tan maricón, pensó, y sonrió amargamente. Recordó que la Diabla le había dicho una vez que su belleza era tan enorme que no estaba hecha para durar: «Sos como las mariposas», decía. Facundo pensó que las palabras de la Diabla eran horriblemente cursis, pero horriblemente ciertas.

–¿Me decís la hora? –le preguntó a un mozo de traje blanco manchado y raído que pasaba llevando un café con medialunas.

–Las siete –le contestaron, y Facundo se quedó pensando un instante.

Necesitaba plata; el Pelado no había sido del todo generoso esta vez. Dejó el café a medio tomar y se acercó al teléfono, no para llamar, sino para abrir la guía que estaba al costado. Pidió una lapicera y se anotó la dirección de Armendáriz en el dorso de la mano.

–Hola –dijo una chica de ojos marrones y cabello oscuro atado en una cola de caballo. Tenía puesto un uniforme de colegio privado, pollerita tableada por sobre las rodillas y el rostro apenas maquillado.

–¿La casa de Luis Armendáriz? –preguntó Facundo, y soportó con resignación el leve mutismo de la chica, que lo recorría lentamente con los ojos, sonriendo turbada. ¿Viste qué bueno que estoy?, pensó Facundo. Bueno, andá, llamalo a papi, que hace mucho que no me coge y no tengo un cobre.

–Sí, sí –dijo la chica–. Pasá. Justo se está por ir a trabajar.

–Quería agarrarlo antes –dijo Facundo, ensayando su mejor cara de urbanidad, con un falso entusiasmo en la voz–. Soy un compañero de trabajo y quería charlar unas cosas antes de ir a la oficina.

–Ah, bueno, ya lo llamo.

Facundo le sonrió radiante. Sabía que su parlamento era bastante increíble; sobre todo, porque a cualquiera le resultaría inverosímil que un chico de pelo larguísimo y ajustados pantalones de corderoy marrones trabajara en una empresa. Pero la chica se lo había creído. Bien tragado, se dijo Facundo.

–Sentate –le dijo la chica, y Facundo eligió uno de los mullidos sillones pensando en lo bueno que sería dormir un rato ahí. Miró a su alrededor, husmeando en el aire el aroma a tostadas que salía de la cocina. Todo es tan cómodo, pensó, y tan estándar. Terrible. Los portarretratos baratos de la feliz familia, los cuadritos naif tan estúpidos. Se reclinó en el sillón y bostezó. Armendáriz salió en ese momento de la cocina, recién afeitado y haciéndose el nudo de la corbata.

–Hola –dijo Facundo, y Armendáriz, boquiabierto, se quedó parado donde estaba. La chica de uniforme apareció a su lado, tenía las mejillas coloradas.

–¿Querés tomar algo? –preguntó, y Armendáriz, sin dejar de mirar a Facundo, que sonreía, se apuró a decir que no, que llegaban tarde, que ya se iban.

–Qué lástima –dijo la chica, y le sonrió un poco a Facundo, que le contestó con un encantador «adiós».

Armendáriz salió bruscamente, dando un portazo, y Facundo lo siguió, sin dejar de sonreír.

–Subite al auto –dijo Armendáriz, y cerró la puerta del coche dando un golpe seco. Arrancó y detuvo el auto a las dos cuadras. Había manejado sin mirar, doblando en contramano, como enloquecido.

–¿Cómo vas a aparecer así en casa? ¿Estás loco? –gritó Armendáriz, y el esfuerzo hizo que su nariz se enrojeciera, destacando miles de venitas rojas–. ¿Qué querés? ¿Qué buscás? Mi hija hizo un escándalo en la cocina preguntándome por qué no le había dicho antes que tenía un empleado como vos. ¡Mi hija, queriendo que te presente!

Facundo se encogió de hombros.

–Recordá que te acostás conmigo y no me trates de corruptor de menores porque me da muchísima risa.

Armendáriz no lo escuchó, golpeó el volante con los puños cerrados.

–¿Cómo supiste mi dirección? ¿Cómo te atrevés a venir a mi casa? ¿Qué querés? ¿Que te conozca mi familia?

–Pará un poquito, Luis, se está hinchando horriblemente una vena espantosa que tenés en la frente; nunca te la había visto antes. No te sulfures que ya estás mayor, a ver si todavía te agarra un infarto. Escuchame una cosita y no me grites: yo sé mentir, miento bien. Además, estás paranoico; no veo por qué un padre de familia como vos se acostaría conmigo. Nunca se lo imaginarían y yo jamás les diría nada a la pendeja ni a tu mujer, para qué. No voy a chantajearte, Luis, viste demasiadas películas.

–Pero, ¿qué carajo querés? –gritó Armendáriz.

–Plata, por supuesto. Hace más de una semana que no aparecés, quería averiguar si pagaste el alquiler y todo lo demás.

–Pagué el alquiler. Y no te debo un mango. Si no nos vemos, no te pago. No soy tu banco. Ahora, andate, bajá del auto.

–Error. La última vez me olvidé de cobrarte. Mejor dicho, me hice el boludo porque me regalaste un precioso libro que, entre paréntesis, no tuve tiempo de leer, ahora que lo pienso. Y yo no hago nada gratis, ¿clarito? Además, Luis, no te hagas el macho. ¿Qué es eso de *bajá* y *no soy tu banco*? Ya hace bastante que dejaste de ser macho, Luis. Precisamente en el momento en que se te paró la pija cuando me tuviste cerca por primera vez.

Armendáriz lo miró: quiso decir algo, pero no sabía qué. El sudor le goteaba de la frente. Quería pegarle, pero no podía. Se cubrió la cara con las manos y sollozó.

–Dios mío –dijo Facundo–. Es increíble. Chau, Luis, me voy. Ya me arreglaré, no me des nada.

Armendáriz lo detuvo tomándole la mano.

–No, no te vayas –se secó los ojos y sacó la billetera. Antes de darle el dinero, apretó un poco la mano de Facundo y le dijo, trémulo–: ¿No tenías ganas de verme?

–Qué sé yo. Por ahí sí... Si no, no hubiera venido. No llores. No vale la pena, no es para tanto.

–Sí es.

–No. Nada es para tanto –dijo Facundo, y se guardó la plata en el bolsillo. Bostezó y dijo en voz baja–: Tendría que comprarme anteojos oscuros, los perdí.

Armendáriz volvió a encender el motor y Facundo dijo:

–Ya que estás, podrías llevarme a casa. No es tan lejos. La próxima vez te descuento la nafta, si querés.

–Callate, por el amor de Dios –dijo Armendáriz, y tuvo que hacer un esfuerzo para controlar el volante con sus manos temblorosas.

Narval volvió a despertar junto a Ella y se preguntó si alguna vez dormiría; siempre estaba dando vueltas alrededor de él, sin dejarlo en paz ni por un momento. Sólo se alejaba cuando gesticulaba con el-Hombre-de-las-arañas, que a veces también venía, sólo a veces.

Narval había intentado escapar: su departamento ya no tenía salida. Por lo menos, no cuando él quería salir. Una vez, agotado, había tironeado del picaporte con las dos manos, pero del otro lado de la puerta ya no existían la escalera ni el patio: sólo un túnel negro del que salía un aire caliente y fétido que pareció querer chuparlo; Narval cerró la puerta aterrado y se dio vuelta para caer en brazos de Ella, la madre-monstruo que lo arrullaba con la barbilla goteando una viscosa saliva transparente.

Ella sí podía salir. Con Narval. Pero Buenos Aires ya no era lo mismo si él iba con Ella. A veces, en una multitud sin rostro, Narval la perdía de vista y entonces corría. Pero de entre la gente salía el-Hombre-con-huecos-en-vez-de-ojos, que lo devolvía a su departamento, donde Ella lo esperaba, gritando, caminando en cuatro patas por el piso, jugando con arañas. Narval caía al piso y Ella trepaba sobre él y Narval se la cogía furiosamente, casi feliz, pensando que, a pesar de todo, le gustaba estar con Ellos, que era casi como estar en casa. Pero de vez en cuando se abrazaba a las piernas purpúreas de Ella y, mientras el-Hombre-con-huecos le hacía un pico en el cuello, Narval no podía evitar ahogarse en sollozos diciendo: «Lo extraño».

22

Facundo tuvo escalofríos cuando terminó el vaso de ginebra. Lo apoyó sobre la mesa con un golpe seco y estiró el cuello para buscar entre la gente. Pero enseguida reprimió el gesto y se enojó consigo mismo. Ni pienso buscarlo, se dijo. Ni acá ni en ningún otro lado.

La Diabla volvió a llenarle el vaso y Facundo se lo bebió de nuevo de un trago, hasta el final.

–A Facun se le dio por los fondos blancos –dijo Juani.

Facundo le sonrió y se desabrochó la camisa negra; tenía calor. El boliche de la Diabla no tenía ventilación de ninguna especie. Esta noche voy a emborracharme con Juani y la Diabla y habrá sido una noche más, pensó.

–Mis bellezas –dijo la Diabla–. Mis hermosas criaturas. No los voy a dejar ir esta noche. La tormenta no cesa; los dioses están haciéndome saber que debo retenerlos conmigo.

–Adelante, Diabla –dijo Juani–. Somos todos tuyos.

Facundo, impasible, encendió un cigarrillo.

–¡Qué prodigio esta criatura! –gritó la Diabla–. Prende un cigarrillo, nomás, y ya hay música de violines en el ambiente.

Juani se tiró hacia atrás en la silla y rió a carcajadas. Facundo despertó de su ensimismamiento y rió también.

–Diabla, siempre sos tan cursi –dijo.

–No, soy sincero –la Diabla se acomodó su chalina hindú color púrpura–. La gente tiene miedo de ser sincera, por eso yo parezco cursi. Yo también era una belleza, de joven. Pero soy muy puto y muy borracho y ya ven lo que sucede –se agarró la barriga con las manos–. Pero no importa, los tengo a ustedes para deleitarme, los dos príncipes más bellos que nunca conocí. Quiero verlos borrachos, hermosos. Facundo borracho es Dionisos: el alcohol no insulta su belleza, la enaltece.

La Diabla volvió a llenarles el vaso. Facundo lo vació de un trago, a pesar de las arcadas.

–Quiero filmarlos. Tengo el guión de una love story.

Juani se rió más estruendosamente que antes.

–Diabla, todavía no compraste ni una cámara.

La Diabla negó enfáticamente.

–Esta sociedad no ve a los verdaderos artistas, y menos si son putos. Pero los quiero a ustedes en los papeles principales. Quiero que sean lo que son, ángeles de la noche, enviados del cielo. A vos no puede costarte, Juan Ignacio de mi alma, tus ojos tienen el cielo y el mar, son la perfección, la divinidad. Ay, cuando los filme…

La Diabla puso los ojos en blanco.

–Y también quiero filmar algo de Wilde.

–Dejame adivinar –dijo Facundo–. *El retrato de Dorian Gray*, conmigo haciendo de Dorian.

–Es una idea brillante, mi amo, pero no. Una biográfica. Yo de Wilde...

–Y yo de lord Douglas –dijo Facundo.

–Precisamente, vida mía. Es otro sueño que algún día concretaré.

–De qué bosta hablan –dijo Juani, y Facundo rió entre dientes.

–Mi pequeño y primitivo Juan Ignacio. Nada, no importa. Cosas de ilustrados –la Diabla se levantó tambaleante con la botella de ginebra–. Pasemos a mis aposentos –dijo.

La Diabla era dueño de una casa antigua de tres pisos que había sido suya desde la infancia. En la planta baja y parte del primer piso funcionaba el boliche; el resto eran habitaciones enormes donde vivía y mantenía a sus chicos. Todas las piezas estaban llenas de muebles y roperos con vestidos y disfraces caros, que la Diabla coleccionaba. A veces, se ponía sus galas y subía al escenario del boliche para entonar boleros con su aguardentosa voz de 45 años y treinta cigarrillos diarios. También acostumbraba disfrazar a sus chicos; especialmente, a Juani, Facundo y Joaco.

–Pasen a mi recámara.

La habitación de la Diabla estaba empapelada con fotos de actores, chicos y algunas hojas de revistas porno. Cerca de la cabecera de la cama tenía una foto de Lautaro, «nuestro ángel», como le decía; nunca le faltaba una vela o una rosa blanca. Siempre que la miraba, la Diabla le tiraba un beso y levantaba los ojos hacia el cielo raso, como para que el beso llegara.

Facundo se quedó un instante mirando la foto. Recordaba el momento exacto en que había sido tomada, una noche helada de invierno; él estaba resfriado y se había negado a hacer la calle. Lautaro también se había quedado adentro por el frío y la Diabla, enloquecido, los había hecho posar toda la noche. Lautaro siempre se negaba a esas cosas, pero no aquella vez. En la foto que la Diabla había pegado, Lautaro tenía una rosa en la oreja y su pajoso pelo rubio caía desordenado sobre los ojos celestes. La foto que Facundo tenía en su casa la había tomado él, esa misma noche, mucho más tarde, cuando la Diabla cayó dormido por la borrachera y ellos siguieron bailando juntos con los Stones hasta el amanecer. Una semana después, tres tipos habían asesinado a Lautaro a dos cuadras del boliche. Facundo no podía dejar de recordarse con el cuerpo de Lautaro entre sus brazos, tratando de parar inútilmente la hemorragia con sus manos, incapaz de derramar una lágrima.

Antes de decidirse a salir para el boliche, Facundo había estado leyendo el libro que le había regalado Armendáriz: «No sueñes, no, que el amoroso abismo nos lo devuelva al aire que da vida, la muerte se alimenta de su voz apagada y se ríe de nuestro desconsuelo», recordó, acostado sobre las sábanas negras del la cama de la Diabla, y se tapó la cara con las manos.

–Miladies, ¿quieren vestirse para el deleite de vuestro súbdito?

–Yo no –dijo Facundo.

–¿Voy a tener que conformarme sólo con la princesa de ojos añil?

–Parece que sí, Diabla.

–Eres cruel, mi adorado Facundo. Está bien. Fumemos un poco de hierba sacramental y vayamos a lo nuestro, ojos azules.

–Quiero ponerme alguno de seda –dijo Juani.

–Tus deseos son órdenes, excelso –dijo la Diabla, y encendió la pipa que tenía siempre llena de marihuana–. Vístase, su majestad.

Juani revolvió el ropero y encontró un amplio vestido verde de seda y terciopelo. La Diabla gritó alabanzas y llevó a Juani a la otra habitación para fotografiarlo.

Facundo se acurrucó en la cama; no podía emborracharse, le dolía la cabeza y estaba nervioso, tanto que le costaba respirar y se preguntó cómo hacía su cuerpo para llenar y vaciar los pulmones todo el tiempo cuando él no prestaba atención; cuando estaba dormido, por ejemplo. Le dedicó toda su atención a cada inspiración, como si tuviera que estar atento para no dejar de respirar. Inquieto, se sentó en la cama con las piernas cruzadas y escuchó los suaves y fingidos gemidos de Juani, acompañados por los bramidos incoherentes de la Diabla. Salió al balcón para tomar aire. Llovía finito; el grueso de la tormenta ya había pasado, pero a lo lejos las nubes estaban cargadas y negras sobre el cielo gris. En la esquina, un auto levantó a Joaco, que casi nunca dejaba de trabajar. Facundo se apoyó en la baranda del balcón y trató de fumar un cigarrillo, pero tuvo que tirarlo a las dos pitadas; le dolía demasiado la cabeza. Cuando miró caer a la calle la brasa humeante, creyó ver a Narval caminando por la vereda, el sucio cabello rubio ocultándole la cara, las manos en los bolsillos. Le temblaron las rodillas, pero al mirar mejor se dio cuenta de que se había equivocado. El corazón le latía tan fuerte que pensó que iba a desmayarse, pero se sostuvo de la baranda con fuerza y respiró hondo. Val, pensó, quisiera saber dónde estás, pero no quiero encontrarte.

Entró y volvió a sentarse en la cama, con las manos entre las piernas. La Diabla se asomó a la puerta, despeinado y con los pantalones por las rodillas.

–La princesa está triste, ¿qué tendrá la princesa? –dijo, y le ofreció su vaso de vino; Facundo lo sorbió de a poco.

–¿Tenés un valium o un rohypnol, algo, Diabla? Necesito dormir.

–Dormir. Morir. Quizá soñar –dijo la Diabla, y abrió un cajón de su mesita de luz–. Aquí tiene el elixir, su majestad.

Facundo bajó la pastilla con un trago de vino, y Juani, que se había apoyado en el marco de la puerta, volvió a reírse.

–Vas a quedar ropiado, no dormido, Facun.

–Si mi príncipe quiere dormir, los dioses no se pondrán en su contra. ¿Mi humilde cama será suficiente?

–Sí, si no vas a usarla.

–¡No! –gritó Juani desde la otra habitación–. Está juguetona hoy.

La Diabla acarició el lacio cabello de Facundo y recitó:

–La noche se perdió en tu pelo, la luna se aferró a tu piel... –pero se interrumpió porque a Facundo no le dio risa, y se quedaron mirándose fijo, con las pupilas dilatadas. La Diabla se sentó en la cama y se acercó tanto a Facundo que él pudo sentir su aliento apestando a alcohol y marihuana.

–¿Qué pasa? Podés hablar conmigo.

Facundo no contestó.

–Quiero verte bien –dijo la Diabla, y Facundo lo besó en los labios.

–Va a pasar –dijo, y se acostó. La Diabla le sacó las botas con sumo cuidado y apagó la luz.

–Allá voy de nuevo, príncipe normando –gritó, y la única respuesta fueron las dementes carcajadas de Juani.

23

Mauri se quedó boquiabierto cuando vio en el umbral la figura de Facundo parado en la vereda, mucho más pálido de lo que él recordaba, con los ojos brillando en medio de las ojeras negras.

–¿Te acordás de mí? –dijo Facundo, y encendió un cigarrillo.

–Cómo no. Mi hermana no está, pero pasá igual. Debe haber ido a comprar algo.

Facundo siguió a Mauri por las escaleras. Hacía tanto que no estaba en casa de Carolina que todo le parecía más chico y hasta desconocido.

Mauri abrió la puerta de la habitación de Carolina.

–Sentate –dijo.

Facundo apagó el cigarrillo y se sentó en el piso, junto a la cama. Mauri siempre le había caído bien, por su tranquilidad y su cáustico humor, pero esta vez no sabía qué decirle, estaba demasiado nervioso. Se enojó un poco consigo mismo: no saber qué hacer era algo que nunca le pasaba. Mauri dijo de pronto:

–¿Está mal que te haya hecho pasar?

–Por qué.

–Te explico: todas tus estadías en mi apacible hogar terminaban con un escándalo de llanto y pataleo de mi hermanita. En aquel momento, yo estaba capacitado para hacerla callar y dormir, cosa de que mis viejos no se despertaran con una crisis nerviosa. Pero ahora me duermo todo el tiempo –y, como demostrándolo, bostezó. Después de un rato, agregó–: El psiquiatra dobló la dosis.

–Ah –dijo Facundo–. Supongo que esta vez será distinto. ¿En serio era para tanto?

–No me digas que no te dabas cuenta porque no te creo.

Facundo dijo que sí con la cabeza, haciendo una mueca. Después miró a Mauri a los ojos. Mauri le sostuvo la mirada, cosa que lo sorprendió.

–¿Y vos qué pensás?

–¿Yo? Que era inevitable y que ella se lo buscó. ¿No te miraste nunca al espejo?

Facundo se rió un buen rato y Mauricio lo acompañó.

–¿Querés algo de tomar? Perdoname que me meta, pero parece que no te sentís muy bien.

¿Tanto se nota?, pensó Facundo, pero negó con la cabeza. Carolina le había hablado de los problemas de Mauricio, él se había formado un panorama bastante negro, aunque Mauri siempre le pareció un tipo de lo más normal. Ahora, teniéndolo enfrente, seguía pensando lo mismo: que Mauri era la persona más equilibrada que conocía, incluyéndose a sí mismo. Y se lo dijo:

–Te imaginaba convertido en una especie de zombie, con la cara hinchada por las pastillas, que pasaba a tres metros de las puertas y lloraba si miraba por la ventana. Pero parecés el mismo de siempre... qué sé yo.

–Carolina suele exagerar las cosas y, además, no piensa lo que dice. Juzgá por vos mismo: no estoy como para internar. Solamente me cuesta salir a la calle, salvo en taxi para ir al psiquiatra.

Facundo sonrió.

–No suena tan terrible. Sobre todo, si tenés unas pastillitas por ahí.

–¿Querés una?

–Dos.

–Sos de los míos. ¿Qué te va a hacer una pasta? Siempre le digo eso a mi hermana.

Mauri sacó parsimoniosamente de su bolsillo varias pastillas de distintos colores, las puso en fila sobre la cama. Bostezó.

–Ésta es un hipnótico, dicen los entendidos. Ésta es para dormir, relajante muscular. Y éstos son neurolépticos, te dejan totalmente apacible. Elegí.

–Estas azules me dan impresión. Dame esas dos. ¿Se pueden tomar juntas?

–Yo tomo de las tres, todos los días, y ninguna.

En ese momento Carolina entró en la habitación, tiró un atado de cigarrillos sobre el escritorio y se quedó mirándolos.

–¿Qué están haciendo con esas pastas arriba de mi cama? –y agregó, mirando a Facundo–: ¿Y vos qué hacés acá?

–Mauri estaba exhibiendo su farmacopea. No esperaba un comité de bienvenida, pero tampoco tanta mala onda, Carolina.

–No fue mala onda. Es que no lo puedo creer. Junten eso, no sean barderos. Y vos, Mauri, volá.

Mauri trató infructuosamente de encender un cigarrillo, hasta que Facundo terminó dándole fuego. Después dijo:

–¿Por qué lo echás? Estamos charlando.

–Le convidé pastillas –dijo Mauri, y se rió.

Carolina se sentó en una silla y dijo:

–Mi hermano está loco, Facun. No tomes cualquier cosa; por ahí te hacen mal las porquerías que se traga éste.

–Vos no entendés nada –dijo Mauri, y Facundo lo apoyó, tragándose las pastillas en seco.

Carolina tiró su cigarrillo por la ventana y miró atónita a Facundo y Mauri, que se reían en el piso.

–Por Dios, no se hagan amigos –dijo–. Separados ya son suficientemente jodidos. Y vos, Facun, ¿para qué querés las pastas, qué te pasa?

–Estoy con un ataque de nervios permanente.

–¿Y venís a buscar a mi hermana, que puede acabar con la paciencia de un santo?

–Mauri, callate y andate.

–Está bien –dijo Mauri, y se fue, saludando a Facundo con la mano.

–Es muy copado tu hermano.

–¿Te gusta?

–Carolina, no hables pavadas, ni me fijé en él. Fue un comentario hecho con la más pura inocencia –dijo Facundo, y se acostó en el piso.

–Estás tan demacrado… ¿En qué andas?

–En nada.

–¿Lo viste a Narval?

–De eso no se habla. ¿Vas a salir esta noche?

–¿Por?

–Acompañame a lo de la Diabla.

–Ni loca.

–¿Por qué?

–Porque ya conozco ese lugar y no me gusta. Sabés cómo lo conocí, no seas malo conmigo.

–Por favor.

–Vamos a otro lado, si querés, pero ahí no.

–Pero es un lugar como cualquier otro; además, son casi todos putos, casi no hay minitas. Y, si estás conmigo, nadie te va a querer levantar.

–No me trates como a una estúpida. Conozco boliches gay y me encantan. Ése no es el problema y lo sabés.

Facundo suspiró y se acercó a la ventana, respirando dificultosamente y mareado. Carolina también se paró y lo abrazó desde atrás.

–¿Por qué no nos quedamos acá y charlamos y dormís un poquito?

–No puedo. No puedo quedarme mucho tiempo en un lugar. Caro, hasta que no puedas bancarte de verdad mi historia, nunca vamos a poder tener una relación como la gente. Y yo te necesito hoy.

Carolina acarició la espalda de Facundo, emocionada.

–No puedo creer que digas eso. ¿Qué te pasa? Me das miedo.

–Yo mismo me tengo miedo –murmuró Facundo.

Carolina lo tomó de los brazos para obligarlo a darse vuelta.

–Pero prometeme que no vas a levantarte a nadie delante de mí; por lo menos, esta noche.

–Entonces, venís conmigo.

Carolina dijo que sí con la cabeza y Facundo la abrazó un instante. Después dijo:

–¿Puedo tomar un vaso de agua? Tengo las pastillas acá –y se tocó la garganta.

–Andá mientras me pinto.

Facundo bajó las escaleras y se metió en la cocina, medio tambaleándose. Abrió y cerró varios cajones y puertitas, pero no pudo encontrar un vaso. Se le nublaban los ojos, estaba embotado y tenía cada vez más urgencia por desatorarse la garganta. Hizo tanto ruido que al rato apareció Mauri para rescatarlo.

–¿Ya te pegaron? Tenés un organismo mucho más sensible que el mío. ¿Qué buscás? ¿Vasos? Mirá para arriba.

Facundo tardó un instante en entender. Los vasos estaban en un estante sobre la mesada; sacó uno y abrió la canilla. Antes de servirse agua, se mojó la cara, para despertarse.

–No tengo nada para levantar, lo lamento, vos quisiste pastillas.

Facundo se sentó en la mesada y dijo:

–Ya se me va a pasar el efecto. No hay nada que me tranquilice mucho.

–Van a salir, ¿verdad?

–Sí. ¿Querés venir?

Mauri se quedó serio.

–Te miento si digo que no. Pero me da un poco de impresión todavía. Más adelante, a lo mejor. Además, mi hermana me mata si voy con ustedes.

Facundo se bajó de la mesada despacio al oír la llamada de Carolina. Cuando pasó junto a Mauri, le puso una mano en el hombro.

–Cuidate –dijo.

–Cuidate vos –dijo Mauri, y volvió a poner en el estante el vaso que Facundo había dejado en la pileta.

Juani y Joaco estaban parados en la esquina cuando Carolina y Facundo se bajaron del taxi. No habían hablado en todo el camino; Facundo dejaba que los cigarrillos se le consumieran hasta el filtro entre los dedos: Carolina tuvo que sacárselos un par de veces para que no se quemara. Cuando llegaron a la esquina, Facundo se había despertado un poco, gracias al viento que le daba en la cara.

–Cómo va –les dijo a los chicos.

–Mala noche, Facun. Pasó la Palera, pero sólo te quiere a vos.

–Esta noche no –dijo Facundo–. Ella es Carolina.

Juani la besó despreocupadamente; después le dedicó una larga mirada y sonrió apenas. Agarró a Facundo del hombro y dijo:

–La Diabla está como una cabra. Parece que tuvo un rollo con un pendejo que lo tiene enamorado y anda por ahí tirado, borracho como una cuba. En fin.

–Está insoportable –intervino Joaco, sacándose un mechón oscuro de los ojos.

–Bueno, igual voy a entrar –dijo Facundo, y agarró a Carolina de la mano–. ¿Se quedan acá?

–No hay más remedio –dijo Juani.

Carolina se sintió mal cuando entró en el boliche. Recordaba demasiado bien el lugar, la pequeña pista, el escenario vacío, las mesas desperdigadas y las paredes descascaradas pintadas de rojo sangre. Se mordió los labios y trató de no pensar, apretando más fuerte la mano de Facundo. Había poquísima gente. La Diabla tropezaba con las sillas y parecía que a cada paso iba a caerse al piso, pero se las arregló para sentarse en una silla, con una botella de vino entre las manos.

Facundo llevó a Carolina hasta la barra y pidió dos cervezas.

–¿Viste cómo está? –dijo el tipo de la barra, señalando a su patrón.

–Sí. Hay que dejarlo tranquilo. Mejor que esté solo.

–Le rompieron el corazón otra vez.

–No aprende más –dijo Facundo, y subió las escaleras; prefería las mesas de arriba, más oscuras y solitarias.

–Pobre tipo –dijo Carolina cuando se sentaron–. Parecía estar muy mal.

–Se las busca.

–Facundo, no seas así, no te hagas el duro. Uno no puede evitar enamorarse, no puede controlarlo.

–A lo mejor.

–Acaso nunca te enamoraste.

–Por lo menos, no me di cuenta.

–¿Ni de Narval?

Facundo miró fijamente el vaso, recordando cómo Narval lo tomaba entre sus brazos no hacía tanto tiempo.

–Ni de Narval –dijo en voz baja, lenta y cadenciosamente–. Te dije que no habláramos de él.

–¿Lo buscaste?

Facundo negó con la cabeza.

–Mejor, porque te hace mal, está muy loco. Pero lo extrañás.

–Claro que lo extraño, pero no quiero verlo más.

–Está bien, pero lo querés, me doy cuenta. Estás enamorado de él y es un bajón porque...

–Carolina, creo que no te mato porque las pastillas de tu hermano me dejaron pelotudo.

Facundo dibujó oes sobre la mesa con el vaso mojado y no dijo nada más. Carolina cambió de tema.

–¿Sabés por qué no quería venir?

–Sí, claro –Facundo sonrió casi con ternura y acarició la mano de Carolina.

–No me podés decir que te gusta acostarte todas las noches con cualquiera –dijo ella.

–Puedo decirlo y lo digo. No sé si «gustar» es el término; en todo caso, no me molesta. No es tan terrible. No soy masoquista.

–No voy a entenderte nunca, Facundo.

–Ya sé y no importa.

Juani los interrumpió, agitado porque había subido corriendo las escaleras.

–La Palera me está enloqueciendo, Facun. Te quiere a vos, dice que tiene plata y que te vio entrar. Está histérica.

–Decile que no voy a ir –dijo Facundo, y bostezó.

–Decile vos, che.

Facundo se levantó puteando y bajó, con Carolina detrás. La Palera había encendido las luces altas de su auto, de modo que la esquina estaba ferozmente iluminada. Facundo se acercó al coche bordó, con andar lento, y metió la cabeza por la ventanilla. Su pantalón oxford de corderoy marrón marcaba sus estrechas caderas. Carolina, a unos metros, se dio cuenta de que no llevaba calzoncillos. Se había prometido no volver a acostarse con Facundo, pero no podía evitar desearlo como a nadie. Disimuladamente, se acarició entre las piernas con la punta de los dedos y el cosquilleo hizo que se pasara la lengua por los labios.

–¿Qué querés? –le dijo Facundo a la mujer, que se llevó nerviosamente una mano a la garganta. Estaba durísima, aspiraba con violencia por la nariz y le temblaban las manos.

–Vení conmigo –dijo–. Tengo plata, la que quieras, tengo merca. Vení.

–No. Tenés que entender que no voy a ir cuando a vos se te antoje; voy a tener que cambiarme de esquina para que no me encuentres nunca más y me dejes de joder. Estás obsesionada.

La mujer abrió desorbitadamente los ojos y agarró a Facundo del brazo; él vio el color azulado de los labios de la mujer y pensó: Espero que no se muera estando conmigo.

–¡No, no digas eso! Vení, vení. Toda la plata que quieras. Vení.

Facundo la miró unos instantes y tomó una decisión. Es obvio que no se va a ir y tampoco va a apagar las luces del auto la muy puta, se dijo. Esto va a terminar con los ratis cargándonos a todos.

–Esperá –dijo Facundo, y bruscamente, como si sintiera un asco infinito, se soltó del brazo de la mujer y se acercó a Carolina.

–Voy a irme con ella. ¿Querés plata para un taxi o te quedás con los chicos? Juani se puede quedar con vos si se lo pido.

Carolina le dio un empujón y lo miró incrédula.

–¿Vas a dejarme sola y te vas a ir con esa mina? –gritó.

Facundo abrió la boca para explicarle, pero no pronunció palabra; supo que era inútil.

–Sí –dijo simplemente.

–Facundo, me lo prometiste.

–Ya sé, esto no estaba en mis planes.

Carolina dio vuelta la cara y dejó que las lágrimas cayeran por sus pómulos. No dijo nada más.

–Chau –dijo Facundo, cansado, y la besó en la mejilla. Carolina no se movió; él subió al asiento trasero del auto bordó y no miró por la ventanilla cuando el coche arrancó.

24

La Palera no tendría más de cuarenta años, pero parecía mucho más vieja con todo ese maquillaje y esos movimientos torpes. Era rica; a Facundo nunca le importaba de dónde venía la fortuna; le bastaba con recibir las descabelladas sumas que ella le pagaba. Además, la Palera siempre estaba cargadísima de cocaína, cargadísima. En cada rincón de su lujosa casa había un espejito con sus correspondientes rayas preparadas y un canutito al lado. Ésos eran sus vicios: la merca y los chicos lindos.

Lo que tenía de bueno la Palera, pensaba Facundo, era que no quería coger todo el tiempo. Más aún, las últimas veces lo había buscado sólo para charlar y besarlo y toquetearlo. Para Facundo era un alivio: la Palera le desagradaba bastante.

Esa noche, a ella se le había dado por desnudarlo y charlarle mientras lo acariciaba en la oscuridad. Facundo había aprovechado para dormir una horita sin que ella se diera cuenta, del todo sedado por las pastillas de Mauri. Se había despertado por el ruido que hacía la Palera vomitando en el baño. Con tranquilidad se levantó y encendió la luz: la mujer estaba abrazada al inodoro, temblando convulsivamente, con un hilo de baba blancuzca colgándole de los labios. Él no se inmutó: se vistió lo más rápido que pudo y llamó por teléfono a una ambulancia. Antes de irse, espió de nuevo por la puerta del baño: la Palera no se movía; Facundo revisó un cajón de la mesita de luz y sacó cinco palos y una bolsita de merca.

Se fue dejando la puerta abierta y se metió en el primer taxi que pasaba; no quería cruzarse de ninguna manera con la ambulancia. Estaba amaneciendo y no se sintió capaz de volver a su departamento; además, esa tarde había quedado en encontrarse con Armendáriz y tampoco quería verlo. Le dio al taxista la dirección del boliche de la Diabla.

Bajó del taxi y tiró una piedra a una de las ventanas del piso de arriba. Al rato, alguien le tiró una llave. Facundo abrió la puerta y subió corriendo las escaleras, con la nariz fruncida por el horrible olor a transpiración que había quedado en el boliche. Precipitadamente, entró en la habitación de la Diabla y dijo:

–Vengo a quedarme acá, no puedo estar solo.

–Pasá, belleza, mi casa es tu casa y siempre lo será –dijo la Diabla, que estaba saliendo de su borrachera y no había dormido.

Facundo estuvo a punto de contar el episodio con la Palera, pero prefirió callarse; en cambio, tiró un colchón en el piso, junto al de Juani, que despertó parpadeando como un búho.

–Facun, ¿qué hacés por acá?

Él no contestó y la Diabla se le abrazó a las piernas. Facundo lo levantó del piso y lo sentó a su lado, sobre el colchón. Sonriente, dijo:

–¿Cómo va todo, Diabla?

–Como una mierda. Me está haciendo el jueguito de los celos. Me va a volver loco –y se desplomó, llorando bajito, sobre el regazo de Facundo.

–Eso te pasa por enamorarte de chongos –dijo Joaco, que fingía dormir en una cama.

–¡Callate! –gritó la Diabla, y tiró un cenicero contra la pared.

Juani, resoplando, se levantó en calzoncillos y fue hasta su campera para buscar cigarrillos.

–Diabla, calmate de una vez. Y vos, Joaco, no seas pelotudo.

Joaco siguió riéndose entre dientes y la Diabla lloró aún más fuerte. Juani encendió un cigarrillo y le tiró el atado a Facundo, que lo agarró al vuelo.

–Hoy, temprano, lo vi a tu amigo –dijo.

–¿Qué amigo?

–El rubio que me cruzaba en tu departamento, el que vino acá una vez.

Facundo parpadeó y de pronto toda la escena con la Diabla sufriente entre sus piernas dejó de existir.

–Qué tipo raro –siguió Juani–. Me dio impresión. No sé qué toma, pero le debe hacer mal porque tiene una cara terrible, da miedo.

Facundo sintió cómo se tensaban todos los músculos de su cuerpo. Contenete, pensó.

–Lo vi caminando por ahí. Él no me vio. No creo que pudiera ver nada. Parece loco.

–No está loco –dijo Facundo.

–Pero parece.

Facundo apartó a la Diabla para recostarse sobre el colchón, a pesar de que sabía que no iba a poder dormir.

Joaco se dio vuelta en la cama y murmuró:

–¿No me trajiste un regalito?

Facundo, sin decir palabra, sacó la bolsita de merca del bolsillo y se la tiró a Joaco, que gritó teatralmente: «Te amo». Él no pensaba tomar merca; estaba demasiado nervioso: si tomaba una sola raya estallaría en tres mil pedazos. Además, últimamente no podía soportar bajar. Nunca en su vida había bajado bien; envidiaba a la gente que no se sentía mal cuando se le terminaba la frula.

–Durmamos –dijo Juani, y apagó el cigarrillo para volver a meterse bajo las frazadas–. Chau, chicos.

–Adiós –dijo Joaco, y se levantó de la cama para irse a otra habitación, con la bolsita en la mano.

La Diabla fue dejando de llorar y también desapareció hacia la habitación de al lado, con su pañuelo en la nariz.

Facundo miró el techo, acostado boca arriba, tratando de no contar los latidos de su corazón. Cerró los ojos, pero tuvo que abrirlos y sentarse, por esa desesperante sensación que siempre lo atormentaba cuando no podía dormir. Una vez se la había explicado a Narval, que la había bautizado «FF de una película». A Facundo le causó gracia la denominación por lo exacta; así era, imágenes rapidísimas acosándolo cuando cerraba los ojos, que pasaban con ruidos chirriantes dentro de su cabeza. Sentado sobre el colchón, Facundo empezó a contar mentalmente, a cantarse canciones, a recitar el abecedario eligiendo un país para cada letra y así, pero era inútil. De pronto, oyó la voz de Juani:

–¿No podés dormir?

–No.

–Yo tampoco.

–¿Querés que vayamos a fumar un pucho?

–Sí.

Juani eligió tirarse en uno de los sillones de la zona de reservados del boliche. El olor a encierro y cigarrillo era horrible, insoportable.

–Che, ¿te sentís mal? –dijo, después de echarle una larga ojeada a Facundo.

–Sí, pero no es nada.

–Estás pálido y medio tembleque.

Facundo encendió un cigarrillo y se encogió de hombros.

–¿Fue porque te hablé de tu amigo? ¿Cómo se llama?

–Narval –dijo Facundo, y sintió cómo se le endurecían las mandíbulas–. A lo mejor. Pero no es tu culpa. Eso sí, no la embarres más y no me lo nombres...

–Bien –dijo Juani–. Cambiando de tema, Carolina se fue un rato antes de que llegaras.

Facundo levantó las cejas: realmente, nunca se hubiera imaginado que ella se quedaría en el boliche.

–¿Sí? ¿Y qué hizo?

Juani sonrió y Facundo, comprendiendo, se acomodó en el asiento.

–No lo puedo creer. ¿En serio te la cogiste, Juan? ¿Y le cobraste?

–No, ¿cómo le voy a cobrar? Ella me gusta.

–Es increíble –dijo Facundo, riéndose–. No sabés cómo odia que yo sea chongo, me vuelve loco. Y ahora te conoce a vos y se encama con vos y ninguna, y eso que sabe que somos colegas.

–Con vos parece distinto, debe estar hasta las pelotas la niña.

Alguien golpeó a la puerta y Juani se incorporó, alerta, como un animal olfateando el peligro. La policía solía caer al boliche buscando droga; no podía hacer nada más porque los chicos nunca se acostaban por plata con nadie ahí adentro. Pero del tema de la droga no podían zafar: nunca había tiempo de descartar todo y, si en dos minutos los que golpeaban gritaban que eran ratis, habría que salir corriendo por los techos. Juani y Facundo se incorporaron, listos para huir, con la respiración anhelante.

Volvieron a golpear y una voz aguda gritó desde afuera:

–¿Hay alguien? Soy yo, Agustín.

Juani respiró con alivio, riéndose y puteando nerviosamente; Facundo lo miró extrañado.

–¿Quién es?

–Un pendejo de mierda que empezó a laburar ayer o anteayer. Vino solo, no sé quién le recomendó el boliche. La Diabla ya lo adoptó. Es un muñequito, pero es un gil.

–¿Cómo no lo vi?

–Se lo habrán levantado antes de que llegaras –Juani sacudió la cabeza y sonrió–. Qué alivio. Si caigo en cana de nuevo, quedo guardado –y gritó–: Ya va, nene.

Bajó corriendo para abrir la puerta y dejó pasar a Agustín, un chico de quince años, altísimo, de cabello por los hombros.

–Pasá, la concha de tu madre –dijo Juani–. Y la próxima vez hacé el favor de tirar una tosca por la ventana o gritar quién carajo sos antes de golpear, porque nos asustamos, imbécil. ¿Te lo expliqué o no?

–Bueno –dijo el chico, cansado, subiendo las escaleras. Se detuvo cuando vio a Facundo dedicándole una larga mirada.

–Vos debés ser Facundo –dijo.

–Así es –murmuró él–. La leyenda viviente.

–Sos tan lindo como dice la Diabla –dijo el chico, mientras se metía por una puerta.

Juani volvió a sentarse y encendió otro cigarrillo.

–Este pendejo es insoportable. Además, hay que cuidarlo, no le importa nada, es re-pollo. Pero la Diabla no está en condiciones de cuidar a nadie, yo no puedo y a Joaco le chupa un huevo. Cómo se nota que falta Lautaro, es impresionante.

Facundo se quedó callado. Juani siguió:

–Ésa sí que era una época tranquila. El pendejo este va a terminar en cualquiera. No sé por qué hace la calle. En realidad, tampoco sé por qué la hago yo. Digo, no tengo una historia familiar dramática o algo así. Me gusta esta vida.

–Yo no tenía idea de que iba a terminar en esto –dijo Facundo–. Pero una vez, a los trece años, más o menos, mi vieja me mandó a un profesor particular porque yo era un nabo para las matemáticas. Y el tipo un día me tocó por debajo de la mesa, excitadísimo. Ahí mismo supe lo que tenía que hacer, que podía dominar a ese tipo y a cualquier otra persona que me mirara así. Me dejé hacer, ¿sabés?, y no sentí nada, nada. No hablo de placer, sino de cosas más... importantes. Carajo, tenía trece años, podría haberme molestado o repugnado o confundido o me podría haber re-gustado. Pero no: indiferencia total. Ni siquiera me sorprendió; de algún modo, me lo esperaba. Creo que no sentir nada me dolió muchísimo, más que si el tipo me hubiera violado o algo así. Muchísimo más.

–¿Lo volviste a ver?

–Claro. No me cobró una clase más y yo me quedaba la plata que le mandaba mi vieja.

Juani lo miró detenidamente.

–Es que sos muy hermoso –le dijo, después de un rato–. Tenés algo, además, que es irresistible. Creo que podrías hacer calentar a una piedra.

Facundo apoyó una mano sobre la rodilla de Juani y lo acarició con sus dedos largos.

–¿A vos también te gusto?

Juani se puso tenso y miró para un costado tratando de evitar la mirada gris de Facundo.

–Sos mi amigo –dijo–. Además, siempre que me acosté con tipos fue por plata.

Facundo no le sacaba los ojos de encima.

–¿Y?

–¿Qué?

–Si te gusto.

–No siempre.

–¿Y ahora?

–Ahora sí.

–¿Mucho?

Juani buscó los ojos de Facundo y sintió cómo un enorme calor le subía desde el estómago.

–Mucho –dijo.

Facundo sonrió con tristeza y lo besó en los labios; pero Juani lo apartó un poco.

–No tenés que acostarte conmigo.

–No iba a hacerlo.

–Ya sé –dijo Juani, y lo abrazó–. Debe ser difícil poder conseguir todo y no querer nada.

Facundo no dijo una palabra, pero no pudo evitar morderse los labios con violencia.

–¿Viste que no soy tan estúpido, Facun?

–Nunca pensé que fueras estúpido.

–¿No? La mayoría de la gente sí. En realidad, prefiero ser un poco tarado. Es más fácil. No me gusta amargarme.

–A mí tampoco... Es que no puedo evitarlo.

–Qué mal.

Juani se levantó y sacó una cerveza de atrás de la barra.

–Total, ya no dormimos –dijo. Sus ojos azules chispearon antes de darle un trago a la botella–. Salud –gritó.

Facundo se rió y Juani volvió a sentarse a su lado, haciendo un leve gesto de dolor.

–La otra noche me curtió un tipo de lo más bruto. Me fui de la esquina porque no pasaba nada y caí en el bar de acá cerca, ¿lo ubicás?

–Claro.

–Bueno, me levantó en el baño y esa historia. Una pija enorme y un aliento horrible.

–Gordo, seguramente.

–¿Cómo sabías?

–Los gordos son de lo peor.

–Gordo como una ballena, la muy puta. En fin. Gajes del oficio.

Los sollozos agotados de la Diabla se dejaron oír por un momento.

–¡Qué molestia es este hombre! –gritó Juani–. No va a parar nunca.

–Es peor cuando está en su personalidad histriónica –dijo Facundo, sonriendo.

–No sé. A esta altura, no lo aguanto más. ¿Qué quiere decir «histriónica»? Sos fino vos –Juani bebió un largo trago de cerveza y se secó los labios con el dorso de la mano–. Qué molestia es este hombre –dijo.

25

Narval estaba desde hacía muchas horas sentado en un rincón de su departamento, sucio, sacándose mugre de entre los dientes. Esperando. Pero Ellos no volvían y el sol se asomaba por la ventana. Cerró los ojos y se tapó la cara con un trapo: la luz parecía quemarle la piel y temió quedarse ciego. Oyó cantar a los pajaritos; el hedor de su cuerpo y de la habitación le dio arcadas y vomitó sobre sus piernas encogidas, entumecidas.

Se fueron, pensó, game over.

Se levantó con una mano sobre los ojos para protegerse de la luz. Tenía los pantalones manchados y mojados; en algún momento se había meado encima. Lo más firmemente que pudo, tomó el picaporte con una mano y abrió la puerta. Aparecieron las enclenques escaleras y un nenito que jugaba con un triciclo destartalado. Narval parpadeó, sorprendido. El sol iluminaba el patio y calentaba el aire: no había más murmullos ni gritos incoherentes; sólo el ruido de los autos de la calle y la gente charlando en el patio y los departamentos vecinos.

Dejó la puerta abierta y se sacó la ropa sucia rápidamente. Tenía hambre y sed, el estómago le rugía, la garganta seca. Trató de hablar; estaba un poco ronco, pero la voz estaba ahí. Sonrió. Ellos se habían ido, por el momento. Pero no se alegró demasiado; presentía que iban a volver tarde o temprano.

Narval se metió en el baño y abrió la ducha; el agua estaba helada. Miró el chorro unos instantes y, apretando los dientes, dejó que el agua fría le picoteara todo el cuerpo. Con su remera se frotó la piel mugrienta y rió. Ya no le importaba la temperatura del agua: abrió la boca sobre el chorro y bebió, como si tuviera que calmar una sed de siglos. Después de casi media hora, salió de la ducha tiritando y trató de mirarse en el espejo. Estaba roto: en la desesperación por limpiarse, no había reparado en los pedacitos de vidrio desperdigados por el piso, que le habían cortado apenas las plantas de los pies. Se agachó en busca de un pedazo lo suficientemente grande como para que le permitiera mirarse la cara, pero todos eran demasiado pequeños. Esto es lo que siento, exactamente, pensó: como si se me hubiera caído un espejo en una calle llena de gente. Todos pasan y patean los pedazos y yo quiero juntarlos, pero es al pedo y, sin embargo, no puedo dejar de buscarlos porque de eso depende lo poco de cerebro que me queda, si me queda algo.

Mientras salía del baño, se pasó la mano por la cara; tenía la barba crecida, pero apenas: no habían pasado tantos días, entonces. No tenía la menor idea de cuándo había visto amanecer por última vez. Juntó su ropa sucia y, haciéndola un bollo, la arrojó a un rincón, lo más lejos que pudo. Qué bueno sería, pensó, poder decir dentro de unos años: de pibe estaba tan zarpado que me perseguían tres alucinaciones horribles y yo me pensaba que eran de verdad, qué mal te hacen las drogas.

Se rió un poco de sí mismo y, muerto de frío, buscó algo para ponerse. En medio del caos de comida rancia y suciedad, encontró intactos los pantalones de Facundo: se los llevó a los labios antes de ponérselos y empezó a llorar. Tenía que verlo, necesitaba verlo, esa misma noche, cuanto antes.

Volvió al baño y se enjuagó la boca escupiendo extraños pedacitos oscuros; se metió los dedos para limpiarse mejor y volvió a escupir, asqueado. Seguía llorando, tanto que tuvo que sentarse sobre el colchón. Narval recordó a Ella gimiendo sobre su cuerpo como una bestia moribunda y recordó el odio en los ojos de serpiente de esa mujer horrible cuando él clamaba por Facundo en el piso. Lo recordó perfectamente. Y sintió miedo. Por eso tuvo que salir del departamento para meterse en un bar vacío; pero no podía pedir nada de comer, no tenía un peso y, para evitar que el olor de las medialunas lo desesperara, se metió en el baño y cerró la puerta con el pasador. Leyó los graffitis, enloquecido: Laura te quiero, la tengo de veintidós centímetros, Boca campeón. Alguien golpeó a la puerta y Narval gritó: «Estoy cagando, la concha de tu madre».

Mareado, se bajó los pantalones; miró un rato su pija, encogida por el miedo. «Cosa rara», rió, «porque el miedo me calienta». Suavemente la tomó entre sus manos y empezó a masturbarse pensando en Ella, en Facundo, en los Otros. El semen, pegajoso y caliente, cayó sobre sus manos heladas y Narval se subió los pantalones limpiándose las manos contra las paredes del baño. Ellos seguían sin volver, a pesar de que estaba esperándolos, con la cabeza zumbando y el estómago revuelto.

Salió del bar y levantó la cara para recibir el sol. Volvió a pensar en Facundo, en su sonrisa de dientes blancos, y una inmensa ternura lo emocionó. Lo amo, pensó, y, si Facundo fuera uno de Ellos, todo sería mucho más fácil porque estaría siempre conmigo, como Ellos, como Ellos.

Caminando despacio, volvió a su casa, chupándose los dedos sucios.

26

A lo largo de esos días y noches interminables, Narval había imaginado miles de veces a Facundo, pero ni siquiera se acercaba al Facundo real que estaba viendo desde la puerta de Malicia. Nunca podía imaginarlo tal cual era, con sus ojos fríos, sus movimientos malhumorados, el enorme misterio de su belleza sobrenatural. Parece una estatua viva, se dijo, todos los demás son menos que humanos ante él, no parece del mismo mundo que las otras personas.

Se acercó a la mesa de Facundo, primero caminando despacio y luego cada vez más rápido, aterrado ante la posibilidad de que alguien se interpusiera en su camino y, justo entonces, lo perdiera de vista. A los empujones llegó a la mesa y se sentó. Facundo estaba tomando una ginebra y lo miró sin sorprenderse, la cabeza apoyada en una mano, como si lo estuviera esperando.

–Hola –dijo Narval.

Facundo no contestó. Encendió un cigarrillo y se lo llevó a los labios con urgencia; tiró el humo mirando para un costado, con los ojos enrojecidos, mientras leves espasmos le recorrían el cuerpo, como si recibiera pequeñas descargas eléctricas.

–No quise volver acá desde aquella noche –dijo, todavía con los ojos clavados en la pared–. No quise. Pero hoy no pude aguantar más, aunque tenía la esperanza de que no aparecieras.

–Te extrañé. A lo mejor te extrañé demasiado –dijo Narval, sintiendo cómo se aceleraba su corazón. Acarició suavemente la mejilla de Facundo con la punta de los dedos; supo que un amor demente y ciego estaba carcomiéndole el cuerpo.

–Vamos –dijo Facundo, y terminó su ginebra. Estaba completamente vestido de negro; de pie en la semioscuridad, su rostro blanco resaltaba como huesos iluminados por la luna.

Facundo caminó delante de Narval dando largas zancadas, mudo. Hacía frío; desde la caída del sol soplaba un viento helado que se metía en los huesos y hacía tiritar. Caminaron por innumerables calles, acompañados solamente por el chasquido de las botas de Facundo, con su paso firme, casi marcial, como el tictac de un reloj. Narval empezó a temer por momentos que el ruido de las botas desapareciera, que sólo quedara un amenazador silencio y que entonces Facundo se diera vuelta y fuera uno de Ellos, uno nuevo; no que se transformara en Ella o los Otros, sino que fuera uno más, más aterrorizante que los otros tres. El cuarto jinete, pensó, y de su estómago subió una carcajada sin humor, una risa histérica.

Después de caminar como sonámbulos muchas cuadras, Facundo se detuvo y se dio vuelta; Narval tembló, esperando. Pero sólo escuchó:

–Acá a la vuelta hay un kiosco que siempre está abierto. Compremos una ginebra y después acompañame a un lugar –dijo, pero no esperó la respuesta de Narval. Estaban en La Boca, a una cuadra del Riachuelo. Los barcos muertos, pensó Narval, y no se movió hasta que Facundo, con la botella en la mano, se acercó al puente, los barcos, el chasquido del agua podrida. La niebla parecía una gran bocanada de humo de cigarrillo.

Facundo tomó un trago de ginebra y el alcohol cayó por su barbilla mojándole la polera negra. Al rato se la pasó a Narval, respirando honda y temblorosamente, como si estuviera acongojado después de llorar. Hizo un amplio gesto con la mano, como mostrando todo el puerto. Los barcos se balanceaban, acunados por el agua aceitosa.

–Tengo una imagen recurrente –dijo–. Siempre empieza acá. Camino por un extraño muelle que se pierde en el río, con muchos recovecos. Siempre es al atardecer. Al rato empiezo a tener miedo porque el muelle parece podrido y temo caerme al agua negra, pero miro a un costado y entonces veo la casa. Es una mansión antigua de piedra, que está sobre un bloque de cemento, besada por los lentos golpes del agua del río, como si el agua se hubiera tragado todo lo que había alrededor, que yo sé que eran maravillosos jardines con olor a jazmín y pasto recién cortado, y por un momento me parece ver la casa iluminada por el sol y sentir el olor de las rosas. Pero la casa está muerta, cubierta de enredaderas y madreselvas secas, con las ventanas cerradas y derruidas, la puerta con un candado y el olor a muerte y curtiembre del río entremezclado con el olor a madera podrida, a encierro, a ratas. Yo quiero verla mejor y entonces desaparece entre los barcos y los guinches; sé que el río se la tragó, a pesar de que era una casa hermosa y los dueños la iluminaban para que todos pudieran verla, orgullosos. Pero ahora está vacía y sólo hay fantasmas en la casa de los Mora Acevedo.

Facundo hizo una pausa, bebió un largo sorbo de la botella y miró a Narval, que lo escuchaba en silencio.

–Ése es mi apellido –dijo después.

–Nunca me lo habías mencionado –dijo Narval.

–No preguntaste –Facundo bebió otro trago y tosió. Tomó un poco de aire y siguió hablando–. A veces le pregunto a la gente si conocen la leyenda de esa casa; muchas veces termino de coger con alguien y, en lugar de irme a dormir o a levantar a alguien más, me vengo a caminar por el puerto, por toda la orilla del Riachuelo, hasta Avellaneda, buscando el camino de troncos, el muelle que termina en la nada, pero es inútil, la casa no existe. Y no puedo creerlo. A veces la angustia de no poder encontrarla hace que me duela el pecho, tanto que me asusto, pero se calma enseguida. No puedo sacarme la tristeza de encima en varios días. Creí que nunca podría sentir una tristeza igual.

–Vamos a buscar la casa –dijo de pronto Narval.

Facundo apoyó la botella de ginebra en el piso después de tomar, tambaleando, y se rodeó el cuerpo con los brazos.

–Es al pedo. No está. Nunca voy a encontrarla.

–Vamos, Facundo –dijo Narval, acercándosele.

–No –y, cuando Narval notó que a Facundo se le quebraba la voz, lo abrazó con brusquedad y, entre las nieblas del alcohol, hundió la cabeza en los cabellos oscuros, en el olor de esa piel, y lo besó desesperadamente; primero los ojos, después el pelo, los hombros, los labios, con las manos sobre las mejillas heladas de Facundo.

–Te quiero –dijo–. Tanto que no sé qué hacer. ¿Sabés lo mucho que te quiero?

Facundo se desprendió del abrazo de Narval y trastabilló, tratando de agarrar la botella del suelo.

–Vamos a un bar –dijo–. A ponernos en pedo hasta desmayarnos.

–Ya estamos muy en pedo.

–Más –dijo Facundo–. No quiero recordar esto.

Dobló una esquina y entró decididamente en un pequeño bar de paredes verdes y amarillas, con la cara de Gardel pintada en los vidrios. Quedaba poca gente adentro, dos hombres solos en distintas mesas y una pareja que se besaba en un rincón.

–Qué tal, pibe –le dijo a Facundo el hombre que atendía.

–Traeme dos vasitos de ginebra –pidió Facundo con voz pastosa, y saludó al tipo con una sonrisa.

–¿Lo conocés? –dijo Narval.

–Ajá. Te dije que ando seguido por acá, buscando aquello, y termino siempre en este bar porque nunca hay nadie.

El hombre trajo los vasos.

–¿Cómo van las cosas, pibe? –dijo.

–Mal.

El hombre le palmeó el hombro a Facundo y se fue, caminando pesadamente. Facundo bebió a sorbitos del vaso, asqueado de tanto alcohol. Pronto dejó de sentir las piernas y recordó la última borrachera que se había pegado en ese bar, en esa misma silla. Había despertado con un corte en la frente y un dolor de cabeza increíble, sobre una cama que el dueño del bar improvisó junto a la puerta del baño con unas cuantas mantas sucias, que olían a perro. Facundo se preguntaba por qué el tipo no lo había echado, como era lógico, pero jamás ninguno de los dos mencionaba el tema.

Al tercer vaso de ginebra, Narval quiso levantarse para ir al baño, pero volvió a caerse en la silla, riendo. Facundo escupió el líquido que tenía en la boca sobre la mesa y se rió a carcajadas, golpeándose las piernas con los puños. Narval murmuró «voy a mearme sobre la silla» y Facundo se dobló en dos de la risa, con los ojos húmedos. La pareja del rincón los miró sonriendo y, en la pesadez del alcohol, Narval sintió que los ruidos estaban yéndose, que algo se desplazaba, y vio que Ella empujaba la puerta del bar haciendo sonar las campanitas que colgaban del marco.

Facundo se había tranquilizado un poco y reía bajito, con su rostro enrojecido por la borrachera. Como si fuera el espectador de una película, Narval vio que Ella se sentaba junto a Facundo y bebía de su vaso, mirándolos.

Él también la ve, pensó de golpe Narval. Ya no le brillan los ojos. ¿O no pareció, cuando Ella cerró los dedos sobre el vaso, que Facundo estaba sobrio? Y esta risa de ahora es falsa, está fingiendo. Él la conoce, Dios mío, él es uno más. Bruscamente se apartó de la mesa y salió corriendo, cayéndose en la vereda, chocando con las paredes, seguro de que Facundo lo había emborrachado por algún motivo relacionado con Ella. Antes de llegar a la esquina, se cayó de cara contra el piso y la cabeza le dio tantas vueltas que no pudo volver a levantarse. Luchó contra el mareo y el zumbido en los oídos y de pronto escuchó un grito, aumentado por el eco.

–¡Ey!

La silueta de Facundo, negra y alta, se recortó como una sombra a pocos pasos de Narval; caminó tambaleante y la luna iluminó sus ojos grises. A pesar de que no le veía toda la cara, Narval supo, por la expresión de los ojos, que Facundo sonreía.

–¿Adónde vas, Narval? –oyó que le gritaba, arrastrando las palabras. Facundo dio un paso más y su rostro blanquísimo recibió de lleno la luz; entonces, se metió dos dedos en la boca, los humedeció con la lengua y comenzó a acariciarse el cuerpo con una sonrisa cruel y una lujuria malsana en la mirada. Sin dejar de pasarse la lengua por los labios, detuvo las manos entre las piernas y las separó.

–¿Adónde carajo vas? –volvió a gritarle, y, echando la cabeza hacia atrás, rió, casi le ladró a la luna.

Narval, aterrado, resbaló en el pavimento: volvió a caer, pero se levantó y corrió alejándose de las risotadas espantosas de esa silueta negra que se convulsionaba bajo las estrellas. Y casi rió sin ganas él también cuando, al doblar la esquina, Ella lo frenó tomándolo por los hombros, echándole el aliento inmundo en la cara. Narval siguió riéndose hasta que se escuchó a sí mismo sollozando y Ella lo arrastró a una casa. Seguramente esta casa tampoco existe, pensó. Qué falta me hace un pico, el último pico. Ella, que siempre adivinaba sus pensamientos, le acarició el cuello y le susurró al oído que tenía todo lo que él quería. Todo.

27

Narval se descubrió las marcas de los picos en el cuello cuando se afeitaba. Ella se había ido dejándolo dormir; el amanecer llegó como cualquier otro. Entonces Narval decidió afeitarse: parecía lo más lógico, si el día iba a ser un día normal. Necesitaba comenzar un día común, necesitaba sentirse una persona común. Primero salió a comprar un espejito con unos billetes que Facundo alguna vez le había dejado en el bolsillo del pantalón. Después se afeitó sentado en el inodoro. Entonces descubrió las marcas, ahí, reales, tan reales como la luz del día reflejándose en el espejo.

Narval nunca se picaba en el cuello, salvo cuando estaba con Ellos. Claro que con Ellos estaba en algún otro lado; en cualquier caso, no en este mundo. Cubierto de sudor frío, murmuró: «La gran puta». El espejito nuevo reflejaba partículas de polvo que flotaban en el aire.

Ellos no son reales. No pueden serlo, pensó. Pero, si anoche Ella se sentó en la mesa del bar y bebió del vaso de Facundo y él la vio, este pico es real. No. No. No puede ser. Sólo me pareció que la veía porque estaba borracho y porque él estaba muy raro. Pero Facundo siempre es raro y, aparte, estaba más en pedo que yo. Son alucinaciones mías: él no la vio. O no quiso verla. O hizo como que no la veía. No. Son alucinaciones. ¡Son alucinaciones!

Y lo repitió en voz alta mientras revisaba enloquecido todo su departamento, buscándolos entre las sábanas, en los rincones, debajo de los muebles, bajo la ropa sucia. Pero no estaban y lo sabía: lo habían dejado solo para que se diera cuenta de que existían realmente.

Volvió a revisarse el cuello con el espejito: las marcas estaban justo debajo de su oreja izquierda, un pequeño hematoma morado con puntitas rojas. Furioso, tiró el espejo al piso, que se partió por la mitad.

–¡Ellos no existen! –gritó–. ¡Estas marcas no existen!

El esfuerzo del grito lo hizo toser y se dobló sobre sí mismo. No pueden dejarme marcas, ni en el cuello ni en ningún otro lado, pensó, pero el caso es que me las dejaron en el cuello. Su propio razonamiento le causó gracia. Rió agarrándose la panza y tropezando con los platos y la basura tirada en el piso. El ruido de sus carcajadas lo asustó.

–No es cómico –dijo en voz alta, extendiendo el dedo índice de su mano y moviéndolo mientras hablaba, como si estuviera retando a alguien–. Si me da risa, es que estoy completamente loco.

Tenía frío. Se sentía débil, agotado, como cuando se picaba. Sentía los restos de la cocaína bailoteando por su cuerpo, las mandíbulas doloridas de tanto apretar los dientes, el dolor de las agujas en el cuello. Y tembló ante el recuerdo; él no podía picarse solo en el cuello porque no sabía cómo. Necesitaba que alguien lo ayudase; y Ella lo había ayudado, por supuesto.

Todos los poros del cuerpo se le abrieron y el sudor empezó a manar de su frente y a gotearle sobre los labios. Sintió su propio olor a adrenalina, a miedo, y las manos empapadas se sacudieron, tanto que Narval no podía distinguir sus dedos si las miraba mucho tiempo.

–Basta –murmuró, agarrándose las piernas, pero no le obedecieron y los músculos siguieron contrayéndose en pequeños espasmos descontrolados. No quería dejarse llevar y apretó los dientes; masticó algo extraño y tuvo una arcada. Cayó al piso, pero no pudo vomitar porque no tenía nada en el estómago. Escupió varias veces más, corrió al baño a lavarse la boca. En el agua que salía de su boca se distinguían cositas negras. Cerró fuerte los ojos y se aferró al lavatorio con las dos manos.

Salió corriendo del departamento y en su carrera se llevó por delante al nene del triciclo, que cayó al piso gritando. Pero Narval siguió corriendo, buscándolos con desesperación, para que Ellos le explicaran todo. Tenía la mitad de la cara afeitada.

28

Facundo pitó el cigarrillo furiosamente, quemándolo hasta el filtro. Estaba sintiéndose casi claustrofóbico en su departamento, pero no sabía adónde ir. Llevaba horas encendiendo y apagando el televisor, preparándose comida que no podía tocar y que Lord Byron también ignoraba. Aplastó el cigarrillo en un cenicero que había puesto sobre la pila de libros que no conseguía leer porque no podía concentrarse demasiado tiempo en nada. Suspiró. Le dolía la cabeza por la borrachera, las aspirinas sólo habían conseguido que, además, le ardiera el estómago.

Fue al baño a mojarse la cara y se quedó un rato mirándose en el espejo. Lo sorprendió un poco que su cara siguiera siendo hermosa a pesar de la palidez y las ojeras alarmantes. Estaba incluso más lindo que de costumbre, por el extraño contraste de la piel tan blanca y el cabello tan oscuro, todo perfeccionado por los ojos claros afiebrados, llameantes, y la boca roja, carnosa, que se cerraba sobre los dientes blancos.

Sonó el timbre y Facundo sonrió, todavía mirándose al espejo. Exactamente lo que necesitaba: compañía para aliviar la espera. Sabía que iba a volverse loco si seguía quedándose solo.

–¿Quién es? –gritó.

–Juani y más gente.

Facundo abrió la puerta y Esteban entró gritando: «Qué buen departamento, loco, qué buen departamento».

Juani y Carolina entraron también, riéndose.

–¿Qué hace éste acá? –dijo Facundo, mientras cerraba la puerta–. Mejor dicho, ¿qué carajo hacen los tres juntos acá?

Juani abrazó a Carolina desde atrás para besarla en el cuello.

–A ella me la presentaste vos, ya sabés. El loco estaba en la casa de ella. ¿Cómo es que se llama?

–Esteban –dijo Carolina.

–Esteban. Bien, yo pasé a buscarla a ella y decidimos venir para acá y Esteban se vino con nosotros –Juani se encogió de hombros.

Esteban caminaba por el departamento tocando todo.

–Ni se te ocurra tocar al gato porque odia a la gente –le gritó Facundo. Esteban no lo escuchó; estaba entretenido mirando los compacts.

–Armate otro porro, Esteban –dijo Carolina, y se sentó sobre los almohadones, golpeando uno con la mano para que Facundo fuera a sentarse a su lado. Cuando lo tuvo cerca, lo rodeó con los brazos y lo besó en la mejilla.

–A partir de hoy, voy a ponerme las pilas, voy a dejarme y dejarte de joder. Te lo prometo.

Juani gritó desde la cocina:

–¿Tenés cerveza?

–Sí –dijo Facundo, y luego murmuró, en voz baja–: ¿Y, entonces, por qué estás con él?

–Porque me gusta.

Juani volvió con una cerveza abierta, seguido por Esteban, que había terminado su inspección e intentaba infructuosamente armar un cigarrillo de marihuana.

–Dame –dijo Facundo. Lo ponía muy nervioso que la gente no supiera armar un porro–. Mirá, es una cuestión de supervivencia: una persona que no sabe cocinar ni manejar ni armar un porro no es totalmente libre.

Con sus dedos largos hizo un simple movimiento y armó un precioso cigarrillo. Se lo dio a Juani, que lo encendió sonriente, aguantando mucho tiempo en los pulmones el humo dulzón.

–Me encanta drogarme –dijo después.

–A mí también –dijo Carolina–. Sobre todo, fumar. No me veo de cuarenta años tomando ácido o merca, pero sí fumando. ¿Vos, Facun?

Facundo sonrió débilmente.

–No me veo de cuarenta. No creo que llegue.

–No digas eso –dijo Carolina.

Esteban fumó dos pitadas y anunció:

–Tengo que contarles una cosa.

–¿Qué? –dijo Juani.

–El otro día jugué al juego de la copa y hablé con el Diablo.

–¡No te puedo creer! –dijo Facundo, y se rió.

–Es en serio, no te rías.

–¿Y cómo sabés que era Satanás?

–Me lo dijo.

–No creas en todo lo que te digan –Facundo tomó un largo trago de cerveza.

–Es cierto. Hace tres días que no duermo del cagazo. Me dijo que se iba a comunicar de nuevo y marcó el 666.

–Un Fausto moderno –dijo Facundo.

–Cortala o no cuento más.

–Dale, seguí, quiero saber.

–Bueno, la copa se puso totalmente fría y se movía muy, pero muy rápido, como nunca. Escribió que era la Bestia, después siguió hablando en un idioma que no conozco y a lo último dijo en castellano que quería volver a comunicarse. Nada más.

–¿Por qué no te comunicás vos primero? –dijo.

–¿Cómo?

–¿No eras un estudioso de lo oculto?

–Me gusta, sí, y además tengo una sensibilidad especial, pero no sé cómo.

–Es fácil. Dibujá con tiza en el suelo una estrella de cinco puntas encerrada en un círculo. En el triángulo de arriba van los nombres o los símbolos de los tres primeros: tu amigo Lucifer, Astaroth y Belcebú. En los otros triángulos tenés que poner los nombres de seis demonios inferiores, dos sirvientes para cada uno de los capos. Y en el último los tres nombres secretos, Agla, Adonai... bueno, no importa. Después viene toda una serie de invocaciones que no me acuerdo bien. Si puedo, algún día te lo explico mejor. Igual, lo muestran en muchas películas malas.

Esteban estaba boquiabierto.

–¿Vos lo hiciste alguna vez?

–No, nunca, para qué.

–¿Y de dónde lo sacaste?

–Algún libro, qué sé yo.

–Basta –dijo Carolina–. Tengo miedo.

Facundo se rió y siguió hablando con Esteban.

–Probá, a lo mejor te sale.

–Basta –repitió Carolina.

–Voy a probar –dijo Esteban, entusiasmado–. Quiero pedirle algo.

–No creo que tengas muchas posibilidades de «pedirle algo». A lo mejor ya perdiste el alma.

Carolina gimió.

–¿Vos no le pedirías algo? –dijo Esteban.

–Claro –dijo Facundo–. Vida eterna, a cualquier precio.

Juani puso el porro en una tuquera y sentenció:

–¿Para qué bosta quieren hablar con el Diablo? Es un pelotudo el Diablo ese.

Facundo se dejó caer sobre los almohadones, riéndose a carcajadas; Esteban abrió mucho los ojos, evidentemente ofendido.

–¿Qué decís, flaco?

–Es así –siguió Juani–. El Barbudo manda, ¿no? Y este diablo, con otros loquitos, ¿cuántos serían?

–Millones –dijo Facundo.

–Bueno, unos cuantos, ponele, lo fueron a bardear al Barbudo. Y el Barbudo los sacó cagando. A mí no me dan miedo: el Barbudo sigue mandando, firme, y los otros deben andar llorando por ahí, si es posible algo tan estúpido como que haya Dios y Diablo.

–Estás hablando pavadas –dijo Esteban, y miró a Facundo buscando un aliado; pero él seguía riéndose, con la cabeza entre los almohadones.

–Basta, Juani, me voy a morir de risa –dijo Facundo.

–No te mueras, Facundito.

Esteban abrió la boca para decir algo más, pero Juani lo interrumpió:

–Hablando de diablos, Facun... Me olvidaba de decirte que la Diabla me pidió que te viniera a ver. Por eso pasé por lo de Caro y vinimos juntos. Está preocupado por vos.

–Decile que se quede tranquilo.

–¿Se puede quedar tranquilo?

Facundo no contestó. Juani lo miró detenidamente, con sus ojos adormecidos.

–¿Te acordás de qué día es hoy?

–No tengo la menor idea.

–Hoy hace tres años de que me encontré con vos y Lautaro.

–¿Llevás la cuenta?

Juani asintió levemente y no dijo nada más.

Facundo lo puteó por dentro por haberle hecho recordar a Lautaro. Como todas las veces que alguien lo nombraba, revivió la noche de la pelea, cuando Lautaro le gritó *«corré»* mientras se trenzaba solo con tres tipos grandotes que llevaban cuchillos. Había dudado un momento, pero se decidió, corrió hasta un portón y se ocultó ahí para ver la pelea, los movimientos precisos, pero inútiles, de Lautaro, la torpeza eficaz de los otros. Era tan distinto a las peleas de las películas, una pelea de verdad era mucho más rápida. Y completamente silenciosa, salvo por los bufidos y las puteadas. Los tipos se habían ido corriendo cuando Lautaro cayó al piso. Facundo se acercó despacio, sin saber qué hacer, sintiéndose aliviado por no ser él quien yacía en un charco rojo. Sin embargo, se quedó con Lautaro entre los brazos, manchándose de sangre, sin derramar una lágrima, viéndolo morir. Odió a Juani por recordarle todo aquello, odiaba preguntarse cuánto había querido a Lautaro, preguntarse si podía realmente amar a alguien. Y supo que no podría dejar de pensar en Narval, en si era capaz de sentir algo con toda intensidad, a pesar del miedo. Facundo se levantó de golpe y, para sorpresa de Juani, Carolina y Esteban, abandonó el departamento sin decir palabra.

29

Cuando Facundo volvió al departamento, era casi de madrugada. Entró en el living a oscuras y oyó los grititos de Carolina, que cogía con Juani en la cama. Ni se molestó en decir nada: se acostó en el piso y se despertó varias horas después, con el cuello y los hombros doloridos, contracturados. El almohadón que había usado como almohada era demasiado duro; sin embargo, había dormido profundamente y sin sueños. Creía recordar que Esteban lo había despertado a los sacudones en algún momento para que le abriera la puerta y lo dejara salir. Y que, todavía mareado por la borrachera, se preguntó por qué motivo estaba durmiendo en el piso, pero, al ver las rubias cabezas de Juani y Carolina sobre su cama, recordó, y volvió a acostarse y se durmió instantáneamente. Hacía mucho que no dormía así.

Acarició su cuello y se levantó para hacerse un café; le dolía la cabeza todavía y tenía el estómago revuelto, tanto que sabía que incluso el café le daría náuseas. Puso agua en el fuego y al rato Juani se asomó a la puerta de la cocina, en calzoncillos, con el pelo revuelto y los ojos hinchados.

–Perdoname, Facundito, estábamos demasiado ebrios para damos cuenta de que estábamos usando tu cama.

–Está todo bien. Si no, los hubiera hecho levantar. ¿Un café?

–Sí. ¿Y el otro pibe, el diabólico... cómo es que se llama?

–Esteban. Se fue.

Juani se quedó callado, mirando a Facundo, que encendía el primero de sus cuarenta cigarrillos diarios.

–Te vas a morir, sos una chimenea –le dijo, y aceptó el pucho que le ofrecía Facundo. La primera pitada lo mareó un poco y se deslizó contra la pared hasta quedar en cuclillas–. Hacía mucho que no me despertaba con alguien que no me paga por coger. Salvo la Diabla, claro. Pero no es lo mismo porque de alguna manera él paga también. Es raro.

–Sabés lo que estás haciendo, ¿no?

–¿Con Caro? Facundo, no soy tan estúpido. Está conmigo porque quiere estar cerca de vos o algo como eso. Por eso, nada más. Pero es una mina bárbara, es hermosa y, bueno, está todo bien.

Facundo lo miró sonriendo.

–¿Querés azúcar?

–No, así nomás.

Facundo sirvió dos tazas humeantes y miró el reloj que colgaba en la pared; apenas podía creer que fueran las cuatro de la tarde.

–Qué manera de dormir, por Dios –dijo–. Nunca duermo tanto, no sé qué me pasó. Fue fantástico.

–Yo también dormí como un tronco. Es que estábamos tan borrachos… Una pregunta: ¿por qué nos pusimos tan borrachos?

–Creo que alguien encontró un fernet.

–Yo lo encontré, ahora que lo decís.

–Odio el fernet –dijo Facundo.

Juani sopló el café caliente, para que se enfriara.

–Me arde el estómago –dijo.

–A mí también –Facundo se asomó a la puerta para comprobar que Carolina seguía dormida; ella se dio vuelta en la cama, pero después volvió a quedarse quieta.

–Juani, hay algo que quiero decirte. Pero ayer no era el momento.

Juani, sorprendido, apoyó la taza sobre la mesada.

–Hace poco –siguió Facundo–, le dije a Narval que no me importaría que vos te murieras mañana; no lo dije por vos solamente, pero creo que en ese momento estabas incluido. Y, bueno, no es verdad. Tenía que decírtelo, no podía quedarme con eso. Vos ni siquiera lo sabías, pero… bueno.

Juani se quedó mirándolo un rato y sonrió.

–Sos raro, Facundo.

Él suspiró.

–Estoy harto de que me digan eso.

–Me imagino, porque sos raro. Desde la madrugada, en lo de la Diabla, ¿te acordás? Cuando hablamos y vos me acariciaste la pierna y eso. Bueno, desde esa vez se me está haciendo bastante jodido dejar de pensar en vos. Ya se me va a pasar, pero...

Facundo apagó el cigarrillo y se sentó en una silla con la cabeza apoyada en las manos. Carolina había despertado por fin y apareció en la cocina, con la remera de Juani y descalza. Besó a Facundo y se sentó sobre Juani, abrazándolo.

–¿Interrumpo?

–No –le contestaron al unísono, y ella dedujo que sí estaba interrumpiendo, y de qué manera. Pero no le importó: estaba feliz, radiante, y se desperezó como una gata.

–Facun, sos una mierda –dijo después.

–Ya sé. Pero, si me decís por qué, quizá sea más fácil de sobrellevar.

–Soñé con vampiros toda la noche por lo que le dijiste a Esteban.

–Lo que es una mierda es tu subconsciente, no yo.

–¿Lo dijiste en serio?

–Caro, ¿por qué esta charla cuando recién me levanto con una resaca indescriptible? Sí, lo dije en serio.

–¿De verdad le pedirías al Diablo vida eterna? ¿No te aburrirías?

–No es cuestión de aburrimiento, es que no quiero morirme y no veo cómo podría ser aburrido. Morir no es dormir, nena; es no ser. Y eso es algo demasiado enorme como para que te lo puedas imaginar.

–Pero, Facun...

–Pará, Caro –dijo Juani, que había visto a Facundo palidecer y apretar los dientes.

–¿Por qué te enervás con algo tan tonto? No es para tanto –dijo ella.

–Sí es para tanto. Es lo único que importa –Facundo se levantó y buscó las llaves–. Voy a salir a dar una vuelta.

–No te enojes –dijo Juani, y se sobresaltó por el violento portazo que dio Facundo al salir. Unos segundos después lo oyeron gritar del otro lado de la puerta: «No tengo otra llave, dejen abierto y váyanse».

30

Facundo caminó durante horas, sin pensar, y su frenético vagabundeo terminó en las vías abandonadas. Buscó un agujero en el alambrado para pasar; las vías no se usaban desde hacía meses, un cerco de metal entretejido cuidaba los galpones que guardaban las máquinas.

Encontró un lugar donde el alambrado había caído al piso. El pasto estaba crecido.

A Facundo le gustaba el abandono de ese lugar, su silencio interrumpido sólo por las voces de los chicos que jugaban detrás de los matorrales. Encendió un cigarrillo; a lo lejos veía el puente que cruzaba las vías, por el que nunca pasaba nadie. A sus espaldas estaba el galpón de paredes de ladrillo medio derrumbadas; por los agujeros podía verse una antigua locomotora abandonada, muerta. Se sentó, después de limpiar un poco el piso, que estaba lleno de vidrios rotos.

Narval y Facundo habían descubierto ese lugar por casualidad; en invierno pasaron noches junto al galpón, al lado de un improvisado fueguito, fumando marihuana hasta el amanecer. Por eso Facundo no se sorprendió cuando Narval apareció de pronto, a pesar de que no había oído pasos, ni un solo ruido en el inmenso silencio de las vías, como si Narval hubiera urgido de la nada o del galpón donde dormía la locomotora.

–Hola. No sabía que iba a encontrarte acá.

–Estuve esperándote –dijo Facundo, mientras miraba enrojecer el cielo–. Hace días que espero. Y ahora que estás acá, no sé. Es tan...

–¿Tan qué?

–Tan doloroso.

Narval no contestó: se agachó y lo besó, un beso profundo y largo que le hizo estremecer el cuerpo. Se interrumpió cuando Facundo se incorporó de golpe, con la mirada alerta, olfateando el aire.

–¿Qué te pasa?

–¿No sentís el olor? Hay algo muerto por acá.

Narval olfateó también.

–Yo no huelo nada –dijo, y de golpe sintió que respiraba un aire caliente, enrarecido. Es Ella, se dijo, con su olor a muerte, escondida entre el pasto crecido, espiando, y cerró, aterrado, los ojos.

–Mientras no sea un tipo muerto… –dijo Facundo.

Narval se paró de un salto y le tendió la mano.

–Vámonos de acá.

–¿Por qué? Probablemente sea un animalito.

–Vamos.

Facundo obedeció; pero, cuando estuvo parado, señaló entre unos pastos y dijo:

–¿Ves? Ahí está, es un gatito muerto, pobrecito.

Narval se relajó un poco y se pasó una mano por la frente.

–Mejor. Igual, este lugar ya no me gusta.

Arrastró de la mano a Facundo por un camino de tierra mientras se hacía de noche. Encontró un agujero en el alambrado y soltó la mano de Facundo para poder pasar. Cuando salieron a la calle, lo abrazó. Caminaron así un par de cuadras, divertidos cuando la poca gente que pasaba se daba cuenta de que eran dos hombres.

La calle de empedrado al costado de las vías era bastante oscura; los faroles, rotos a piedrazos o simplemente inútiles. Sólo una casa estaba iluminada por el único farol sano de la cuadra y Narval se detuvo enfrente.

–¿Ves esa casa? –dijo.

Era de dos pisos, un gigantesco cuadrado blanco manchado por la humedad, con cuatro ventanas y una puerta y un garaje al costado. Algo en ella molestó a Facundo: la casa era extraña, como si hubiera sido dibujada por la torpe mano de un nenito.

–¿Qué pasa? –dijo.

–Mirá el piso de arriba. Está vacío.

Así era. No tenía ni siquiera persianas, la luz de la calle iluminaba las enormes habitaciones vacías.

–Fijate. No hay nada. No tienen luz. ¿Ves los agujeros en el techo? No hay lámparas. Siempre que vinimos acá me llamó la atención que viviera gente, que hubiera un coche en el garaje, y que arriba no hubiera nada de nada.

Facundo pensó que no tenían nada de raro esas habitaciones vacías, quizá en construcción. «Pero las habitaciones tan vacías...», repitió, y sintió miedo.

–Una vez, hacía poco que nos conocíamos, soñé que pasaba por acá y vos estabas en una de esas ventanas –dijo Narval–. No asomado, o por ahí sí, pero justo antes de que yo pasara porque, cuando te vi, diste un paso atrás o algo. Te escondiste como si no quisieras que te viera. Lo loco es que es el último sueño que recuerdo. Ahora creo que ya no duermo; por lo tanto, ya no sueño. Creo que ya no sé qué soy, ni siquiera.

Facundo miró la ventana en silencio.

–¿Cómo sabías que era yo, Val?

Narval sonrió y volvió a sentir ese amor desesperado que parecía machacado por dentro con los fuertísimos latidos de su corazón.

–Lo sabía. Puedo reconocerte en cualquier lado, Facun. En una multitud serías el único al que vería.

Facundo se miró las puntas de los pies.

–Quiero ir a tu casa –dijo Narval.

–Está bien.

–Pero antes necesito preguntarte algo.

31

–Preguntame, Val –dijo Facundo, y lo miró poniéndose las manos en la cintura. Narval respiró hondo.

–¿Por qué hiciste eso la noche que fuimos a La Boca?

Facundo lo miró directamente a los ojos.

–Estaba borracho.

–¿Eso solo?

Facundo volvió a mirar la casa y apartó los ojos enseguida.

–¿No viste algo en el bar?

–¿Algo como qué? ¿Qué tendría que haber visto?

Narval titubeó.

–Mirame –dijo.

Facundo le sostuvo la mirada mordiéndose los labios.

–¿Qué querés saber? –dijo.

–Qué viste.

–Nada. ¿De qué mierda hablas? –Facundo volvió a bajar los ojos y Narval sintió que no le creía una palabra, ni una.

–Estás mintiendo.

Facundo se alejó, furioso, y pateó una botella de vino que se destruyó en pedazos contra la vereda.

–¡No! –gritó–. No sé de qué estás hablando, ¿por qué carajo hacés esto?

Narval lo arrinconó y le tomó la cara con las dos manos.

–Decímelo mirándome a los ojos. Decime la verdad.

Facundo se acercó a la cara de Narval, que respiraba agitado.

–*No-vi-na-da* –dijo en un susurro.

Narval le apretó las sienes aún más, clavándole las uñas en la piel hasta que Facundo le dio un empujón sorprendentemente fuerte, que lo hizo caer al piso. Intentó pasarle por encima; pero Narval lo hizo trastabillar agarrándole una pierna y rodaron por el empedrado, peleando enredados, en silencio. Facundo logró levantarse, pero un derechazo en la boca lo derribó de nuevo y su cabeza dio un golpe seco contra el cordón. Respirando entrecortadamente, se miraron a los ojos un segundo y Facundo se limpió la sangre que caía de sus labios: fue un gesto simple, desafiante, pero Narval necesitó sentir el gusto de esa sangre, beberla, y se le tiró encima. Buscó los pantalones de Facundo y los desprendió. Cuando vio aparecer las caderas delgadas y pálidas, supo que todo daba igual porque cuando lo tenía entre sus brazos nada más importaba. Quiso confesarle que moriría por él, que mataría por él. Entonces, empezaron a zumbarle los oídos y cerró los ojos esperando que Facundo se transformara en Ella, retorciéndose entre sus brazos como un pez escurridizo. Abrió los ojos; aterrado, descubrió el cuerpo pálido de su amigo, sintiendo que, a pesar de todo, era lo mismo que con Ella y se dijo que esta vez Facundo no estaba fingiendo ni soportándolo ni divirtiéndose como otras veces. Miró el largo cabello negro enredado entre sus dedos y sintió en la garganta el dulce gusto de la sangre y se dijo que quizá Facundo también lo amaba.

Entonces, él se soltó y corrió por la calle, tomando aire a bocanadas. Narval lo siguió con la mirada mientras la sensación de instantes antes desaparecía tan súbitamente como había llegado: los oídos dejaron de zumbarle y el temblor convulsivo abandonó su cuerpo. Se levantó y corrió hasta alcanzarlo.

–¿Qué hiciste? –tartamudeó Facundo, sin mirarlo. Narval no podía verle la cara.

–No sé. ¿Qué te pasa?

Facundo se sentó en el cordón de la vereda y Narval, arrodillado a su lado, le sacó el pelo de la cara. Facundo le tomó la mano y la apoyó sobre su pecho para que él pudiera sentir su corazón corriendo como una locomotora, tan rápido que era casi imposible distinguir los latidos.

–Apenas puedo respirar –dijo, y bajó la cabeza, pero mantuvo la mano bien apretada–. Parece que quisiera destrozarse contra las costillas.

Los ojos de Narval se humedecieron. No podía contenerse, no podía parar; sabía que algo se había roto, algo estaba pasando, pero no pasando con minúscula, sino PASANDO, como si la última pieza del engranaje hubiera caído en su lugar y la rueda empezara a girar, imparable, implacable. Apoyó la cabeza contra el pecho de Facundo, sobre su corazón enloquecido, y se abrazó a él deseando morir, llorando como nunca antes.

–Perdoname –alcanzó a decir, pero Facundo no le contestó.

Narval levantó la cabeza para mirarlo y se asustó cuando vio esa cara espectral que tenía los ojos cerrados. Acarició el hermoso rostro, los labios enrojecidos por la sangre, las largas y brillantes pestañas oscuras. Facundo abrió los ojos despacio y los volvió a cerrar, sin mirarlo.

–Llevame a casa –dijo, al rato. Narval lo ayudó a levantarse porque Facundo temblaba demasiado como para caminar solo; estaba seguro de que él lo sabía todo, lo entendía todo.

–Por favor, no llores más, Val –dijo Facundo en voz baja–. Y no juegues más.

–¿Cómo se hace para parar?

–No creo que se pueda.

Había tanto miedo y resignación en esa voz que Narval quedó paralizado.

–¿Sabés lo que me está pasando? Explicámelo, por favor.

–No sé nada –dijo Facundo, y empezó a llorar también, dejando que las lágrimas cayeran despacio por sus mejillas hundidas–. Andate, Val, por favor.

–No voy a dejarte así, estás mal.

–¿Y qué? Vos no me hacés mejor, te lo aseguro. Ya me pasó otras veces; tengo que dormir. Andate. Dejame solo. Ahora –y empezó a alejarse caminando despacio, tambaleante.

Narval se detuvo mirándolo alejarse de las vías, en la semioscuridad. Sólo cuando se convenció de que Facundo era imposible, de que no podía existir algo como él y de que le había mentido todo el tiempo, le dio la espalda y caminó él también.

32

Armendáriz cometió tantos errores esa mañana en la oficina que se dijo que estaba perdiendo completamente el control. En la reunión con los empresarios que prometían conseguirle el negocio de su vida, no había podido decir palabra, hipnotizado porque uno de ellos fumaba los mismos cigarrillos que Facundo. Era sólo un detalle, pero había disparado dentro de su cabeza una secuencia de recuerdos: Facundo apagando un cigarrillo en el piso, su elástico cuerpo arqueado para alcanzar el encendedor, el cigarrillo colgando de sus dedos largos, los ojos grises parpadeando cuando le molestaba el humo.

Había decidido que a la una en punto iría al departamento; desde entonces, miraba el reloj a cada rato, sin poder creer que el tiempo pasara tan lentamente.

Se le hizo la hora en medio de otra reunión. No le importó nada. Se levantó murmurando que tenía algo urgente que hacer. «Problemas de familia», dijo, con una falsa sonrisa apenada. No se molestó en avisarle a su secretaria; sólo podía pensar en la mirada de eterno desdén de Facundo.

En su impaciencia, olvidó que había dejado el auto en un estacionamiento y perdió más de quince minutos recorriendo la cochera de la empresa. Se golpeó la frente cuando recordó, y corrió hasta el estacionamiento; pagó tan rápido como pudo, tirando moneditas al piso.

No tocó el portero; hacía días que nadie lo atendía. Esperó que alguien subiera y entró detrás. Golpeó con suavidad la puerta del departamento, pero, como no escuchó respuesta, probó el picaporte. Estaba abierta.

Acostado, acurrucado bajo las sábanas, en la cama, Facundo tenía los ojos brillantes y la mirada fija. No había nada de humo ni olor a cigarrillo en el ambiente: a Armendáriz lo asustó un poco el hecho de que Facundo no hubiera fumado por un buen rato.

–Hola.

–Hola –contestó Facundo, en voz baja.

Armendáriz se agachó junto a la cama y le apoyó una mano en el hombro.

–La puerta estaba abierta, por eso...

–Está bien.

–¿Por qué estás en cama?

–Me siento mal –dijo Facundo–. Es como si estuviera bajando de merca, pero no tomé nada. Es horrible, no puedo respirar bien, tengo el corazón a mil, qué sé yo –y tembló súbitamente, como afiebrado.

–No me asustes. ¿Por qué no vas al médico?

–No, no pasa nada. Soy un maricón, siempre me duele algo, siempre me siento mal.

Armendáriz le tomó la mano y se la besó. La mantuvo entre las suyas y enseguida sintió que se humedecían con el sudor de Facundo.

–Igual, me gustaría que fueras al médico. Tengo un amigo...

–Te dije que no –interrumpió Facundo–. Estoy cansado, necesito dormir.

Era cierto. Había pasado la noche revolcándose en la cama, enredado en las sábanas, con las manos sobre el pecho tratando de detener al corazón, muerto de miedo, un miedo enorme que hacía que parecieran estúpidos todos los terrores que había sentido en su vida.

–Hace frío –dijo, y Armendáriz se emocionó porque era la primera vez que veía a Facundo realmente inseguro y desprotegido.

Le subió las sábanas hasta la barbilla y le secó suavemente la cara pálida y frágil.

–Metete en la cama así me das calor –dijo Facundo.

Armendáriz, mudo, dudó unos instantes antes de hacerle caso. Se metió entre las sábanas con los mocasines puestos y el trémulo cuerpo de Facundo se abrazó al suyo con tanta fuerza que casi lo dejó sin aire.

–Tengo tanto miedo –dijo Facundo, retorciendo la camisa de Armendáriz entre sus dedos–, tanto miedo de no volver a verte... Siempre me importaste un carajo. No es que tenga miedo de no volver a verte a vos, sino de lo que eso significa –y de pronto se sentó, secándose los ojos violentamente con la punta de la sábana; su respiración era ávida y las costillas se le marcaban muchísimo en el pecho desnudo–. Me estoy poniendo tan grasa... –dijo–. Lo que te hace una noche sin dormir.

Armendáriz se incorporó y volvió a abrazarlo desde atrás.

–¿De qué tenés miedo? ¿De morirte? Si sos un chico... Dejame llevarte al médico.

–Es al pedo. Nunca nadie entiende nada. Claro que tengo miedo de morirme, como todos, como siempre. No es eso solamente, pero por qué tendrías que entender... Si yo mismo no lo entiendo.

–Explicame.

–¿Por qué? –Facundo hizo una mueca burlona–. ¿Te debo algo?

–Decime qué te pasa –Armendáriz elevó la voz, con un tono casi histérico, cuando dijo–: Por favor, me estoy volviendo loco, ¿no te das cuenta? –y lo abrazó más fuerte.

Facundo resopló, lleno de cansancio.

–Estoy harto de estas escenas, anoche ya tuve bastante. Soltame.

Armendáriz no le hizo caso: lo obligó a darse vuelta; entonces, notó que los labios de Facundo estaban pegoteados de sangre seca y que tenía dos moretones en la cara. Lo zamarreó. Él se dejó hacer, a pesar de que los sacudones lo marearon tanto que estuvo a punto de desmayarse.

–Estuviste con alguien anoche –gritó Armendáriz–. Alguien que te puso así. ¿Quién? ¿Qué te hizo? ¿Te peleaste?

–¿Yo, la puta más grande que existe? No. Y, de todas maneras, ¿para qué querés saber si estuve con alguien? No lo conocerías. Tengo la boca partida porque me caí. Y no dije que hubiera estado con alguien anoche.

Otra vez, pensó Armendáriz, otra vez miente y juega con las palabras. Se retorció las manos y todas las venas del cuello se le hincharon.

–No seas imbécil –dijo Facundo, sintiendo que todo le daba vueltas–. Me hacés sentir un hijo de puta y sos vos el que se está portando como un policía.

Armendáriz empezó a llorar.

–¿Por qué no podés quererme?

–¿Quién dijo que no te quiero? Luis, por favor, no me vuelvas loco. Me siento mal de verdad, vení.

–Abrió los brazos y Armendáriz lo abrazó con urgencia; apoyó la cabeza sobre el pecho de Facundo y sintió su corazón, que latía violenta y dolorosamente.

–¿Te das cuenta de cómo late? No para desde anoche. No me dejó dormir, lo escuché y lo escuché. A veces empieza desparejo, pero después vuelve a la normalidad. Digo que va a los pedos, pero, por lo menos, no es irregular. Al principio, cuando sentía que los latidos eran desiguales, me asustaba. Fijate qué estúpido; pensaba: me muero si se me para el corazón –Facundo se rió secamente–. Entendiste por qué es cómico, ¿no? Entonces, ¿por qué no te reís? Yo tampoco lo encontraba muy gracioso hace un rato, pero ahora no me importa.

Armendáriz acarició suavemente los brazos de Facundo, asustado.

–A mí sí. Dejame ayudarte.

–No hay nada que hacer. Alguna vez se pasará.

Armendáriz lo miró a los ojos y dijo:

–No podría vivir sin vos. Si te pasa algo, me mato.

Facundo respiró hondo, pero sintió que el aire no era suficiente.

–No quise hacerte esto, Luis, en serio –dijo, y se acostó. Lord Byron subió a la cama y se erizó ante Armendáriz, como echándolo; Facundo acarició al gato, que ronroneó con la cola parada y el lomo arqueado.

–Dejame hacerte dormir –dijo Armendáriz, mirando con aversión al gato negro–. Sería la única vez que me dejases hacer algo por vos, algo que realmente te hiciera bien.

Facundo, resignado, sacó suavemente a Lord Byron de la cama. El gato se sentó en la mesita de luz parpadeando, alerta.

–Bueno. Pero te aviso que es inútil. Dame una pastilla y tomate una vos también. Debo estar realmente mal, porque estás muerto de miedo.

Armendáriz buscó una tableta de tranquilizantes en sus bolsillos.

–Cerrá los ojos –dijo.

Facundo sacó la puntita rosada de su lengua para recibir la pastilla; Armendáriz se sintió tan enardecido que las palabras le salieron a borbotones de los labios:

–Te quiero tanto, mi chiquito –dijo, y su propia voz, estremecida por la emoción, lo sorprendió. Facundo abrió los ojos para mirarlo, pero Armendáriz se los cerró con los dedos; no comprendía esa mirada gris, tan extraña y llena de dolor. Ésa sería la mirada que lo perseguiría en sueños, que siempre lo encontraría en todas partes.

33

Facundo se miró las piernas; no sabía si iba a poder caminar. Lord Byron se trepó a sus rodillas y él lo besó en la nariz manteniéndolo apretado contra sí, tan fuerte que el gato empezó a retorcerse y finalmente logró escapar para refugiarse en el balcón. Quedate conmigo, pensó Facundo, y se levantó con pesadez.

Sobre la mesa de luz descubrió una nota de Armendáriz diciendo que volvería más tarde; la hizo un bollo y se dijo que ya era tarde, tarde para todo, y apretó las manos hasta que se pusieron pálidas.

Había soñado con su madre y la recordó arrastrándolo por toda la casa cuando él tenía sólo seis años y ella, aterrada, lo arrancaba de su habitación para que dejara de jugar con sus amiguitos invisibles y lo ponía contra el vidrio de la ventana para que pudiera ver a los chicos jugando en el sol de la siesta, sacudiéndolo, gritándole: «Así tenés que ser vos, un nene normal, no encerrarte como si estuvieras loco». Su madre, que siempre insistía en que él la odiaba, que no se había movido en su panza cuando estaba embarazada, que nunca había podido darle de mamar porque él la rechazaba, que le prohibía mirarla «porque tenés los mismos ojos que *él*», que siempre lo acusaba de pensar las mismas cosas y dejarse llevar por ellas; Facundo sentía que era así, que en ese momento no había nada más real que esas manos que le cerraban los pulmones, nada más real que los empujones de esa mano fantasmagórica en la espalda, y se sintió como si, después de haber tendido un hilo mientras se internaba en un laberinto, alguien se lo hubiera cortado sin querer. Nunca se puede estar lo suficientemente alerta, se dijo. Quizá hasta fuera una liberación, pero las manos negras que le oprimían las costillas le decían que no, lo mismo que el aire enrarecido que apenas le llenaba los pulmones.

Bajó las escaleras despacio, a tientas. Se había cortado la luz, como tantas noches en el calor insoportable de Buenos Aires. Su risa retumbó en la oscuridad cuando se preguntó si habría cerrado bien la puerta. Qué carajo me importa, se dijo.

Salió a la noche azul oscura de la ciudad y respiró hondo: enfrente, en una casa antigua, se apagaban las luces en las ventanas; tres pasos más allá se alzaba la frialdad protectora de un shopping. Un viejo pasó canturreando «Tinta roja» y el 60 se zarandeó vertiginosamente y paró en la esquina, con una chirriante frenada.

Taxi, pensó Facundo, y ruego que no me hable porque no tengo nada que decir y no me interesa que nadie me crea ni se ponga de acuerdo conmigo. Sólo quiero que me lleve, pero que tarde mucho, que dé muchas vueltas, si quiere, porque necesito ver todo otra vez, pensó; Facundo, el que no extraña nada, el que no se apega a nada, quiere volver a ver los bares, los video-games, las luces, el gris azulado de la ciudad con su río podrido. «Es para morirse de risa», susurró, y el taxista, extrañado, lo espió por el espejito.

Casi chocaron con un auto verde que manejaba una mujer. El taxista sacó la cabeza por la ventanilla y se desgañitó a puteadas, a pesar de que había sido él quien había cruzado el semáforo en rojo.

–Las mujeres son la peor desgracia –dijo–. Por suerte yo estoy solito y tranquilito. Nadie me jode la vida, ¿viste?

Facundo cerró los ojos y no contestó. Encendió un cigarrillo sin pedir permiso y soltó el humo con la cabeza apoyada en el respaldo del asiento. El taxi iba demasiado rápido, pero Facundo no dijo nada.

–Son tres pesos –dijo el taxista, entre dientes, molesto por no haber podido charlar.

Facundo pagó con cinco, pero no esperó el vuelto: se bajó del auto precipitadamente, sintiendo que se ahogaba.

–¿Estás bien? –gritó el taxista, asomando la cabeza–. ¡El vuelto!

Siguió caminando.

Un perro le ladró desde atrás de una reja y Facundo se sobresaltó y tuvo que parar y apoyarse contra la pared, pensando que, si su corazón volvía a enloquecerse, seguramente moriría en la calle. Se tranquilizó a medias y siguió. No podía recordar bien en cuál de las viejas casas vivía Narval; dudó unos instantes frente a una puerta y finalmente la empujó y entró.

En el medio del patio vacío había un triciclo tirado, al que le faltaba una rueda. Facundo levantó la mirada. Una de las puertas del primer piso estaba entreabierta e iluminada, la del departamento de Narval. Subió las escaleras chirriantes y sintió que las piernas se le ponían como de plomo, pero no se detuvo. Un fuertísimo olor lo alcanzó a mitad de la escalera y Facundo se tapó la nariz porque sintió náuseas. Cómo se podía vivir así, con ese olor a basura podrida.

Empujó la puerta y vio a Narval sentado en una silla, los codos apoyados en una mesa de tres patas, con una jeringa entre los dedos. La fetidez del ambiente era aún peor que en la escalera y parecía envolver a Narval como un halo. Facundo cerró tratando de acostumbrarse al olor, pero se negó a seguir pensando en él.

–Tenés bastante merca –dijo, mirando el montoncito blanco que había sobre la mesa.

Narval lo miró con sus ojos desencajados, barbudo, sucio. Facundo se hizo una raya y la tomó frunciendo la nariz.

–Este lugar apesta.

Narval se masajeó el brazo amoratado y dijo:

–¿A quién le importa? Yo ni me doy cuenta. Ya te vas a acostumbrar.

–Y hace calor.

–¿Qué esperabas? ¿Aire acondicionado? Perdón, princesa.

–No seas estúpido –dijo Facundo.

Narval se tomó la cabeza entre las manos y se la apretó, gimiendo.

–No puedo soportar esto –murmuró, y miró las penumbras del rincón–. No puedo hacer esto.

Facundo también miró en esa dirección, pero se dio vuelta súbitamente, con un escalofrío.

–¿Qué viste? ¿Qué? –gritó Narval, y se levantó de la silla pateando las botellas de cerveza vacías que poblaban el piso de la habitación. Facundo lo observó, sorprendido porque la merca había hecho que su corazón latiera con mucha violencia, pero parejo.

–Quiero que me hagas un pico, Narval.

–¿Por qué? Vos no te picás.

–Tengo ganas y no sé hacérmelo solo.

–¡No! –gritó Narval, enloquecido por el zumbido de sus oídos, y volvió a patear las botellas–. No me lo pidas, no me pidas eso.

–Vamos, Val, tampoco es fácil para mí.

–No.

Narval se quedó en medio de la habitación mirando el rincón oscuro. Ellos estaban ahí; Narval lo sabía, pero no podía verlos, estaban escondidos.

–Por favor, eso no –dijo a las tinieblas.

Facundo se paró frente a su amigo y le agarró la barbilla para verle la cara.

–Val.

Narval lo abrazó con fuerza, tanto que Facundo sintió que se quedaba sin aire.

–Te quiero.

–Ya sé, Val.

–¿Y vos?

Facundo apretó los hombros de Narval hasta clavarle las uñas sobre la piel desnuda y lo besó, le mordió los labios. Después lo soltó y se sentó, pálido; puso el brazo sobre la mesa y se ató una gomita arriba del codo. Volvió a mirar a Narval fijamente, hasta que él se acercó.

–Tenés que hacerla.

Narval sacudió la cabeza y se retorció las manos.

–Ibas a hacerla, de todos modos. Tarde o temprano.

–Sí.

–Bueno, adelante. Rápido.

Narval calentó la cuchara con un encendedor, preparó la jeringa y buscó la vena en el brazo con la destreza de un profesional. Facundo vio en las manos de Narval la seguridad que esperaba. Sintió que la aguja se apoyaba sobre su piel, tanteando la vena. Sintió dos o tres golpecitos secos de los dedos de Narval. Durante un instante miró hacia el rincón achicando los ojos como si no pudiera ver bien, hasta que la aguja se hundió en la piel. Facundo se mordió los labios ante el leve dolor del pinchazo.

Así que era esto, pensó antes de que los ojos se le nublaran, antes de sentir un golpe en el pecho, como un puñetazo.

Narval sacó la aguja tirando para atrás y casi cayó de la silla cuando miró la cara de Facundo. Para mantener el equilibrio, se aferró al cable de la lámpara que estaba sobre la mesa, que se estrelló contra el piso. Antes de quedar a oscuras, había visto algo en los ojos de Facundo: los ojos grises no parecían fríos en absoluto, había algo nuevo y lejano en esa mirada turbia. Narval bajó corriendo por las escaleras, tropezando, salió a la calle y llorando se apoyó en una pared llena de carteles a medio despegar. Se golpeó la frente una y otra vez contra el cartón empastado y el revoque, escuchando cómo retumbaba su corazón, deseando que se detuviera junto con el de Facundo. «Basta», murmuró, «o vengan *ahora*, ahora, que los necesito».

De a poco, se dejó caer con la cabeza entre las manos, sintiendo que perdía irremediablemente la razón. Entonces oyó, inconfundibles, los pasos de Ella. En ese momento supo que Facundo estaba muerto y sintió una mano acariciándole la cabeza y secándole las lágrimas. Cuando miró hacia arriba, se topó con una sonrisa cansada y extrañamente feliz: era la primera vez que la veía sonreír.

34

Armendáriz decidió ir a buscar a un médico amigo suyo horas después de que Facundo finalmente se durmiera, con un sueño inquieto y superficial. Fue en el auto hasta el consultorio y encontró al médico a punto de irse.

–Te molesto porque estoy preocupado por mi sobrino –le dijo, y pasó a explicarle la situación. El médico aceptó acompañarlo, pero para Armendáriz no fue fácil explicar por qué Facundo ya no estaba en el departamento, ni despierto ni durmiendo, tal como lo había dejado veinte minutos antes.

El médico dijo, benévolamente:

–Por ahí se sintió mejor y salió. Los chicos son de hacer esas cosas.

Armendáriz se asomó a la ventana, revisó el baño y la cocina sabiendo que era inútil y por fin pidió disculpas a su amigo, que sonrió y dijo:

–Luis, este pibe, tu sobrino... ¿no pensaste que a lo mejor se droga?

–Mirá, por ahí es como vos decís, es medio atorrante el pendejo. Voy a hablar con él –dijo Armendáriz, sintiendo que las orejas se le ponían rojas, mientras trataba de sonreír falsamente.

–Bueno. Cualquier cosita, estoy a tu disposición.

Armendáriz acompañó al médico hasta abajo, mostrándose jovial, sin exagerar la actuación. Pero no volvió a su casa enseguida:

patrulló un rato el barrio aminorando la velocidad cada vez que veía a un grupo de chicos tomando cerveza.

Volvió a su casa deprimido y vagamente irritado. Si tardé menos de media hora, pensaba. Esa noche no durmió, ni lo intentó: se quedó sentado en un sillón del living, fumando y mirando televisión, para distraerse y no pensar en lo que se estaba convirtiendo su vida, recordando las miles de noches en vela que había pasado desde que conocía a Facundo, pensando en él, conteniéndose a duras penas para no ir a tocarle el timbre. Y supo que todo era para nada, pero esa nada era todo lo que tenía.

Amaneció; Armendáriz no tenía nada de sueño. Salió sin cambiarse ni afeitarse, tanteando el bolsillo del pantalón donde guardaba las llaves del departamento de Facundo. Pero, cuando sacudió el bosillo, no hubo el menor tintineo. Revisó todos y cada uno de los bolsillos del saco y el pantalón de su traje. Nada. Gimió porque no tenía otra copia: Facundo no se lo había permitido y él, estúpidamente, le había hecho caso.

Subió al auto, golpeó el volante puteando y después se consoló pensando que seguramente Facundo ya estaría de regreso. Fue hasta la oficina, donde se encontró con su socio, que lo abrazó radiante, gritando *«salió, macho, salió»*, y Armendáriz trató en vano de parecer feliz diciéndose que con eso se iba para arriba, se haría millonario. Pero sólo le importaba dónde carajo había estado Facundo esa noche. Disimuló su preocupación diciendo que su hija estaba con fiebre. «Mi pibe también», dijo su socio; «el cambio de clima. No es nada, los pibes son fuertes como robles». Sonriendo tristemente, Armendáriz pensó: No todos, mi Facundo no. Al mediodía volvió al departamento y casi tiró la puerta abajo a golpes cuando nadie lo atendió. Se quedó en el bar de enfrente varias horas y no volvió a la oficina en toda la tarde. Esperó la noche y volvió a patrullar la calle, caminando frenético por la cuadra del departamento, entrando en el edificio cada vez que lo hacía alguien, hasta que, después de la medianoche, se resignó y volvió a su casa.

Otra vez se pasó la noche en vela en el sillón del living; faltó al trabajo y volvió a recorrer desesperado el edificio donde vivía Facundo, forzando la puerta del departamento. Pero, cuando volvió a su casa al anochecer, cayó dormido instantáneamente en el sillón del living, agotado. Despertó al amanecer y se bañó y se afeitó, tratando de olvidarse de Facundo y sus ojos grises, sin conseguirlo. Desayunó y, para distraerse, leyó uno de los pasquines llenos de noticias policiales que compraba la mucama y, mientras se le helaba el cuerpo, releyó una y otra vez las frases bajo el pequeño titular: «Un joven de veintidós años fue hallado muerto en una casa tomada del barrio de San Telmo, presuntamente a causa de una sobredosis de drogas. La víctima fue identificada como Juan Facundo Mora Acevedo...». Y no pudo seguir leyendo porque las letras se movían ante sus ojos. No lo creyó, claro que no. Si lo había visto anteayer… Tenía que ser un error. Entrecerrando los ojos, volvió a leer muy despacio y con cuidado las palabras, simples, concretas. Armendáriz quiso gritar que él había tenido a ese chico entre sus brazos muchísimas veces y que no podía estar muerto porque lo había dejado solo únicamente por veinte minutos. Debía haber otros Juan Facundo Mora Acevedo de veintidós años, se dijo, debía haber muchos chicos que se morían de sobredosis. Pero había un solo Facundo. Y Facundo no podía morir. Subió al auto, cubierto de sudor frío, y manejó hasta la calle del departamento y vio a unos hombres en la puerta que bajaban muebles y los cargaban en un rastrojero. Reconoció la mesita de vidrio de Facundo y gritó mentalmente: ¡No, no, no! Y después: ¿Dónde está Lord Byron? Bajó del auto corriendo.

–¿De dónde bajan eso?

–Del segundo. La gente que vivía se fue.

Uno que llevaba los almohadones de Facundo agregó:

–Parece que el que vivía ahí murió. ¿Usted lo conocía?

Armendáriz no pudo contestar y, apoyado contra una pared, vomitó.

–¿Está bien, señor? ¿Era pariente suyo?

Armendáriz sintió que las cosas sucedían en cámara lenta.

–¿No vieron a un gato?

–¿Un gato? No. Hoy temprano vino una señora a llevarse ropa o algo. Pero no vimos ningún gato.

Armendáriz pensó en subir, en ver por última vez el departamento, pero no se sintió capaz. Se alejó caminando, tambaleante, con las sienes latiendo y el cuerpo como un nervio tocado por un alambre, tanto dolía. El gato, pensaba, el gato hijo de puta, dónde estará, quién le va a dar de comer si es un pobre bichito de departamento que no sabe arreglarse solo, se va a morir en la calle. Se apoyó contra una saliente y lloró, sin sentir su cuerpo, sólo un dolor lacerante. Escuchaba, pero no le contestaba a la poca gente que se le acercaba a preguntarle si estaba bien. Estúpidos, se decía, era obvio que nada estaba bien y volvió a la puerta del departamento, pero los muchachos de la mudanza se habían ido.

Llorando subió al auto y pensó en ir a la morgue o recorrer las casas fúnebres hasta encontrarlo, pero era imposible. Tengo que verlo una vez más, se decía, porque súbitamente se había dado cuenta de que no tenía nada de Facundo, ni una foto, nada.

Aterrado, frenó delante de un bar y entró; pidió algo fuerte, pero no pudo tomarlo y corrió al baño para vomitar, diciéndose que era un viejo patético. Salió del bar y arrancó el auto pensando que nunca más volvería a pasar por ese departamento o quizá volviera todos los días. Después de todo, él seguía siendo quien lo alquilaba. Podía pedir unas llaves y sentarse en el departamento vacío, porque no voy a olvidarte nunca, Facundo, nunca jamás.

Cuando volvió a abrir los ojos, ya era de noche.

Arrancó una vez más y pasó por la esquina donde solía parar Facundo: estaba vacía; y el boliche parecía clausurado. Se dijo que todo lo que le quedaba era un recuerdo difuso y todo sería más difuso a medida que pasaran los días y se ahogó en llanto cuando se dio cuenta de que algún día olvidaría la cara de Facundo, de que no podría recordarla con exactitud, sólo le quedaba esa última mirada, dos ojos grises helados, sólo eso, para saber que Facundo no había existido solamente en su corazón.

EPÍLOGO

¿Existe el narval? ¿Es posible que un animal extraordinariamente pacifico, que lleve en la frente una lanza de marfil de cuatro o cinco metros, estriada en toda su longitud al estilo salomónico, terminada en aguja, pueda pasar inadvertido para millones de seres, incluso en su leyenda, incluso en su maravilloso nombre? [...] El viejo propietario de la tienda me vio hacer lances ilusorios con la lanza de marfil en mis manos, contra los invisibles molinos del mar. Después los dejé cada uno en su rincón. Sólo pude comprarme uno pequeño, de narval recién nacido, de los que salen a explorar con su espolón las frías aguas árticas. Lo guardé en mi maleta, pero en mi pequeña pensión de Suiza, frente al lago Leman, necesité ver y tocar el magnifico tesoro del unicornio marino que me pertenecía. Y lo saqué de mi maleta. Ahora ya no lo encuentro. ¿Lo habré dejado olvidado en la pensión de Vesenez o habrá rodado a última hora bajo la cama? ¿O verdaderamente habrá regresado en forma misteriosa y nocturna al círculo polar?

PABLO NERUDA

Hay otros mundos, pero están en éste.

PAUL ÉLUARD

Narval entró en el túnel negro; Ella lo llevaba de la mano para que no sintiera miedo. Pero Narval no temía; quería pasar, alejarse de las cosas, de la luz del sol, de los espejismos.

El-Hombre-con-huecos-en-vez-de-ojos esperaba del otro lado, sonriendo. Estoy volviendo a casa, se dijo Narval, como si mi familia me recibiera con los brazos abiertos. Es que Ellos son los míos y no hay nada más.

La oscuridad se cerró detrás de él con un ruido seco; probó mirar atrás, pero era imposible. Ya no existía otro lugar adonde ir. A Narval no le importó: nada lo unía al mundo de mentira que había fuera del túnel. Ahora sabía que sólo una cosa lo mantenía viviendo de aquel lado: eso ya no estaba. También había sido un sueño.

Caminó: había muchos más de Ellos, lo sabía, lo adivinaba, aunque aún no los viera.

«Nosotros», le murmuró Ella al oído y Narval asintió. «Nosotros», repitió. Una chica de dientes negros apareció caminando en cuatro patas, con una cabeza de gato entre los dientes. Narval soltó la mano de Ella para recorrer solo el túnel laberíntico, lleno de sombras y murmullos suaves. Le gustaban la oscuridad y el frío, las caras extrañas que le mostraban los dientes cuando se lo cruzaban.

Narval retrocedió, feliz, para buscarla a Ella, pero sólo encontró a el-Hombre-de-las-arañas raspando una pared con las uñas, cubierto de insectos que le salían de las orejas. Narval se miró los brazos amoratados; de uno de ellos manaba un hilito de sangre y pus y la mano se le estaba hinchando, deforme, púrpura. Pero no dolía. Movió los dedos agarrotados y ayudó a el-Hombre-de-las-arañas, sacándole bichos del pelo, como un mono.

Narval descubrió pronto que en los túneles, en su hogar, no pasaba el tiempo; la barba no le crecía, tampoco las uñas. Y nunca se sabía si era de noche o de día. Probablemente no hay noche y día, pensaba.

Tampoco intentaba irse; nadie trataba de buscar el camino por donde él había entrado. Sólo existía para que yo volviera, cuando escapé hacia el mundo de los espejismos. Narval caminaba solo por el túnel cuando Ella se dormía, porque Ella era la mujer de Narval y dormían juntos en un pequeño hueco donde goteaba agua.

Poco a poco Narval dejó de sentir curiosidad por el camino de vuelta y lo que había al final, que, vagamente recordaba, eran edificios y calle y gente, pero nada real. Acá estoy a salvo, se decía, en casa. Somos Nosotros, no voy a volver a escaparme más.

Pero una vez Narval no pudo dormirse en el pequeño cubil, junto a Ella, molesto por el ruido del agua, y salió a pasear por el túnel. En un recoveco sintió una ráfaga de viento caliente y distinguió unos largos cabellos oscuros que escapaban. Una extraña sensación, remota, invadió el cuerpo de Narval: estaba temblando. Podía reconocer esos cabellos, ese olor. Una frase rebotó en su cerebro, pero no pudo precisar de dónde la había sacado: *«En una multitud serías el único al que vería»*.

Poco después distinguió el pálido rostro de ojos grises que lo observaba a la distancia, apenas visible en la penumbra llena de brumas. Ellos parecían no darse cuenta de esa presencia. Y Narval lo siguió por el túnel, alejándose de Ellos, de Nosotros. Recordó la habitación de olores fétidos, la lámpara destrozada en el piso, el lejano triciclo abandonado que se enfriaba bajo la luna, y los ojos sonrieron. Los ojos grises y el cabello negro, pensó. Es él, otra vez conmigo, como siempre.

Narval llenó la jeringa de aire y la clavó en su brazo purpúreo. Pero no sintió dolor porque estaban los ojos, los ojos grises, que iban a acompañarlo cuando fuera el momento de bajar.

ÍNDICE

Parte II